GALERIE DES GLACES

ÉRIC GARANDEAU

GALERIE DES GLACES

roman

ALBIN MICHEL

À la mémoire de mon oncle Jean-Paul, professeur d'histoire,
et de mon ami Éric Névé, professeur d'Afrique.

Glace, verre et miroir, transparence et réflexion, passé et futur.

Histoire, discipline académique devenue matériau explosif au début du XXIe siècle.

Prologue

« J'ai vu le Minotaure, il maudissait Minos, Poséidon, Pasiphaé… », le Prince écrivait ses rêves à traits serrés sur un petit carnet. Une habitude récente. Devant lui s'étalaient des plans d'architecte : une tour très haute, surmontée d'un bloc de cristal. « Tout désir est prison, tout remède est poison. La plage de sable devient dalle de béton, l'humanité finira cloîtrée dans son labyrinthe, des cages en verre, des miroirs trompeurs, des organigrammes... Faut-il renoncer au projet Icare ? »

L'arrivée du secrétaire interrompit sa réflexion, il apportait une gravure. On y voyait la Piazzetta San Marco, le Palais des Doges et leur reflet dans la lagune. Au premier plan, une pyramide de miroirs illuminait une grande galère richement parée. *Le Bucentaure transportant le Doge Alvise de Mocenigo et Henri III roi de France, 1574*, lisait-on sur le cartel dessiné en trompe-l'œil. Un détail macabre intrigua le secrétaire : on distinguait la forme d'un pendu, oscillant entre les colonnes portant saint Théodore et le lion de saint Marc. Il en fit la remarque au Prince, qui balaya l'argument.

– Elle n'y verra que du feu. Et puis cette gravure, c'est le baiser de la mort.

Un curieux sourire éclaira son visage. Comme pour lui donner raison, le soleil, au-dessus des toits, fit son apparition.

C'était le début d'une grande journée.

PREMIÈRE PARTIE

VEUVE NOIRE, VEUVE BLANCHE

Les capitales sont toutes les mêmes devenues
Aux facettes d'un même miroir
Vêtues d'acier, vêtues de noir
Comme un lego, mais sans mémoire

Comme un lego, Gérard Manset

1

Lagos, Nigeria, aujourd'hui

Gabriel Thaumas regardait son reflet dans l'eau boueuse et filandreuse, respirant son haleine chargée de poissons morts et de zestes d'hydrocarbures. *C'est long vieillir au bout du compte / Le sable en fuit entre nos doigts / C'est comme une eau froide qui monte.* Il avait comme ça des bulles de poésie qui remontaient depuis l'enfance et faisaient surface, comme des cadavres, après avoir gonflé dans un recoin de mémoire. On apprenait Aragon à la communale, dans les années soixante, et puis Hugo, Éluard, Apollinaire... Une autre époque. Un autre monde. Il essuya ses mains sur la toile de son pantalon, trop épais pour le climat. Une pirogue approchait. Il se redressa lentement pour éviter de réveiller une vieille douleur thoracique. Des pêcheurs repliaient leurs filets, leurs gestes étaient lents, précis. Il éprouva une forme de sympathie confraternelle. Lui aussi serait pêcheur, Douarnenez serait son port d'attache, il était déterminé à faire quelque chose de sa vieillesse. « Pourquoi t'enterrer si loin ? » lui avaient dit ses collègues, comme s'il partait aux Kerguelen. En Bretagne il aurait la paix : pas de racines, pas d'attaches, aucune chance de croiser un ancien client, l'endroit rêvé pour prendre la quille. Et puis l'inspecteur Thaumas était Poissons, ascendant Poissons, depuis toujours il était chez lui partout et nulle part. Alors ça lui allait bien d'imaginer la liberté en forme de barque, si possible avec des voiles marron, au tiers. *C'est pour le vent être léger. J'arrive où je suis étranger…*

Sur le bord du fleuve, deux chevrettes se disputaient un sac plastique rempli d'épluchures. Voilà deux heures qu'il attendait dans ce no man's land inondé qui ne sentait pas vraiment la Bretagne et ses bruyères tendres. Des souvenirs de planque lui revinrent. Attendre… il avait fait ça toute sa vie. Il écrasa un moustique sur sa tempe humide et dégarnie. La chevrette lui jeta un regard inquiet. *Il ne manquerait plus que j'attrape le paludisme.*

« *Yavo !* » L'inspecteur se retourna. « *Yavo !* » C'était leur manière à eux de saluer les étrangers, on l'avait prévenu, il avait demandé pourquoi, personne ne savait vraiment : ce pouvait être un tic de langage du colonisateur allemand, le « *jawohl* » prononcé à tout bout de champ. Les enfants yorubas saluaient ainsi les Oyinbos, les Blancs. Le jeune garçon devant lui avait les yeux écarquillés. Il lui désigna une maison, à l'arrière-plan. Une silhouette s'en détachait, formant un halo rouge sur l'alignement gris des petites maisons de pêcheurs sur pilotis, qui se perdaient dans la brume. L'inspecteur était myope et astigmate, il souffrait d'une luxation du cristallin oculaire. C'était le syndrome de Marfan, une maladie rare qui expliquait aussi ses douleurs thoraciques. Il avait toujours refusé de porter des lunettes ou de subir la moindre opération. *Ça se corrigera avec l'âge*, pensait-il, à rebours de son ophtalmologue, qui espérait que la cataracte se déclencherait le plus tard possible, vu la faible inclination de son patient pour la médecine. Un inspecteur qui ne voit rien, ce n'est pas banal. Alors il compensait en développant d'autres facultés et surtout il plissait les yeux, comme en cet instant précis, pour observer une petite tache rouge qui ondulait dans sa direction avec une grâce peu commune : elle semblait voler au-dessus des caillebotis instables qui surnageaient dans une vase à peine tenue par des herbes en putréfaction. *C'est elle !* se dit-il avec l'assurance d'une taupe. La forme se précisait, elle portait des chaussures à talons et le toisait bientôt d'un bon double décimètre, en hauteur comme en largeur, car la Nigériane était un vaste continent.

– Vous êtes l'inspecteur Thaumas.

Lui aussi faisait tache dans le paysage.

– Et vous... vous êtes Awa Cozkri... Kloyinbo...

– Bravo pour la prononciation.

– Je me suis entraîné... Vous parlez bien français.

– Je suis d'origine béninoise. Vous le savez, n'est-ce pas ?

Elle lui jeta un regard faussement sourcilleux car tout était faux chez elle, sinon ses grands yeux noirs augmentés de longs faux cils recourbés sur des faux sourcils tatoués. Une fausse chevelure savamment nouée *à la Fontanges* couronnait l'ensemble – les Nigérianes portaient la perruque aussi naturellement que les courtisans de Versailles. L'inspecteur Thaumas s'interrogea :

jusqu'où était-elle allée pour sortir de ce cloaque, pour s'élever au-dessus de sa condition ? Et lui, comment avait-il pu descendre dans ce marigot ? Tout le monde l'avait prévenu, pourtant : n'allez pas dans le *Mainland,* restez dans les *Islands.* Le voici entre les deux mondes, les pieds dans l'eau d'une énorme lagune découverte par les Portugais et baptisée par eux, sans grande originalité, « *Lagos* », le lac. Désormais recouverte d'une ville artificielle abritant une faune artificielle nommée humanité...

– Connaissez-vous un endroit où l'on puisse discuter ?

– J'ai voulu cette rencontre ici, monsieur l'inspecteur, parce que c'est ici que tout est arrivé, il faut venir voir pour le comprendre...

La jeune femme engagea l'inspecteur à la suivre dans un dédale de venelles étroites, foulant tour à tour la terre battue, les herbes grasses, les immondices, grimpant sur des passerelles incertaines, car tout bougeait sans cesse dans cette fourmilière : les gens passaient leur temps à déplacer des marchandises d'un bout à l'autre, un vrai déménagement, le mouvement brownien du monde. Il se retrouvait coincé entre le regard des pêcheurs ignorant qu'il était l'un des leurs, pêcheur parmi les pêcheurs, et celui des enfants rieurs par centaines qui scandaient son nom – « *Yavo !* » Et si c'était une déformation de Yahvé ? Le Sauveur ? Le Dieu vengeur ?

– Regardez, ça commence ici...

L'inspecteur leva la tête. Devant lui s'étendait tout autre chose : un quartier construit et aménagé selon des règles qui commençaient à ressembler à de l'urbanisme. L'architecte avait été choisi personnellement par Alexandre, « un ami personnel de Jean Nouvel ». En bon disciple du maître, il avait donné dans le contextuel. Les maisons étaient en bois, sur pilotis, les rues dessinaient un dédale médiéval, mais sans le cloaque : les eaux circulaient librement sous les planchers rehaussés qui se faufilaient comme des serpents au milieu des maisons. Il y avait aussi des petites places surélevées et sèches, avec des accotements et des canalisations, pour évacuer le trop-plein d'eau, un vrai système d'assainissement. Bientôt ils arrivèrent au pont, le fameux pont, en bois lui aussi et solidement charpenté.

– Le pont Alexandre-IV…, dit l'inspecteur non sans ironie.

Elle le regarda avec étonnement, sa connaissance de la géographie parisienne était imparfaite. Son visage s'éclaira.

– Mais c'est la bonne idée ! Il faut lui donner le nom du prince Alexandre… pour l'hommage…

Les Nigérians aimaient les chefs, les gouverneurs, les princes et les rois. Leurs portraits s'affichaient partout dans la capitale. Awa semblait amoureuse de son prince charmant, son visage s'empourprait à mesure qu'elle parlait.

– Alexandre s'est inspiré du pont du Rialto, à Venise. C'est aussi l'idée d'un artiste nigérian, Aderemi Adegbite. Il fait un centre d'art pas loin, à Iwaya. C'est la première fois qu'il y a ici un vrai pont, avec une charpente en bois, et puis des boutiques de chaque côté. Avant, les passerelles étaient emportées par les inondations. Maintenant c'est solide, et c'est un *landmark*. Les jolis ponts, ce n'est plus réservé aux îles, c'est aussi pour le *Mainland*. Même le gouverneur de Lagos a été obligé de reconnaître que c'est utile… On ne pourra plus détruire Makoko…

Makoko, *Black Venice*, la Venise noire… Quelle blague ! Un bidonville flottant, gigantesque. Il avait fallu qu'un pédégé amoureux d'une *pretty woman* prenne la boutade au pied de la lettre, pour y consacrer une partie de sa fortune. L'inspecteur pouvait acheter l'histoire, maintenant qu'il avait rencontré la belle en question. Et puis les Nigérians sont les rois de l'arnaque, c'est un savoir-faire reconnu… Ils arrivaient à la frontière du quartier reconstruit, le prince n'avait pu aller plus loin, la main du destin avait mis un terme à sa folie. Combien de temps ce « village témoin » résisterait-il aux assauts des marées ? On imaginait déjà les maisons s'enfoncer dans le marécage, emportées par la prochaine crue du fleuve, noyées sous la masse grouillante de ses habitants… « Lagos est un panier de crabes, chacun s'efforce de marcher sur l'autre pour se hisser vers la sortie. » Il avait pêché cette citation à son hôtel, elle était de Femi Fatoba, un poète égaré dans une revue pour investisseurs. Et quelle chaleur ! Une étuve…

– Tout cela est… édifiant, madame Cozkri Kloyinbo, mais il faudrait m'en dire plus, m'expliquer comment une princesse de la Venise noire a croisé la route d'Alexandre le Grand, et comment le joli conte de fées a viré au sordide et au scandale.

– Le scandale, parlons-en du scandale… mais on peut pas discuter ici, il faut voir le roi.

Le roi… il avait vu sa photographie en tenue d'apparat

sur une grande affiche à l'entrée du bidonville, « *His Royal Majesty Oba Muritala Aremu Ogun Oloko* ». Le conseiller commercial de l'ambassade l'avait prévenu, « il ne faut s'étonner de rien, à Lagos tout est possible ». Il la suivit et une ombre s'abattit sur eux : des enfants portaient des ombrelles à bout de bras en riant, *Yavo… Yavo…*, car les Blancs ont peur du soleil, sinon de leur ombre.

2

Paris, trois jours plus tôt

L'inspecteur Thaumas n'en revenait pas. Fraîchement retraité de la police nationale, à peine reconverti comme détective privé pour arrondir ses fins de mois, son téléphone sonnait déjà pour le mettre sur un dossier qui ressemblait à l'affaire du siècle. On venait d'en parler au journal de 20 heures et dans les enceintes ministérielles, le président de la République s'était fendu d'un communiqué de presse.

Il était en train de négocier le prix d'achat de sa « barcasse », comme il nommait avec affection son futur bateau de pêche, quand un appel téléphonique chargé de mystère avait capté son attention. Elle s'appelait Karolyn Obkowicz et elle était l'épouse d'Alexandre Obkowicz, président flamboyant de la Manufacture, un groupe industriel français devenu numéro un mondial dans « la production et la transformation de matériaux de construction et la fourniture de services ». Elle voulait le voir au plus vite, on lui avait chaudement recommandé ses services, c'était lié à la disparition de son mari. Une discussion privée s'imposait, voire une enquête...

Au téléphone la voix de la veuve était froide et détachée. La mort d'Alexandre était pour le moins suspecte, comme certains aspects de son existence... L'inspecteur s'était rapidement mis au parfum. Le prince Obkowicz appartenait à la vieille aristocratie européenne, il en parlait volontiers dans les médias, comme pour se distinguer de la plèbe des nouveaux riches sans racines. Napoléon l'avait déjà remarqué, les sans-culottes français adorent les grades et les particules, leur plus grand plaisir est d'élire des « monarques républicains » épris de gloire et de grandeur, pour les passer immédiatement à la guillotine. Élevé dans quatre pays dont la France et le Liban, Alexandre Obkowicz se flattait d'avoir un père franco-espagnol, italien et portugais, un grand-père tchèque et une grand-mère hongroise. Dans ses veines bleues coulaient la Loire, le Danube et le Pô, charriant les ruines du Saint Empire romain germanique, la maison princière de Bohême, les Bourbons-Parme et la *Symphonie héroïque* de Beethoven, dont sa famille était dédicataire... En somme il incarnait l'Europe, la vraie, l'Europe charnelle contre l'Europe bureaucratique des petits hauts fonctionnaires en costume gris. Mais voilà, l'Europe des clowns tristes en cravate avait enterré depuis longtemps l'Europe des chevaliers dont il était une survivance anachronique. Alors, après avoir porté haut les couleurs de son blason, de son pays et de son entreprise, le prince Alexandre était mort bêtement aux commandes d'un bimoteur américain, par une froide nuit d'automne. Sans descendant mâle pour lui succéder.

Karolyn Obkowicz reçut l'inspecteur chez elle à la Villa Montmorency, une sorte de château-fort parisien qui abritait les grands patrons et les stars du show-biz. Le ci-devant Thaumas ne connaissait pas l'*Almanach de Gotha* mais il était méticuleux, tendance maniaque obsessionnel, au point d'agacer ses supérieurs. Il avait donc enquêté sur Montmorency – duc et maréchal de France – et sur les habitants de cette villa, de Victor Hugo à André Gide et Gérard Depardieu, qui venait d'enfoncer la barrière de sécurité sur une motocyclette, en état d'ébriété. Une propriétaire avait été assassinée en 2003, des cambrioleurs en avaient ligoté un autre en 2005, sans compter les cambriolages classiques. Paris n'avait pas vraiment changé depuis *Les Misérables* et *Les Faux-monnayeurs*. L'inspecteur jeta un air goguenard au garde qui faisait semblant d'inspecter son sac. La veuve était sur le perron, mi-figue, mi-raisin. Elle était américaine, originaire du Maine, roturière mais fille d'un banquier de haute lignée dont l'ancêtre avait vigoureusement spéculé sur le cours du coton pendant la guerre de Sécession. Le caractère baroque du prince Alexandre trouvait sa limite dans cette union très classique entre le titre de l'Ancien Continent et la tirelire du Nouveau Monde.

Karolyn Obkowicz parlait avec simplicité et franchise, d'après l'oreille exercée de l'inspecteur, qui valait tous les détecteurs de mensonges. *Raison de plus pour s'en méfier*, lui dicta aussitôt son cortex préfrontal. *Pourquoi faire appel à un ancien flic devenu détective privé, sinon pour perturber l'enquête officielle ? C'est à elle que le crime profite, ne l'oublions pas.* L'inspecteur savait d'expérience que les gens disent presque toujours la vérité dans les interrogatoires, car le mensonge exige constance et dissimulation, ce qui n'est pas donné à tout le monde. Mais cette affaire sortait de l'ordinaire, les meilleurs flics de France étaient mobilisés et sa cliente était tout sauf une imbécile. Elle masquait si bien son accent américain, elle pouvait bien masquer autre chose.

Dix-sept heures, *tea time*, en l'occurrence un thé de roche Da Hong Pao, qui venait des monts Wu Yi, en Chine continentale, comme il devait le vérifier plus tard. L'inspecteur mémorisait tout, notait tout et vérifiait tout, il s'intéressait de préférence aux détails inutiles, ceux que personne ne voyait, pour se livrer ensuite à des recherches documentaires approfondies et provoquer des rapprochements, hasardeux et qui ne menaient nulle part, en règle générale, sinon à une forme de poésie policière. Cette capacité n'avait pas arrangé le déroulement de sa carrière. « Alors, Thaumas, toujours à faire des vers ? À chercher l'anguille dans la botte ? Vous ne pourriez pas faire du chiffre plutôt ? Elle en est où la statistique ? » Il était la risée du commissariat mais n'en avait cure. Ses connaissances encyclopédiques, hétéroclites et baroques accumulées au fil des enquêtes faisaient honneur à une espèce humaine droguée aux algorithmes. Et puis le moment viendrait où il taperait dans le mille en trouvant l'indice qui confondrait l'assassin. Bon, il fallait se rendre à l'évidence, c'était rarement arrivé en trente ans de service. Il n'avait pas croisé Hannibal Lecter, les psychopathes esthètes étaient une espèce disparue, et il avait surtout plombé les résultats de son équipe.

Karolyn Obkowicz s'interrompit en voyant l'inspecteur plongé dans un abîme de pensées et elle répéta ce que son oreille exercée venait néanmoins d'enregistrer : oui, elle héritait largement des biens de son mari *mais* elle n'était pas la seule héritière. Par contrat de mariage et par voie testamentaire, Alexandre Obkowicz lui cédait des parts dans la Manufacture et dans une myriade de sociétés, actifs financiers et immobiliers, sans oublier le bénéfice d'un contrat d'assurance vie qui couvrait la pratique du vol en planeur, l'alpinisme, la course automobile, le saut en parachute ou la plongée technique avec mélange gazeux jusqu'à 100 mètres de profondeur. Le prince Obkowicz avait même fait ajouter une clause « inutile et hors de prix », selon sa veuve, qui couvrait les sorties dans l'espace extra-atmosphérique... Échappaient à Karolyn Obkowicz les parts dans des propriétés familiales en indivision et leurs dépendances, ainsi bien sûr que certains titres de noblesse transmissibles aux enfants, mâles de préférence.

Voilà qui était intéressant, car les descendants pouvaient aussi gagner au décès du père.

– Je vais vous montrer l'album familial, ce sera plus parlant.

La princesse Karolyn ouvrit un ordinateur portable de la dernière génération, à la surprise de l'inspecteur. Elle lui sourit tristement.

– Vous pensiez que j'allais apporter un vieux livre avec des pages jaunes et des photos en noir et blanc ?

Il y avait cinq enfants, par ordre d'apparition : Adélaïde, Marie-Aymée, Isaure, Marie-Caroline et Charles-Quint, le petit dernier, qui fermait le ban.

Charles-Quint... il fallait en avoir de l'ambition pour nommer le premier enfant mâle du nom d'un empereur qui avait régné sur la moitié de l'Europe. *Quint* était aussi le nom du chasseur de requins dans *Les Dents de la mer* et la Honda Quint était dérivée de la Honda Civic en plus haut de gamme, conduite semi-automatique et *overdrive*… Gabriel Thaumas était féru de mécanique autant que de films de genre, il s'égarait dans le labyrinthe des pensées rhizomatiques, tandis que défilaient les pages de la dynastie familiale… Son cerveau enregistra une anomalie flagrante : Charles-Quint avait disparu aussi vite qu'il était apparu. Il en fit la remarque, pour s'en mordre aussitôt les doigts.

– Une tumeur au cerveau. Comme son oncle, le frère d'Alexandre. Un cancer foudroyant. Notre fils a été rappelé à Dieu la veille de son septième anniversaire. Nous sommes inconsolables…

L'inspecteur se retint de citer Victor Hugo. D'après ses calculs, le poète avait habité la Villa Montmorency vingt ans après la mort de sa fille Léopoldine, qui lui avait arraché ses plus belles pages de poésie. Ce drame privait donc la dynastie d'un survivancier mâle et à tout jamais, après la panne récente d'un bimoteur au-dessus du ciel de Versailles. *Les Aigles foudroyés*… Le soleil au-dehors s'était voilé et une lumière crépusculaire éclairait la progéniture Obkowicz qui grandissait de manoir en hôtel particulier, depuis les châteaux fortifiés du Bourbonnais jusqu'à des palazzetti à Malte et en Sicile. Karolyn reprenait peu à peu des couleurs, ses joues s'empourpraient, elle aimait ses filles, elle était belle et savait s'entretenir. Au contraire d'un mari sportif forcené qui venait de battre le record de chute libre sans parachute, elle était bien partie pour supplanter la reine Élisabeth II à coups de Pilates et d'huiles essentielles. À vrai dire, on n'assistait pas à la chute de la Maison Obkowicz mais à la mort du patriarcat, c'était dans l'air du temps. Exit le matamore et le fils chétif, cinq femmes leur survivaient, pleines de vie et d'entrain. C'est à elles que profitait le crime. Tel un chien errant ayant perdu chenil et maître, l'inspecteur défroqué était prêt à mordre la main qui s'apprêtait à le nourrir.

– On ne développe pas un empire industriel sans conséquences sur la vie de famille, n'est-ce pas, madame Obkowicz ?

– Pardon ?

– Je ne vois pas votre mari sur les photos…

– C'est juste… Et savez-vous pourquoi ? C'est lui qui les a prises ! Enfin, la plupart. Alexandre était très présent auprès de ses filles et… je ne vous parle pas de Charles-Quint.

– C'était un homme parfait ?

– Certainement pas. Ni un père parfait, ni un mari parfait…

Son regard se troubla à nouveau, il avait touché un point sensible. Elle se reprit.

– Je vous ai préparé un dossier sur la Manufacture, avec des articles de presse, des rapports, des organigrammes… Je vous laisse regarder, prenez ce dont vous avez besoin, sauf cette chemise rouge, que j'ai sortie du coffre : ce sont des notes très confidentielles… Je ne vous cache pas que j'ai eu droit à des visites de vos anciens collègues, ainsi que d'autres services de l'État, ils ont récupéré des documents classifiés, qui n'avaient sans doute rien à faire ici… Vous avez des connexions, vous saurez les récupérer… Je suis dans le salon de musique, à côté, faites-moi signe quand vous avez fini.

Elle se leva et quitta la pièce, comme à regret et d'un pas mal assuré, comme si elle hésitait à confier ses secrets de famille à un étranger si brutal et si peu élégant. *Elle a des choses à cacher, c'est évident*, en déduisit l'inspecteur Thaumas, qui se retrouvait dans une immense bibliothèque. Tel un garnement découvrant un grenier caché dans la maison de ses parents, il réprima une pulsion subite : ouvrir les tiroirs, si nombreux, qui lui tendaient les bras, et mettre à nu cette bibliothèque pour y dénicher des coffres dissimulés derrière les livres. La perquisition était sa passion, sa gourmandise, il adorait fouiller dans la vie des gens, exhumer les petits secrets glissés dans les notes de frais, froisser la lingerie fine dans les armoires… Bon, c'était sordide, voire franchement sale, mais il y avait le plaisir de la chasse au trésor. Rien n'est plus fort que l'instinct de chasse. Tandis qu'ici… un dossier tout prêt… ça sentait l'exercice, le concours de police, le « vous-avez-deux-heures ». Il était quand même trop tôt pour trahir la confiance qu'elle plaçait en lui.

L'inspecteur parcourut les articles de presse, pour la mise en bouche. Il y en avait des dizaines, bien rangés dans des sous-chemises. Non seulement Alexandre Obkowicz était né avec une cuiller en or dans la bouche, mais il tenait de Citizen Kane et du roi Midas. La presse française ne cachait pas sa fascination pour le prince de la Manufacture. Les journalistes égrenaient avec emphase les succès d'Alexandre sur tous les continents, les achats de sociétés, les rencontres avec les chefs d'État, les diversifications audacieuses. Et puis ses exploits sportifs, son côté Richard Branson, dont il se disait proche. Il pilotait son hélicoptère, un Airbus H160, et son avion, un Cessna Citation X. Il avait entrepris l'ascension des sept plus hauts sommets des sept continents, puis des sept seconds sommets parce qu'ils étaient plus difficiles que les premiers. Il lui en restait trois. Il préparait chaque expédition en dormant dans une tente à oxygène appauvri, il en avait une à Londres et une autre à Paris, elle patientait d'ailleurs contre un mur de la bibliothèque, sous une gravure exotique. L'inspecteur commençait à éprouver de la compassion pour sa veuve.

La Manufacture avait été choisie par le groupe Virgin pour équiper en verre de haute résistance le plafond des avions et les hublots de la Virgin Space Ship (VSS) Enterprise, en attendant d'équiper le premier hôtel de l'espace conçu par Elon Musk pour tourner autour de la Lune – des verres conçus pour résister à l'impact de météorites… « Incassable », c'était la marque de fabrique de l'homme et de l'entreprise, jusqu'à ce qu'il traverse le cockpit de son avion pour rejoindre la terre des humbles, car il n'était pas du genre à attacher sa ceinture. On voyait plusieurs clichés du Cessna, le nez écrasé dans le bocage, le cockpit en miettes. « *La Manufacture en deuil* », « *La mort du Petit Prince* », « *Disparition d'un conquérant* », « *La malédiction d'Alexandre le Grand* », « *Un capitaine d'industrie rejoint Saint-Exupéry* » – même les nécrologies n'y allaient pas avec le dos de la cuiller, il faut dire qu'Alexandre Obkowicz aimait poser avec une tête de marbre représentant Alexandre le Grand, issue de sa collection privée. Qui sait s'il avait la prescience de sa disparition prématurée… Celui de l'âge du fer avait l'air inquiet et celui de l'âge du verre faisait bien dix ans de plus que l'âge légal sur les dernières photographies de presse.

Il y a quand même une justice, conclut l'inspecteur Thaumas en refermant la revue de presse. La réussite éclatante des uns est toujours douloureuse aux yeux des autres. La messe n'était pas dite : avec cette affaire, il allait se refaire. À la manière d'un trébuchet, la chute d'Alexandre propulserait l'inspecteur dans les étoiles, quand il aurait trouvé le fin mot de l'histoire. La presse lui saurait gré d'avoir éclairci le mystère, le gouvernement aussi.

Il s'empara du dossier rouge, le plus sensible, bien plus maigre mais plus dense : des notes écrites de la main du prince, des documents de travail, schémas, croquis..., des travaux de recherche classés par objet : « Verre intelligent », « Smart glass », « Ultimate glass », « Verre pliable, flexy-glass, verre de diamant ». Les ingénieurs de la Manufacture rêvaient d'un ordinateur en verre entièrement transparent, l'électronique devenant invisible à force de miniaturisation. Trop technique pour un inspecteur rangé des voitures – et surtout trop elliptique : le dossier avait été nettoyé, c'était évident, quelqu'un avait oublié d'enlever une chemise – vide – portant le titre « Projet Icare » et le fameux tampon rouge « Secret Défense ». Il faudrait y revenir, demander des explications, et surtout fouiller dans son ordinateur personnel. Sur un Post-it, une phrase manuscrite du prince retint son attention : « Transparence, résistance, plasticité et intelligence, les dernières frontières du verre, et la France retrouvera son rang – M.A.S. » Drôle de signature.

Le troisième dossier contenait des notes et rapports sur la Manufacture, qui plongeait ses racines dans la grande Histoire pour mieux embrasser la modernité. Née pendant la construction du château de Versailles, la Manufacture royale de glaces de miroirs avait perdu ses particules à la Révolution mais elle avait gagné en puissance avec l'autre révolution, l'industrielle. Une nouvelle aristocratie était née, celle des affaires. Le verre et le miroir étaient le fonds de commerce historique de la Manufacture, qui avait ensuite appris à couler le béton. « Ce qui relie tous nos métiers, c'est le sable… Du sable et de la poussière nous faisons le béton le plus solide et le verre le plus pur… La Manufacture transforme le sable en or… », disait son président, face caméra de préférence. Magicien ou bonimenteur – séducteur en tout cas. Les conquêtes d'Alexandre ne se limitaient pas à l'industrie. En affaires comme en *affairs* il savait saisir les « opportunités ». Entre les managers évincés, les maris trompés et la cohorte innombrable des envieux de la fortune d'autrui au pays de Robespierre, Alexandre Obkowicz ne devait pas manquer d'ennemis…

Tout cela était bel et bon mais sans accroche solide pour démarrer une enquête. Il restait une dernière sous-chemise, de couleur sombre. C'était un extrait du testament d'Alexandre, qui avait fixé ses dernières volontés avec beaucoup de minutie. La liste de ses actifs était impressionnante. L'œil du chasseur fut attiré par une modification de dernière minute. Par un acte notarié distinct établi un mois avant sa disparition, Alexandre Obkowicz léguait des participations dans deux filiales nigérianes à une femme dénommée Awa

Cozkri Kloyinbo, native de Benin City. Une photocopie de son passeport était jointe ainsi qu'un document signé de sa main. La valeur des parts était évaluée à quatre millions de dollars.

Une femme, le talon d'Achille de Bonaparte, et de tant d'hommes d'État… Alors, pourquoi pas le grand Alexandre ? Les Nigérians étaient les princes de l'embrouille, l'inspecteur en connaissait un rayon sur leurs combines, mais c'était trop simple. Le mystère de la mort d'Alexandre méritait meilleur dénouement, son enquête ne pouvait pas se résumer à une affaire de cœur, une histoire de cul ! Il voulait atterrir dans *Le Monde*, pas dans *Voici* ou *Closer*. Indigné par la facilité déconcertante avec laquelle il trouvait cet élément clé de l'intrigue, ne pouvant se résoudre à une issue aussi triviale, l'inspecteur Thaumas se leva brusquement.

– Vous avez fini, monsieur le détective ?

La tête de Mme Obkowicz venait de surgir de la porte entrebâillée. À croire qu'elle l'avait observé à distance, par le jardin peut-être.

– J'en suis au Nigeria… mais c'est beaucoup trop simple !

Il s'interrompit, conscient de l'incongruité de sa réaction.

– Pardon, j'imagine votre souffrance…

– C'est à mes enfants que je pense, je souhaite que tout cela leur soit épargné, répondit-elle sèchement.

– Vous saviez ?

– Non, et je ne veux rien savoir… Ou plutôt si, je veux tout savoir. Tout.

L'inspecteur pouvait comprendre cette fixation mais

c'était vraiment trop trivial. Son regard se promena sur la vaste bibliothèque, cherchant désespérément un indice permettant de relever le débat. Il fallait que la victime gardât sa part de gloire pour rehausser la sienne. Il fallait sauver l'honneur du prince.

– N'y a-t-il pas… ne voyez-vous pas quelque chose… qui serait survenu quelques jours avant le drame ? Un signe avant-coureur ? Un propos prémonitoire qu'il aurait tenu ? Quelque chose qui serait sorti de ses habitudes ?

– Mon mari ne parlait pas de ses affaires et j'avais peu de contacts avec ses collaborateurs. Son secrétaire est venu ici un jour avant sa mort, mais c'était pour une gravure, il ne m'a quasiment rien dit…

– Une gravure ?

Tout était bon à prendre, l'inspecteur n'avait aucune envie d'aller au Nigeria.

– Enfin une estampe, oui, il a déposé cette estampe que vous voyez ici.

Elle s'approcha du mur, il la suivit.

– C'est une légende japonaise. Il y a une notice derrière, aidez-moi.

L'estampe était composée de trois panneaux. Ils décrochèrent le cadre pour le retourner délicatement. La notice était soigneusement accrochée, protégée par un film plastique, elle la lui tendit, vaguement goguenarde.

– Voyez si cela peut servir votre enquête…

Il parcourut le document à grandes enjambées :

Sunshai Toshimasa, Légende du Soleil Amaterasu émergeant de la caverne. *Irritée par son frère qui détruisait ses rizières et semait le trouble chez ses servantes, la déesse du Soleil Amaterasu se retira dans une céleste caverne et en scella la porte. La plaine des hauts cieux et tout le pays central de la plaine des roseaux s'obscurcirent, les marécages s'étendirent, les esprits malins ne connurent plus de frein et les présages de malheur se multiplièrent de par le monde. Les dieux Kamis se réunirent en un lieu et il fut décidé de créer un miroir qui avait trois mètres de haut. Il fut attaché à un arbre et de grands feux furent allumés à son pied. Une jeune déesse du nom d'Uzumé entreprit une danse joyeuse et bruyante. Intriguée par ce tapage plein d'entrain, Amaterasu s'approcha de l'entrée de la caverne et dit : « J'ai plongé le monde dans l'obscurité. Comment Uzumé peut-elle se réjouir et huit millions de dieux rire aux éclats ? » Alors Uzumé dit : « Nous nous réjouissons parce qu'il y a ici une divinité plus illustre que Ton Altesse, et qui brille plus fort que toi ! » Tandis qu'elle parlait ainsi, deux divinités avancèrent le miroir et le montrèrent respectueusement à la déesse du Soleil. Amaterasu sortit complètement de la caverne et s'éblouit de ses propres rayons réfléchis par le miroir. La plaine des hauts cieux et le pays central de la plaine des roseaux étaient à nouveau éclairés d'une vive lumière. Amaterasu reconnut et apprécia la ruse. Elle rejoignit les Kamis mais envoya son frère en exil, d'où il revint avec l'épée et le joyau. Son petit-fils en hérita, puis son arrière-petit-fils Jimmu, qui devint empereur. Le premier empereur du Japon.*

– Alors, monsieur l'inspecteur, vous êtes sûr que vous voulez aller au Japon ?

– Nous commencerons donc par… Lagos, au Nigeria.

Un détail toutefois retint son attention.

– Vous me dites que cette estampe a été placée ici la veille du décès de votre mari.

– C'est exact.

– Et qu'y avait-il à la place ? Je vois sur le mur la trace d'un tableau de plus petite taille.

– Oui, c'était une gravure du Grand Siècle, Venise… Le secrétaire l'a prise pour mon mari, il a mis l'estampe japonaise à la place.

– Rien d'autre à signaler ?

– Non… Ah si, on m'a remis une bible, le jour de l'enterrement d'Alexandre, au cimetière, une jeune femme, ça ne vous dit rien ?

– Ah…

S'il y avait bien une chose qui laissait Gabriel Thaumas indifférent, c'était la religion. Sa mère italienne avait eu beau l'emmener à la messe, il n'aimait ni l'odeur de l'encens, ni la main du prêtre caressant sa tête d'enfant. Quant à la jeune femme, ce coquin d'Alexandre devait avoir bien des maîtresses… Karolyn le fixait étrangement. Elle devait douter sérieusement de ses capacités. L'inspecteur réunit ce qu'il lui restait de lucidité.

– Madame Obkowicz, si je résume, nous avons une piste solide, en Afrique… mais il ne faut rien exclure : nous n'avons pas la preuve qu'il a été assassiné. Si tel était le cas, il faudrait encore établir si c'est l'homme qui était visé, ou le président de la Manufacture, dernier fleuron industriel français.

– C'est mon mari qui m'intéresse. Allez au Nigeria et ramenez-moi la vérité.

L'inspecteur prit congé sans même évoquer ses honoraires, il lui faudrait apprendre un jour le sens du commerce, et le tact. Il était temps de remercier la commissaire en charge de l'enquête officielle, Sofia Boustani. Il était sûr qu'elle avait recommandé ses services auprès de la veuve, après l'avoir mis à la retraite de la police nationale sans ménagement. Elle serait aussi déçue que lui si cette affaire tournait en eau de boudin. Tout le monde cherchait sa part de gloire.

Gabriel Thaumas avait une visite plus urgente à faire, tellement pressante qu'il la repoussait depuis des années. « Quand je serai à la retraite » était la formule magique pour différer les choix pénibles. Trente ans de gitanes brunes vous trouaient le poumon autant que le portefeuille, l'inspecteur était arrivé au bord du précipice. Ses collègues s'étaient cotisés pour lui offrir une pipe électronique en bois de rose. L'allusion à son nouveau métier était évidente : « Vous me voyez en Maigret vaporette ? en Sherlock Holmes génération Z ? » Il avait finalement trouvé son « tabac brun sec type gitane/gauloise », un pâle succédané qui lui parfumait l'haleine d'une pointe de menthe, ce n'était pas si bête… Il sortit son nouvel ami de sa poche et tira quelques « bouffées saveur » avant de se rendre à l'abattoir. Il ne pouvait plus reculer, ses poumons sifflaient comme une Cocotte-minute, sans compter les douleurs lancinantes au thorax et les autres tracas que pouvait lui infliger ce fichu syndrome de Marfan : scoliose, dissection de l'aorte, hernies et *tutti quanti*…

La salle d'attente du médecin était aussi pleine que celle d'un commissariat. Thaumas se replongea dans l'étude de son patient favori. Au dernier moment, la veuve Obkowicz lui avait remis l'extrait d'un rapport de police : « Ça aussi c'est confidentiel, je l'ai eu par le directeur de la sûreté du groupe, lisez-le avant de partir. » Qu'y avait-il de suspect dans le décès du prince de la Manufacture à part son testament ? Selon la version officielle, il était mort de manière accidentelle, aux commandes de son avion bimoteur, après avoir quitté l'aérodrome de Toussus-le-Noble, situé à six kilomètres de Versailles. Son chauffeur l'avait déposé à vingt-deux heures trente, juste avant la fermeture de l'aérodrome. Son Cessna Citation X avait décollé en condition de vol aux instruments, face à l'ouest. Il avait été happé par le plafond nuageux. Le transpondeur du bimoteur avait cessé d'émettre dix-huit minutes plus tard, le dernier point relevé par l'aviation civile correspondait au point d'impact, heureusement situé dans une zone dépourvue d'habitations. L'appareil n'étant pas équipé d'un enregistreur, il était difficile de déceler les prémices d'une défaillance technique dans l'amas de tôle froissée. Aucun message d'alerte n'avait été perçu, aucun signal radio, et une partie de l'avion avait brûlé.

Rien d'intéressant n'émergeait du rapport technique sinon que tout était parfaitement normal, jusqu'au crash brutal. Par conséquent, le mystère était entier… L'idée du suicide effleura l'esprit de l'inspecteur. Un excès de réussite et de bonheur pouvait bien vous démolir un homme et le convaincre de s'écraser en pleine gloire. Ça s'était déjà vu sur les lignes commerciales : dans un ciel sans nuages, le pilote d'une compagnie allemande avait décrété que le moment était venu de partir en emportant dans la tombe une bonne centaine de passagers. Pourquoi réserver ce luxe aux pharaons d'Égypte ?

La presse d'investigation ne s'était pas emparée de l'affaire, pas encore. Les journalistes les plus critiques se contentaient de relever l'imprudence d'un grand patron prenant seul le manche de son avion après un repas bien arrosé, sans égard pour la tranquillité des riverains, il était temps de réglementer les décollages de nuit. La presse anglo-saxonne était mi-admirative, mi-goguenarde à l'égard d'un prince de la vieille Europe qui se comportait en Américain, jusqu'à voler sur une marque de l'Oncle Sam. Elle s'interrogeait surtout sur l'avenir de la Manufacture, dont il avait épousé les lignes et le destin en prenant soin de ne jamais désigner de dauphin… Le cours de la Bourse était déjà secoué par la nouvelle, c'était le moment de spéculer… La forte probabilité d'un arrêt cardiaque était mentionnée dans le dossier. L'inspecteur chercha en vain le rapport d'autopsie.

– Vous venez pour une enquête ou vous êtes enfin décidé à faire votre bilan de santé ?

C'était son médecin traitant, avec qui il jouait au chat et à la souris depuis des années.

– Si c'était pour mon client, j'irais directement à la morgue. J'espère que vous êtes plus doué avec votre patientèle…

– C'est ce que nous allons voir…

Gabriel Thaumas avait raison d'être pessimiste, les nouvelles n'étaient pas bonnes. On pouvait lire sur le visage du médecin, concentré sur le bruit de son stéthoscope, la même inquiétude que celle d'Alexandre le Grand sur la mosaïque de Pompéi.

– Je ne sais pas ce que ces poumons nous disent mais ils sont loquaces, je crois bien qu'ils appellent au secours. Il va falloir faire des examens, un scanner des poumons, contrôler votre taux de cholestérol… Vous fumez toujours ?

– Comme un pompier, mais de la fumette électronique, je me suis mis à la page. À votre avis, docteur, peut-on trouver l'énergie de poser un avion quand on fait une crise cardiaque mais qu'on est un grand sportif ?

– Avec l'homme tout est possible, même l'impossible… Par ailleurs, ce que vous appelez « crise cardiaque » n'est pas une cause de mortalité.

– Comment ça ?

– C'est un symptôme, ce n'est pas la cause première. Avec votre hygiène de vie et votre syndrome de Marfan, vous pourriez nous faire un arrêt cardiaque ici, maintenant, dans ce cabinet. Vous pourriez aussi faire une attaque après une prise de cocaïne, ou parce que je vous aurais injecté du chlorure de potassium, ou vaporisé du Novichok. Rappelez-vous l'affaire Skripal, un espion russe empoisonné dans un parc londonien, ou Alexeï Navalny, l'opposant à Poutine. Il prend un café à l'aéroport et il est saisi de convulsions après le décollage, heureusement il n'était pas aux commandes de l'avion… Dans l'immédiat, j'aimerais vous convaincre de vous occuper d'abord des vivants, et en l'occurrence, de vous-même ! Laissez les morts enterrer les morts…

L'inspecteur accepta de mauvaise grâce la prise de

sang et les analyses, de toute façon il irait chercher ses résultats le plus tard possible… Faire ses valises était le meilleur moyen de prendre de la distance avec la médecine. Et puis il fallait coincer cette poupée nigériane au plus vite, avant qu'elle ne disparaisse dans la nature. Ce médecin avait du flair – concernant les morts en tout cas. Il faudrait lui reparler de cette affaire après avoir mis la main sur le rapport d'autopsie. L'arrêt cardiaque était-il la cause ou la résultante ? Le cœur n'a pas d'horodateur… Et s'il était mort de peur ? Le grand Alexandre, mort de trouille. Et qui pour le remplacer à la tête de la Manufacture ? À qui profite le crime ? À la veuve noire, pense la veuve blanche, mais c'est trop simple…

3

La ligne d'horizon était barrée par les piles d'un immense pont autoroutier, dont le tablier semblait onduler en fonction du trafic. Des motocyclettes aux porte-bagages surchargés frayaient comme des souris entre des trente-tonnes pachydermiques. Parfois tout s'arrêtait : accident, congestion, émeute, incendie, explosion… Deux semaines plus tôt, un camion rempli d'hydrocarbures s'était volatilisé au milieu du trafic, on avait relevé trois cents morts. C'était le Third Mainland Bridge, l'une des artères principales reliant le cœur, la tête et les membres de Lagos, entre les îles et le continent. Gabriel Thaumas se demandait comment il avait échoué au beau milieu de ce chaos innommable et dangereux. Il lui avait fallu cinq heures pour rallier Makoko depuis son hôtel situé sur le *motorway* de Lekki, le Mandarin oriental.

Awa l'avait conduit chez Abraham, le chef coutumier, qui tenait une espèce de bar au milieu d'un enchevêtrement de maisons, face à la lagune avec une vue imprenable sur le chantier du siècle. Le groupe électrogène tournait à plein régime, ses affaires aussi, il fabriquait de la glace pour les pêcheurs de sa communauté, il était aussi chercheur d'or, à ses heures perdues. Il lui montra avec fierté ses chambres froides, où il entreposait le poisson, tandis qu'un ouvrier remplissait à toute vitesse des petits sacs plastiques avec de l'eau rendue potable par une centrale de purification artisanale. Le mazout et le poisson combinaient leurs effluves, autre cocktail détonnant. L'inspecteur aurait volontiers parlé pêche et chiffons mais il y avait déjà un poisson dans son filet, il fallait le faire dégorger. Awa l'attendait au bar avec un verre de zobo.

– Bon, madame Cozkri Kloyinbo… D'abord je ne suis pas de la police, je suis détective privé. Vous aurez la visite de la police française plus tard, c'est à peu près sûr, il y aura des commissions rogatoires, ça prendra un peu de temps mais la justice arrive toujours, comme la cavalerie dans les westerns… Or c'est un peu le Far West ici. Il faut tout me dire, je ne ferai pas de rapport et on peut convenir que certaines choses resteront confidentielles entre vous et moi, ce seront nos petits secrets…

– Pour qui vous travaillez alors ?

– C'est la veuve d'Alexandre Obkowicz qui m'envoie…

– Ah…

– Oui… C'est délicat comme affaire.

Elle haussa les épaules.

– Plus maintenant… Et puis moi aussi je veux savoir la vérité. Alexandre est mort en France, à Versailles, je n'ai rien à voir avec ça. Il était très bon pilote, son avion était en bon état. J'ai fait plusieurs vols avec lui, vous savez…

Voilà qu'elle reprenait les arguments de la veuve, l'*autre* veuve. Elle n'allait pas s'en tirer à si bon compte.

– Savez-vous quelle était sa destination quand il est mort aux commandes de son avion, le 17 novembre ?

– Oui… il venait à Lagos…

– Voilà… Et il a fait de vous son héritière, des participations qui valent une somme plutôt rondelette…

– *Rondelette* ?

– Importante. Vous êtes la seule personne à hériter en dehors de sa famille.

– Je ne le dirais pas comme ça, monsieur Thomas.

– Th*au*mas. Mon prénom c'est Gabriel, ou Gaby.

– Gabriel… c'est le nom d'un ange, l'ange qui apporte la rédemption.

– Oui, enfin dans la Bible… Dans le Coran il me semble qu'il vient punir les ennemis de Dieu et les épouses indociles ou infidèles…

– Djibril apporte aussi la révélation dans le Coran… De toute façon je ne suis ni l'une ni l'autre et le mari infidèle a déjà été puni, hélas… Puisse la lumière du Fâ vous éclairer et vous dire pourquoi Alexandre est mort…

– C'est en effet ce que Mme Obkowicz voudrait comprendre. Elle voudrait savoir pourquoi vous héritez d'une partie de la fortune de son mari. C'est une question assez légitime et il n'y a pas besoin de rite spécial pour comprendre…

– On me dit qu'Alexandre est mort d'un accident d'avion après une crise cardiaque, mais j'ai des doutes, moi aussi. Il était très sportif…

Thaumas ne put s'empêcher d'imaginer Alexandre le Grand culbutant sa princesse nigériane dans un marécage avant de se battre avec des truands armés de machettes, pour finir cramé avec un pneu autour du cou, selon une coutume locale. Il aimait aussi les films gore, c'était son jardin secret.

– Je pense qu'on nous cache quelque chose…

Il émergea de sa rêverie, il fallait passer à la vitesse supérieure.

– Ah non ! Ne renversez pas les rôles ! Je pense que c'est *vous* qui nous cachez quelque chose !

Il n'avait pas besoin de détecteur de mensonges, elle ne lui disait pas tout. Même s'il avait envie de croire à son innocence. Il voulait qu'elle le conduise à un prédateur, un vrai, un grand fauve, pour justifier son voyage au cœur des ténèbres. La jeune femme se leva d'un coup et quitta la pièce, visage fermé. Ce qui avait valeur d'aveu. L'inspecteur but une gorgée de jus de bissap, dont la saveur lui rappela une mission de coopération en Égypte et le démantèlement d'un réseau terroriste. Le bissap, boisson des pharaons, extrait de la fleur d'hibiscus, riche en antioxydants. En attendant il venait de laisser partir son suspect numéro un, après avoir éveillé ses soupçons, ça commençait bien ! Thaumas sortit du bar en zinc et sentit le sol tanguer. Il ne manquerait plus qu'on l'ait empoisonné. Le soleil était au zénith, une grosse chaleur bien humide lui cognait sur les tempes et le faisait ruisseler. Un beuglement le fit sursauter. Il vit deux hommes armés de longues machettes, une vache s'écroula à ses pieds dans une mare de sang. Sans égards pour lui ils entreprirent de démembrer l'animal. *Un abattage rituel*, pensa l'inspecteur, non sans dégoût. Une femme le regardait fixement en enroulant posément les viscères d'une chèvre autour d'un bâton. L'odeur était insupportable. Il tremblait.

– Ça va, le monsieur de la police ?

C'était Abraham, le chef de la communauté.

– Détective, pas policier. Savez-vous où est partie Mme Cozkri Kloyinbo ?

– Awa ? Là-bas, avec son fils, c'est l'heure de la nourriture.

– Ah oui, je vois…

L'inspecteur fronça brusquement le sourcil.

– Son fils ? Vous dites qu'elle a un fils ?

– Oui, et c'est un petit prince, vous savez ! Il aura le grand destin comme son père. Il sera chef, à Paris ou ici même !

– Awa a eu un fils avec le prince Alexandre ??

L'inspecteur écarquilla les yeux, puis il les plissa intensément dans leur direction. Oui, c'était bien elle qui donnait le sein à un nourrisson. Alors c'était ça… Il se dirigea vers la jeune femme et il quitta un instant son air sévère d'éternel contrarié pour lui offrir un vrai sourire.

– J'avais raison, vous aviez un secret…

Elle répondit à son sourire et lui dit non sans fierté :

– Je vous présente Benoît, mon fils, notre fils, le fils d'Alexandre.

Quel fripon cet Obkowicz. Il n'était pas né Bourbon pour rien. Quant à Awa… elle n'avait rien d'une *escort.* En guise de tapin elle serait plutôt passée par Sainte-Marie de Neuilly.

– C'est Benoît qui héritera des parts de son père. Mme Obkowicz ne le sait pas encore, Alexandre voulait lui dire plus tard, il n'a pas eu le temps... Vous pensez vous aussi que sa mort n'est pas accidentelle ?

– Ce n'est pas clair... Vous savez, un arrêt cardiaque peut dissimuler toutes sortes de choses... et je n'ai pas pu lire le rapport d'autopsie. Notre seule piste, c'est vous... Le prince vous a fait l'héritière d'une somme importante peu de temps avant sa mort, vous êtes une suspecte toute désignée... Au fond je ne demande qu'à vous croire, mais il faut m'aider. Alexandre avait certainement des ennemis ici, qui ont pu travailler à lui nuire...

Il s'interrompit en prenant conscience que l'eau coulait désormais limpide sous le caillebotis, lavée du soupçon des turpitudes. Alexandre Obkowicz avait une deuxième femme, une deuxième vie, un enfant en bas âge – un fils ! Il avait rénové tout un quartier de Makoko, il avait pourvu par avance à l'éducation de son rejeton et il avait raté son décollage, ce ne serait pas le premier chef d'entreprise à mourir bêtement aux commandes de son avion. Awa avait raison, il était mort en France, à Versailles. Pas au Nigeria. Ce voyage n'avait servi à rien. Enfin si, à apporter la preuve que le parcours d'Alexandre le Grand sombrait dans la banalité : quel patron du CAC 40 n'avait pas une double vie ? Son regard se posa sur le sein nourricier, qu'un bâtard de prince tétait goulûment, un sein royal, proportionné à ce pays gigantesque saturé de pétrole, que des pompes suçaient par milliers jusque dans la mer pour étancher une soif de croissance démesurée. Le jeune prince serait aussi grand que son père, il aurait la beauté de sa mère et reviendrait en France demander ses droits, il monterait sur un trône, ici ou là-bas, le chef du village avait raison.

Un peu gênée par le regard insistant de l'inspecteur, la jeune femme remonta l'étoffe de sa robe dégrafée.

– Alexandre... Oui, bien sûr qu'il avait des ennemis... des ennemis puissants... Quand il a voulu faire la nouvelle Venise ici, à Makoko, amener les touristes, reconstruire les maisons sur pilotis, aider le centre culturel... oui, il a gêné beaucoup de gens. Dis-lui, Abraham.

Le chef coutumier se caressa le crâne.

– C'est vrai... beaucoup de personnes veulent garder le peuple pauvre et misérable. Makoko est béni de Dieu mais la spéculation immobilière est très forte. Nous n'avons pas la propriété reconnue de la terre, la ville est sauvage et la terre devient très, très chère à Lagos, il y a la spéculation. Plusieurs communautés déjà sont parties, les rois ont reçu l'indemnité, on leur donne une grande maison sur les îles, alors ils lâchent leur peuple. Parfois les maisons brûlent, les bulldozers arrivent, ils rasent tout pour faire les bureaux, les condominiums. C'est arrivé déjà à la communauté maroko, à Eti Osa, sur l'île Victoria. Trois cent mille personnes ont perdu le logement... Toute la vie de la communauté détruite... Soyinka, il s'est battu contre ça. Il a dû fuir, Abacha le dictateur voulait l'emprisonner.

– Soyinka est un grand poète nigérian, précisa Awa, voyant l'inspecteur perdu. Il a eu le prix Nobel de littérature.

– En 2012 on a manqué tout perdre ici, à Makoko, en 2016 aussi. Le prince Alexandre, il a bien compris ça. Un vrai prince de la France... Il serait le roi ici ! Son entreprise n'a pas de frontière. Il construit les villes partout, en Chine ! en Amérique ! Et il a voulu faire

Venise ici ! À Makoko ! Il nous avait invités, les chefs, on devait aller avec lui à Venise, la vraie... Un paradis sur l'eau... Le Lion avec les ailes... On a dit : « On fera le pont du Rialto ici même. » Alors Alexandre a été assassiné. Bien sûr !

– Assassiné ?

L'inspecteur était incrédule. Son enquête allait donc repartir ? C'était trop gros.

– Mais par qui ?

– Par le 1 % du 1 %.

Awa reprit la parole :

– Oui, les gens très très riches de Lagos. Ceux qui font la spéculation. Ceux qui tiennent le vrai pouvoir. Quelques familles. Pas seulement à Lagos. Il y a aussi les Libanais, les Chinois...

Thaumas recula légèrement, comme pour mieux sonder du regard ce qui prenait la forme d'une nouvelle piste, probablement aussi fausse que la première, mais plus prometteuse. Abraham transpirait beaucoup, son T-shirt de chef était trempé de sueur. Était-ce le soleil ou l'effet de la peur ?

– Pourriez-vous être plus précis ? Auriez-vous des noms qui...

La sonnerie de son téléphone portable l'interrompit. C'était Jeff, un contact d'Alexandre Obkowicz à Lagos, Karolyn lui avait donné son numéro, il pourrait lui être utile. L'inspecteur lui avait laissé un message depuis Paris, Jeff l'avait écouté avec retard, voilà qu'il rappelait pour le voir au plus vite, toutes affaires cessantes. Le plus simple était de se retrouver chez « Tarzan », à Tarkwa Beach, le chef du village saurait lui dire comment s'y rendre.

– Pardonnez-moi, c'est embêtant mais nous devons remettre notre discussion, je dois rencontrer Jeff, ami du prince Alexandre, chez un certain Tarzan.

– Tout le monde connaît Jeff ! Je vous emmène, on va prendre le bateau.

– Ah c'est très aimable… Vous connaissez donc aussi Tarzan ? Parce que ce n'est pas clair, tout ça…

L'inspecteur prit congé d'Awa et se retrouva sur une large pirogue gouvernée par un moteur respectable, un Suzuki à double hélice et réduction compacte à deux étages – le chef n'était pas peu fier de sa dernière acquisition. La conversation dériva sur les moteurs, les bateaux, et bifurqua vers la politique et la religion car il fallait un certain temps pour relier le Third Mainland Bridge et l'Ikoyi Bridge, un grand pont suspendu jeté entre l'île de Lagos et la presqu'île de Lekki, au détour de l'île de la Banane. Il fallait ensuite se faufiler entre les yachts et les ferrys pour contourner l'île Victoria, siège historique de la ville colonisée par l'Angleterre. La plupart des bâtiments historiques avaient été rasés pour être remplacés par des tours et des hôtels, y compris le consulat britannique ironiquement rebaptisé « *Iron Coffin*[1] » par des indigènes amusés par la santé fragile des gouverneurs britanniques, emportés par la malaria, les fièvres hémorragiques ou la peste bubonique… Au prétexte d'assainir des lagunes putrides, la spéculation immobilière était devenue un sport national. Des immeubles jaillissaient des marécages comme des champignons après la pluie, reliés par des autoroutes urbaines transformant le dédale d'îles en un

1. Cercueil d'acier.

Los Angeles sur pilotis. La Manufacture avait dû se régaler… Le chef remit les gaz en sortant d'un canal étroit et obliqua plein sud. La houle était cisaillante et la pirogue roulait d'un bord sur l'autre. Thaumas reçut une brassée d'eau sale et il comprit qu'ils avaient fait un énorme détour pour se remettre dans l'axe initial.

– C'est important que tu voies Lagos, comme c'est gigantesque, dit Abraham avec fierté. Vingt millions d'habitants…

Ils arrivèrent enfin à un embarcadère au bord de Tarkwa Beach, signalé par un panneau délavé par les embruns arborant le nom « Tarzan Marina ». C'était une plage artificielle, l'urbanisation galopante avait détruit les plages arpentées jadis par les pêcheurs et les négriers. On pouvait s'y baigner sans risque d'attraper la leptospirose mais c'était moins poétique. L'inspecteur descendit prestement du bord, accompagné d'un rappel à l'ordre du chef :

– Monsieur Thaumas, tu dois revenir ce soir à Makoko, il ne faut pas manquer la cérémonie du couronnement !

– Le couronnement ?

– Notre roi est passé il y a deux mois, le nouveau roi est intronisé ce soir. Tous les chefs coutumiers seront présents. Tu seras mon invité, pour représenter la mémoire du prince Alexandre.

Thaumas dut promettre à Abraham qu'il reviendrait assister le soir même à ce qui allait sans doute être le couronnement le plus insolite de toute sa carrière.

Jeff l'attendait sur le débarcadère, sous une casquette à motif prince-de-galles.

– Jean-François Guédéon pour vous servir, dit-il en lui serrant la main, Jeff pour les intimes, ajouta-t-il en clignant de l'œil. Le chef avait raison, en voiture vous seriez encore dans les embouteillages... N'empêche que vous avez fait un sacré détour... Sacré Abraham ! Il vous a fait passer sous le pont Ikoyi, c'est le nouveau symbole de Lagos. Entre nous je préfère le pont de Normandie ou Tancarville. Vous auriez gagné trois quarts d'heure en passant par le Carter Bridge, c'est le premier des ponts autoroutiers de la capitale, il a relié Lagos au continent en 1900, et il a été reconstruit plusieurs fois. Les Nigérians se foutent complètement du patrimoine, vous avez remarqué ? Il faut que ce soit neuf et que ça brille. Remarquez, on pensait pareil en France dans les années soixante, il n'y en avait que pour le Nylon, le Tefal et le Formica. Le naturel lagosien c'est le bling-bling, c'est pas un hasard s'ils sont cul et chemise avec les Chinois. Je suis dans l'import-export, c'est le meilleur poste d'observation. Face à nous, sur la gauche, vous avez les chantiers navals et le premier port de Lagos, et derrière nous à Tincan Island, c'est le port de conteneurs, ultra-moderne..., sauf que les camions mettent une semaine pour arriver aux bateaux... Une semaine, t'imagines ! Lagos est un bordel et une thrombose. Venez, on va prendre un verre au Tarzan Club.

– Il n'y en a que pour Tarzan ici !

– C'est Taiwo Aromire, le frère de Kehinde. Il portait un T-shirt marqué « Tarzan » quand il était môme, ça lui a collé à la peau, si je puis dire. Les deux frères gèrent tout le bastringue, le port, les ferrys, les navettes, les clubs... Je préfère m'arrêter là. Lagos, c'est un abri de pirates et de trafiquants d'esclaves. Les pirates et l'or noir, retenez ça, et maintenant le pétrole, mais c'est la même histoire. On trafique plus les hommes mais ça continue avec les femmes, on les retrouve à Paris, à faire le trottoir…

– Il y a aussi la pêche…

– Oui, la pêche, les fermes poivrières, l'huile de palme… Lagos est un grand bazar, il y a des marchés partout, ils sont tenus par les *areas boys*, des bandes de gamins. Ici tout se vend et tout s'achète, à commencer par le fonctionnaire, c'est le « facteur nigérian ». Rien à voir avec les Postes, le *Nigerian factor*, c'est l'huile dans les rouages, c'est la corruption !

Thaumas avait jugé au premier coup d'œil que son nouvel ami serait une mine d'informations… et une potentielle source de tentations au vu de ses fréquentations. Avec un peu de chance il n'aurait pas totalement perdu sa journée. Ils entrèrent dans un bar de dockers, qui ne devait pas manquer d'ambiance en soirée.

– On sera bien tranquilles ici, assura Jeff, avant de donner l'accolade à deux malabars qui devaient jouer à lever des ancres à la main pour se faire les biceps. « Le Nigeria, c'est une surprise par jour. » J'imagine que vous avez eu la vôtre en visitant Makoko.

– Certainement, et je pense que j'en croiserai davantage encore en votre compagnie…

Jeff n'était pas insensible à la flatterie.

– Ça c'est sûr que j'en connais un rayon, en lagoseries, sincèrement. Ça vient de mon éducation chez les Jésuites, mon père était ambassadeur à Nairobi, je faisais les quatre cents coups à la résidence, ça plaisait pas au corps diplomatique, alors je me suis barré à dix-sept ans. Ce soir je vous emmène en vadrouille, vous allez voir...

Il lui fit un clin d'œil complice.

– C'est la veuve d'Alexandre Obkowicz qui m'envoie, je ne suis pas venu ici pour m'amuser...

Le sourire de Jeff se figea. Il se gratta la tête sous sa casquette, avant de se découvrir.

– Je sais... Alexandre, le grand Alexandre... C'est terrible, ce qui lui est arrivé. La vraie poisse. Le mec était génial – dans son genre. Pas froid aux yeux. Il adorait le Nigeria. Lagos c'est un peu « tu l'aimes ou tu la quittes ». Et si tu en tombes amoureux alors tu y retournes encore et toujours, comme une sale drogue, comme une femme que t'as dans la peau. On peut dire que j'ai roulé ma bosse un peu partout... et il y a rien de plus bordélique que Lagos... Rien...

Il s'interrompit comme pour soupeser mentalement chaque ville, au regard du critère qui lui semblait le mieux définir la qualité d'une ville : le bordel.

– Istanbul, Mexico, Mogadiscio, Macao, Rio de Janeiro, Johannesburg... Hé, j'en ai fait des coins pourris. Eh bien, Lagos, c'est le top du top. Sincèrement. Tu prends les extrêmes de tout ce que tu as vu dans ta vie jusqu'ici et tu mets puissance deux, quatre, dix ! Ici ça te prend une heure ou dix heures pour arriver à l'aéroport, tu sais pas pourquoi. Et on peut te rançonner trois fois sur le trajet, te voler un rein ou te couper la queue, et pour une cérémonie religieuse encore ! Après t'avoir engraissé des semaines dans un trou, comme une oie. Ici le virus Ebola peut te saigner en quarante-huit heures et t'as une chance sur dix de t'en sortir. Rien à voir avec ces petites conneries de coronavirus. Et puis tu peux devenir milliardaire en trois semaines : le pétrole, l'immobilier, le cinéma ! Nollywood produit plus de films que l'Inde et les US réunis… C'est génial ce pays, tout le monde vient y travailler, il y a toutes les nationalités qui sont passées ici depuis des siècles, les Portugais, les Brésiliens Amaros, les Cubains et puis les Anglais, les Français et bien sûr les gens du coin, Yorubas, Saros, Nupes, Haoussas, Kanuri, Edo, Ghariani… Alexandre avait tout compris. C'est le seul mec du CAC 40 qui a eu les couilles d'investir à Lagos, massivement. Dès qu'il prononçait le mot « Nigeria », tous ses cadres étaient pétés de trouille. Ça le faisait marrer. Il voyait grand, il était en symbiose. Il respirait, ici. Mieux qu'à Paris où tout est petit, gris, minuscule, étriqué, tu peux même plus bouger, t'étouffes. Ici quand t'es bloqué dans un embouteillage, tu te retrouves à Rungis ou à la Bourse du commerce : tout le monde trafique autour de toi, tu vends, t'achètes, tu vends, t'achètes, de la bouffe, de la drogue, des aspirateurs, des actions… Ça se met à grouiller autour de ta bagnole, des gosses passent sous les camions pour t'apporter des cigarettes, des bouteilles d'eau, des flingues, des filles… tout ce que tu veux ! À Paris t'es juste dans un embouteillage, un parking ! Paris est un fossile. Lagos, c'est la vie. Une surprise par jour ! Sans déconner…

Il respira profondément et s'alluma une cigarette.

– En plus tu peux fumer dans les bars sans être emmerdé. La vie, quoi.

L'inspecteur s'était mis en mode « écoute », voire

en position « veille ». L'effet de la bière, l'air chaud et moite, le reflet du soleil sur la lagune, il commençait à se détendre, et puis Jeff faisait les questions et les réponses. Tout en parlant il distribuait les œillades et les poignées de main à ceux qui passaient autour de lui, il était connu comme le loup blanc.

– Et donc… Alexandre a entraîné la Manufacture au Nigeria ?

Il fallait quand même aborder le cœur du sujet. Jeff se gratta le cou et baissa la voix d'un ton :

– Alexandre… « Le prince », comme ils l'appellent ici, il a tellement aimé le pays qu'il lui a donné un gosse. Tu le sais, n'est-ce pas ? Un petit Benoît. Awa Cozkri Kloyinbo, c'est le nom de sa mère, je suis sûr que tu es là pour elle. C'est une fille bien.

– Comment la connaissez-vous ?

Le détective avait retrouvé sa langue, mais il n'avait pas beaucoup de discernement.

– Ben, parce que j'étais le gars de confiance d'Alex au Nigeria. Voilà pourquoi. C'est pas pour rien que t'es tombé sur mon numéro en allant chez lui, à Montmorency. Donc je continue. Awa, c'est une vraie femme tout comme il faut. Sincèrement. Pas du tout ce qu'on voit à Boulogne et pourtant elle est née à Benin City, comme toutes les pauvres filles que leurs parents envoient sur le trottoir pour pouvoir s'acheter des 4 × 4 et des télés en full HD. T'imagines ? Et on parle de Benin City, l'ancienne capitale d'un empire fabuleux ! Le plus grand d'Afrique ! Quelle décadence, sans déconner. Awa a réussi à éviter ça, elle a fait des études en France, elle est catholique, pratiquante en plus ! Alors de retour au pays, elle croise Alexandre, c'est le grand flash, elle l'épouse, selon le rite edo, c'est l'ethnie des rois du Nigeria. Un mariage princier quoi.... mais en toute discrétion, j'étais le seul témoin blanc. Et *crac*, son homme meurt, son fils hérite d'un petit morceau et elle se retrouve avec Interpol sur le dos.

– Interpol ?

– Oui, tu n'es pas tout seul, la police nigériane est déjà saisie par tes anciens collègues de flics, et la police nigériane, vaut mieux pas la titiller. C'est malheureux parce qu'elle a rien fait la petite, crois-moi, et elle va porter le chapeau. Ça arrangera tout le monde, au Brésil on appelle ça le *boi de piranha*, c'est sur le plus petit que ça tombe, une femme de préférence...

– C'est-à-dire ?

– C'est un champ de mines flottantes ici, faut nager avec discernement... Le prince Obkowicz, il était pas du genre à manier la pince à sucre, il était plutôt marteau piqueur, question culture d'entreprise. Ici, dès que tu touches à l'immobilier, dès que tu commences à creuser, ça te pète à la gueule... Et Eko City, c'est Omaha Beach ! Ou la Corse, si tu préfères, niveau pyrotechnie. Moi j'ai fait dans les télécoms, mais je touche pas à l'immobilier...

– Vous pensez qu'Alexandre a été assassiné ?

– Je dis ça, je dis rien. Lagos, c'est la vie et la mort mélangées, on te fume pour un oui pour un non. Un pet de travers et hop, fin de l'histoire.

– Vous faites référence à ce qu'il a fait pour Makoko, la Venise noire, la réhabilitation du bidonville ?

Jeff se caressa la tonsure puis il remit sa casquette et

appela le serveur pour commander deux autres bières, d'autorité :

– Et deux shots d'ogogoro, celui de la maison !... Gabriel... c'est bien ton prénom ?

– Les amis m'appellent Gaby.

– Mon Gaby, je vais te faire goûter un truc bien d'ici, tu vas voir, un machin qui rend aveugle quand ils te le coupent au méthanol, mais il y a pas de risque ici, je connais bien le taulier...

Jeff avait le débit d'un AK47, mais il s'interrompit brutalement pour détailler l'inspecteur Thaumas, qui ne lui était pas antipathique... mais avait-il la carrure ? Il traînait un regard un peu triste, un peu éteint, un regard de loser. À Lagos il fallait que ça brille, que ça pétille et que ça impressionne, sinon le touriste était rincé en trois secondes. Thaumas était envoyé par la veuve, elle devait avoir ses raisons. Il haussa les épaules et reprit :

– Bon, la réhabilitation de Makoko, c'était, comme qui dirait, une preuve d'amour. Un rêve de gosse, un peu dingue. On a tous nos faiblesses, regarde Louis XIV, ce qu'il a fait pour épater Marie-Antoinette, le Trianon et ses petits moutons...

– Je pense que c'était plutôt Louis XVI...

– On s'en fout, quand on aime, on compte pas, prends le Taj Mahal ou les pyramides d'Égypte ! Alexandre voulait faire ici la synthèse entre un programme ANRU[1] et la place Saint-Marc, avec le pont du Rialto en prime. C'est sûr qu'il s'est fait des ennemis

1. Agence nationale de rénovation urbaine, en charge de la réhabilitation de l'habitat social.

avec cette histoire de réhabilitation. Les promoteurs n'attendent qu'une chose, que Makoko brûle ou soit emporté par une inondation pour virer les habitants et récupérer le foncier. Ça arrive tous les jours, et par paquets de cent mille bonshommes, qu'on déplace comme un rien. Quand les gens se rebiffent, on achète leurs chefs coutumiers à coups de pétrodollars et on les reloge plus loin, on crame la zone et on repousse les frontières de la ville, à l'infini… *Greed is good and sky is the limit*[1]. Avec ses gros sabots français et ses bonnes intentions, Alexandre a mis le bazar dans leurs plans d'affaires…

– C'est donc bien à cause de ce qu'il a fait pour Makoko qu'il a eu des problèmes, selon vous ?

– Si tu veux…

– Comment ça, si je veux ? Il y a autre chose ?

– Ah oui, mon Gaby ! Y a plus lourd… bien plus lourd… À mon avis, tu n'as même pas envie d'en savoir plus !

– Évidemment que je veux tout savoir ! J'aimerais juste éviter de perdre du temps avec tes devinettes !

– Ben voilà, tu me tutoies maintenant ! Le réflexe « interrogatoire de police » !

Jeff éclata de rire, un rire de gros fumeur, éraillé.

– Tiens, prends ça, c'est de la bonne.

Il renversa dans sa bière le shot d'eau-de-vie qu'on venait de leur apporter.

– À Mexico ils font ça avec de la tequila, ça s'ap-

1. Juxtaposition de deux dictons américains en langage d'affaires : « La cupidité est bonne » et « Le ciel est la limite ».

pelle un sous-marin. Je préfère l'ogogoro. À la tienne, inspecteur Gaby, cul sec !

Jeff souleva ses 90 kilos. Ils devaient avoir le même âge mais pas les mêmes problèmes de santé. Jeff avait la chair riche et voluptueuse, Thaumas l'avait triste et amère, aigrie par la bureaucratie policière et la disparition de sa femme – un cancer du colon, foudroyant. Sa fille lui avait bien dit : « Profite de la vie ! » Il était mal à l'aise avec ça, la jouissance de la vie, et puis il travaillait dans un corps malade. « Malaise dans la police », titraient les quotidiens de presse, année après année. Peut-être qu'il aurait dû venir plus tôt en Afrique, le continent de la misère joyeuse. À Lagos en tout cas. Il sentait ici une énergie nouvelle, communicative. Jeff s'en nourrissait.

– Je vais te montrer un truc dément. »

Il exultait, entraînant dehors l'inspecteur qui commençait à voir la vie sous une couleur plus avenante : ce tord-boyaux avait scellé leur amitié.

Ils marchaient bientôt dans le sable, le sable artificiel d'une plage artificielle qui portait le nom d'un personnage de fiction : Tarzan.

– Regarde !

L'inspecteur Thaumas plissa les yeux, en vain.

– Quoi, je ne vois rien !

– Voilà ! Rien ! Trois millions de mètres cubes de sable remués pour rien, des milliards de dollars passés au tamis, et notre ami Alexandre y est pour quelque chose… On va s'en rapprocher, c'est sur la route.

– La route ? Mais pour aller où ?

– Au couronnement, pardi ! Le roi ! T'as déjà oublié ?

Sous le regard médusé de l'inspecteur, Jeff s'éloigna pour alpaguer Tarzan, dont l'existence se matérialisait enfin sous la forme d'un géant aux cheveux longs – une perruque sans doute. Ils échangeaient avec le pilote d'un ferry sur le point d'appareiller. Thaumas les rejoignit en titubant légèrement.

– C'est bon, il nous emmène ! Dans son Lagferry, c'est la dernière mode !

Thaumas renonça à poser de nouvelles questions. « Une surprise par jour », avait dit Jeff ? On était loin de la réalité. Le ferry appareilla avec à son bord une foule chamarrée et bourdonnante. L'inspecteur s'émerveilla de la diversité des étoffes et des manières de s'attifer, à côté desquelles la mode occidentale apparaissait d'une fadeur et d'une banalité consternantes. Les hommes accordaient un soin particulier à leur couvre-chef, les femmes, à leur perruque. Et le marché continuait... Nourriture, boissons, étoffes, électronique, films piratés...

– Tiens, goûte-moi ça, dit Jeff en lui tendant un samoussa indien ruisselant d'huile. C'est qu'une mise en bouche, tu vas voir ce qu'on va bouffer ce soir... Tarzan va faire un crochet pour que tu voies le monstre. Je te fais le topo : Eko Atlantic City, c'est une île artificielle monumentale, c'est le Dubaï de l'Afrique. Le mur que tu vois en face, il fait huit kilomètres de long. Il a fallu remuer trente-cinq mille tonnes de roche : l'Océan ici, c'est pas la mer Morte, c'est l'Enfer de Dante, les vagues sont gigantesques. Tu peux aller plonger sur les épaves au large, il y en a des milliers. Donc tu rajoutes trois millions de mètres cubes de sable et tu obtiens dix kilomètres carrés de foncier volés sur la mer. Vu les prix de l'immobilier à Lagos, tu peux imaginer la montagne d'or que ça représentera un jour, tout ce sable…

Jeff se pencha vers l'oreille de l'inspecteur.

– Une montagne d'or et une usine de blanchiment, si tu veux mon avis. L'avantage du béton, c'est que personne ne sait combien il en faut vraiment, tu peux facturer un maximum… Je serais pas surpris d'apprendre que c'est dans ce béton aussi qu'a été coulé le cercueil d'Alexandre.

Il regarda l'inspecteur fixement, pour mesurer son effet. Thaumas ne bronchait pas, il attendait la suite. Jeff se pencha à nouveau vers son oreille pour couvrir le bruit infernal du moteur, combiné au brouhaha des conversations.

– Quand le projet Eko Atlantic City a été lancé, la Manufacture s'est mise sur les rangs, c'est comme ça qu'Alexandre Obkowicz est venu au Nigeria pour la première fois. Ils allaient construire le Manhattan de l'Afrique, tu penses qu'il était intéressé ! Des dizaines de tours, le chantier du siècle ! C'est comme ça qu'on s'est rencontrés, j'étais conseil d'un investisseur…

L'inspecteur eut un mouvement de recul : n'avait-il pas dit qu'il se tenait loin de toute affaire immobilière ?

– La Manufacture était en compète avec des groupes chinois mais c'est un Libanais qui a raflé la mise. Alexandre s'est mis au parfum des mœurs locales, je l'ai aidé comme j'ai pu… Il a récupéré un contrat maousse avec un consortium, une dizaine de tours de bureaux, des logements, des hôtels, des restaurants… Ses actionnaires étaient pétés de trouille. Tu penses, ça revenait à construire La Défense sur la mer… ou sur un volcan ! Je parle au plan politique, parce que c'est quand même une poudrière, le Nigeria…

Tout en lui présentant son profil pour éviter les postillons, l'inspecteur regardait défiler la digue en blocs de béton qui protégeait… un désert de sable… Où étaient donc ces fameuses tours ? Le Manhattan africain ? Il finit par distinguer deux grands bâtiments, solitaires, au milieu d'un immense désert de sable. Le ferry se rapprochait dangereusement du mur, les vagues étaient hautes. Ce n'était pas le moment d'avoir le mal de mer. Il mordit dans le deuxième samoussa et lâcha :

– Ton Eko Quartier ressemble plus à la tour Montparnasse qu'à La Défense ! Elles sont où, tes tours ?

– « Eko Quartier », je la retiens celle-là, elle est bonne ! Un Eko Quartier avec des tours fantômes… Faut que je t'explique le grand revirement d'Alexandre, le virage à 180 degrés. Le problème, c'est qu'il s'est trop bien acclimaté, il a pris de l'assurance. C'est un peu de ma faute, tu penses, je lui avais fait rencontrer du monde… un peu trop : il est tombé amoureux du pays…, d'Awa surtout. C'est toujours pareil, on croit bien faire… et puis ce qui vous fait vivre est aussi ce qui vous tue. Alexandre a voulu voir d'où venait sa belle, elle lui a montré Makoko, tu connais la suite…

– OK, mais quel rapport entre la Venise black et ce gros tas de sable blanc ?

– Un rapport sous-marin…

Jeff prit son air mystérieux et le planta là. Pour revenir quelques instants plus tard avec le fameux Tarzan, le géant qui tenait son nom d'un T-shirt imprimé.

– Tarzan je te présente mon ami Gaby Thaumas, qui s'intéresse à l'hydrographie et au transport fluvial.

– Enchanté Mister Thaumasse, ici c'est très spécial, hein ? *Water transportation is serious business, capital intensive, but rewarding*. Vous voulez investir dans le transport fluvial ? J'ai la meilleure entreprise. On a les lignes de ferrys pour aller partout, on a construit les ports, les *hotels*, *recreation parks*... Mais l'administration c'est compliqué, et il faut toujours payer, *Nigerian factor*...

– Tarzan, dis-lui pourquoi le chantier Eko Atlantic City s'est arrêté.

– Ah oui, c'est compliqué ça.... C'est la crise... Le prix du pétrole... le virus... mais ça va repartir, c'est sûr...

– OK, merci Tarzan !

Jeff mit rapidement un terme à la conversation et se retourna vers l'inspecteur.

– Tu vois !

– Ben non, qu'est-ce qu'il y a à voir ?

– Il ne veut pas en parler, personne ne veut en parler. Surtout à un étranger. Moi je vais te dire ce qui s'est passé. Quand Alexandre est mort, il était en route pour Lagos. Et tu sais pourquoi ?

– Pour voir sa blonde ? et son fils ?

– Oui, sa blonde, j'aime bien ton humour. Accessoirement, il avait rendez-vous avec le gouverneur de Lagos. Pour lui demander de faire stopper le chantier Eko Atlantic. Pour lui annoncer que la Manufacture se retirait de l'opération, quel que soit le coût. Et qu'il comptait saisir la justice internationale, pour obtenir des dédommagements monstrueux au profit des communautés locales.

– Mais pourquoi ? Explique-moi.

– Tout simplement parce que cette île artificielle commence à produire des perturbations considérables dans les courants marins et les échanges avec la lagune. Makoko va progressivement disparaître sous les eaux, comme les *townships* environnants. Ça, c'est du moyen terme. À long terme, il y a un risque d'assèchement de la lagune et c'est surtout ce qui intéresse nos amis promoteurs : déloger des millions de pauvres puis viabiliser et reconstruire en dur, comme ils viennent de le faire ici, en remuant des millions de mètres cubes… Alexandre, ça ne le dérangeait pas le moins du monde… jusqu'à ce qu'Awa lui tourne la tête et lui demande de faire de la *Black Venice* une vraie Venise sur pilotis, au milieu d'une réserve écologique ! Au point d'y investir sa fortune personnelle en cédant des participations dans des boîtes européennes… Si tu veux mon avis, Alexandre s'est autoradicalisé, en quelques semaines, il est devenu un écologiste forcené…

– J'ai quand même du mal à imaginer des promoteurs monter une opération aussi risquée que l'assassinat d'un patron français du CAC 40…

– C'est parce que tu ne connais pas le pays, et tu ne connais pas Alexandre : quand il avait quelque chose en tête, il était capable d'attaquer un requin blanc avec un couteau à beurre… Sais-tu qu'il a transmis à toutes les ONG les études qui montraient le désastre ? Un carnage écologique car ça grouille de bestioles ici. Dans tout l'espace lagunaire, des tas d'espèces endémiques, des oiseaux, des hippos, des reptiles… tout sera anéanti pour étancher la soif universelle de verre et de béton.

Il a donc mobilisé les écolos, les opposants au régime, il avait même un gros dossier contre le gouverneur, il pouvait le faire chanter, c'est pour ça qu'il venait à Lagos... Sincèrement, j'ai tout fait pour le décourager. *Ils* ne m'ont pas laissé le temps. *Ils* ne lui ont pas laissé le temps...

Le ferry remontait à présent le long de l'île Victoria, longeant le port Dado vers le pont Carter, celui qui avait tout déclenché en arrimant l'île de Lagos au continent, au tournant du siècle passé. Des pirogues étaient arrimées aux piles du pont, des pêcheurs regardaient passer l'embarcation, indifférents au vacarme des camions et des voitures qui filaient au-dessus d'eux dans un vrombissement d'insectes, sur ces autoroutes aériennes, d'île en île, indifférents aussi aux mouvements sous-marins du grand capitalisme financier. Le ferry laissait sur bâbord la gare ferroviaire, qui déversait ses millions de travailleurs venus de toute l'Afrique, pour revenir enfin au point de départ de cette étrange journée : Makoko, épisode 2, le couronnement du roi.

Le ciel commençait à s'obscurcir, la nuit tombait vite sur le golfe de Guinée, la ligne de l'Équateur était proche. Des torches brûlaient sur l'embarcadère et sur l'eau, l'inspecteur distinguait des formes, un amas de pirogues, des musiques, des chants et des cris, le ferry avançait avec précaution dans le canal surchargé.

– Habiter sur l'eau, c'est la solution au réchauffement climatique à ce qu'il paraît, mais ça te crée un de ces bordels... Le chaos crée encore plus de chaos, c'est la loi de l'entropie universelle... Et ça remonte à loin... Imagine, il y a trois siècles, un des douze descendants du roi Ogunfunminire se carapate ici, sur ces îles, avec sa tribu, pour fuir les guerres et le chaos sur le continent, ils se retrouvent ici dans les marais au milieu des moustiques et à la merci des pirates, il y a tout à faire…

L'inspecteur Thaumas écoutait Jeff d'une oreille distraite, attendant le moment où le ferry percuterait une pirogue ou une mine dérivante ou se prendrait un camion bourré d'hydrocarbures tombé d'un pont autoroutier. Jeff était intarissable, il en connaissait un rayon sur l'urbanisme lagunaire, et c'était comme si l'Histoire se répétait, avant les Lagosiens il y avait eu les Vénitiens, eux aussi avaient fui les Wisigoths, les Huns et les Ostrogoths… Dès que l'humain était menacé sur terre il se fourrait dans un marais, la peur le faisait marcher sur les eaux, après quoi il devait apprendre à vivre dans un marigot, un labyrinthe dont il avait perdu l'issue…

– C'est toujours un dédale ici… Dommage que t'aies pas connu Alexandre de son vivant… C'est ici au milieu de ce merdier qu'il était le plus à l'aise, relax, décontracté… Alors que toi, Gaby, pardon mais il va pas falloir te perdre, ici… Restons avec Tarzan, le temps de retrouver Abraham.

Jeff avait raison, l'Amazonie à côté de cette mégalopole, c'était un jardin à la française. « La théorie du chaos faite de chair et de béton », disait de Lagos le *Lonely Planet*. Il fallait y ajouter la vase, les plantes, les crocodiles, les hippopotames et les serpents… Pour combien de temps encore ? Il fendit la foule, et la foule l'engloutit.

4

Des chuchotements d'enfants. Le chant d'une femme. Un clapotis. De l'eau qu'on verse. Le cri d'une mouette. Un parfum, âcre. Un souffle. Et puis un visage, contre le sien.

– Alors mon chéri, c'était bien, la nuit ?

L'inspecteur ouvrit les yeux et se redressa, stupéfait. Le visage lui était familier. *Foumilayo*, son prénom lui revint en mémoire. Elle l'entoura de ses bras.

– C'était bien, la fête ? Tu t'es bien amusé ?

Il imaginait déjà la tête goguenarde de Jeff. Il l'avait bien eu… « T'inquiète, ce qui se fait à Lagos reste à Lagos ! » lui avait-il dit en le poussant dans ses bras. Foumilayo. Il avait dû procéder de la même manière avec le prince Alexandre.

– Où sommes-nous ?

– Ici, c'est chez moi, monsieur Thomas.

– Appelle-moi Gabriel, ou Gaby plutôt…

– Tu as aimé la nuit, monsieur Gaby ?

Il s'abîma dans ses seins, larges, mous, singulièrement doux, une peau de bébé.

– Oui, et j'aime encore…

– Tu aimes surtout dormir… À quoi tu penses ?

Il releva brusquement la tête.

– Je pense… à tes cheveux… Où sont-ils ?

C'était le détail troublant : ses cheveux étaient épars, crépus, plaqués sur sa tête. La veille au soir ils ruisselaient de partout en grosses tresses qui retombaient en pluie sur ses seins tandis qu'elle le chevauchait, sans égard pour son dos abîmé. Vexée sans doute, Foumilayo tourna les talons et repartit dans l'autre pièce. Dommage. Il aurait voulu sentir à nouveau contre lui sa chaleur humide, se coller contre son corps lagunaire. Il faudrait la payer, certainement, elle avait succombé à son portefeuille plus qu'à son charme naturel, qui s'était évanoui avec l'âge, les rides, les bourrelets et la calvitie. Avait-il assez d'argent ? Il ne manquerait plus qu'on l'ait dépouillé. Quand avait-il fait l'amour la dernière fois ? Dix mois, un an ? Il ne savait plus. Une passade avec la commissaire divisionnaire, un soir, après le travail. C'était venu avec quelques verres, il était veuf, elle était larguée, c'était vaguement excitant de coucher avec sa cheffe, un peu compliqué quand même, il avait perdu l'habitude de la chose depuis la mort de sa femme. Il était venu trop vite, elle l'avait chambré gentiment, « Tu mets plus de temps à conclure tes enquêtes », et puis elle l'avait viré, rien de personnel, une mesure d'âge, il avait perdu le feu sacré, il plombait les statistiques, il n'avait plus la tête à ça.

Ici la chair n'est pas triste. C'était la leçon du jour, le bilan de ce voyage, qui sait. *À Paris même les culs sont étroits, ici tout est généreux, sans limite.* L'ours était sorti de son hibernation, l'appétit revenait d'un coup, il était Paul Gauguin arrivant à Tahiti, il voulait tenir la croupe de l'Afrique entre ses mains – et tant pis pour la morale de l'époque.

Des rires interrompirent son caprice. Les enfants l'observaient à travers un trou dans le mur. Thaumas couvrit d'un drap son dard dressé, qui ne lui tenait pas rigueur du long hiver qui venait de prendre fin. Foumilayo reparut, une troisième Foumilayo différente des deux autres, avec une nouvelle coiffe, des cheveux aussi longs que lisses. Voulait-elle l'impressionner ou bien était-ce dans ses habitudes ? Variait-elle aussi son caractère ? Un fumet de céréales grillées sortait de la cuisine. Il avait faim, il avait soif. De tout.

– Maintenant il faut sortir, je range le lit, Lagos est grande mais ma maison est petite.

Gaby Thaumas sortit de la pièce. En passant il vit posé à côté d'un miroir de table le portrait d'une jeune femme, sa fille très certainement. La maison était sur pilotis, il marchait sur des planches, la lagune courait sous ses pieds, sa vie était entre deux eaux, il était toujours à Makoko…

L'inspecteur pouvait à présent dérouler le film de la soirée. D'abord il avait perdu Jeff, puis il avait retrouvé Abraham. Après avoir parcouru un tapis rouge jonché de rameaux, ils avaient accédé à l'assemblée des chefs coutumiers, reconnaissables à leurs peaux de léopard et à leurs colliers de corail bardés de LED orangés qui brillaient dans la nuit. Le roi était là, l'un des trois rois du Nigeria, le roi Jukun. Il régnait sur Kororofa devenu Lagos et sur les terres éparses. Il était le vassal d'Oba Eware II, couronné roi du Nigeria en 2016, artiste new-yorkais de son état. Ce dernier était revenu de Brooklyn pour le bénir et ils étaient maintenant entourés de députés, d'hommes d'affaires, d'ambassadeurs et d'artistes en tous genres… « Ise ! criaient les fidèles à genoux. Ise ! Longue vie au roi ! »

C'était plutôt bon enfant, les discours étaient entrecoupés d'ovations et de musiques scandées. « Si t'aimes pas le ju-ju et le tam-tam, alors vaut mieux pas venir ici », avait éructé Jeff à l'oreille de l'inspecteur. La cérémonie avait quand même pris un tour étrange quand le roi s'était approché d'un bassin en or pour en extraire une masse sanguinolente et la brandir aux regards de l'assemblée. Jeff avait confirmé l'inimaginable à l'oreille de Thaumas : « C'est le cœur du roi mort, tu vas voir, il va le bouffer. » Le roi le portait en effet à la bouche, sous les acclamations du public, pour en détacher des lambeaux. Une odeur étrange se répandait dans le public, « l'odeur du pouvoir », selon Jeff. Thaumas se souvenait du bœuf abattu sous ses yeux quelques heures plus tôt. Tel un lion ou un prêtre, le nouveau souverain laissait les restes du cœur aux chefs coutumiers, pour qu'ils prennent part au festin symbolique – pas si symbolique en fin de compte… C'était une synthèse audacieuse et convaincante du cannibalisme et du christianisme, une eucharistie faite de vraie chair et de vrai sang, qui rendait superfétatoire la théorie de la transsubstantiation, que l'inspecteur avait toujours trouvée fumeuse. Le souverain venait de se connecter organiquement avec la lignée des grands rois, il s'inscrivait dans le fil des siècles plus fortement que par la transmission d'un sceptre, d'une couronne ou d'une hostie. Et ce n'était pas fini. « Maintenant il va coucher avec la femme de son prédécesseur pendant deux jours de suite, c'est la partie la plus intéressante de cette coutume ancestrale. Après l'effort, le réconfort ! » Jeff était hilare. « Chez les Rubuka, le rite est plus raffiné. Non seulement on bouffe le cœur du roi mort, mais, tiens-toi bien, on mélange ses fluides au corps d'un nouveau-né sacrifié, dont on a vidé les entrailles et qu'on a fait sécher au soleil. Ainsi le roi et son clan sont doublement fortifiés : par les anciens et par la prime jeunesse, par le futur et par le passé, n'est-ce pas remarquable ? Si ça ne suffit pas, il y a aussi des rites de rajeunissement tous les sept ans, on en parlera une autre fois, je ne voudrais pas te couper l'appétit ! » Jeff avait éclaté de rire, l'humour noir était sa religion.

Ils avaient suivi la procession jusqu'à un terrain vague transformé en salle des fêtes. La musique et la vie grouillaient partout. Abraham et des centaines d'enfants les entouraient, la richesse inépuisable du Nigeria.

L'inspecteur Thaumas repensait au prince, qui avait tout pour vivre heureux en Europe, de la fortune, des châteaux, une belle femme, des enfants… Qu'était-il allé s'enterrer dans ce trou du cul du monde ? Après avoir rencontré Foumilayo, « celle qui apporte le bonheur dans la vie », il portait déjà un regard différent sur le Nigeria et sur Alexandre Obkowicz. Il avait dansé toute la nuit sur une barge, au son de musiques palm-wine, ju-ju, afrobeat, fuji, highlife…, des rythmes qui remontaient à la nuit des esclaves et se mélangeaient à la samba réimportée du Brésil, à la cumbia guinéenne repassée par la Colombie, aux sonorités hawaïennes et aux rythmes cubains, sans oublier le monument national nommé Fela Kuti et ses fils Femi et Seun, un joyeux brassage qui avait épousé le flux et reflux des courants transatlantiques, les alizés, le Gulf Stream et les grands vents de l'Histoire – « Et rien de tout ça n'aurait existé sans plusieurs siècles d'esclavage ! » avait résumé un Jeff décidément très décomplexé, un effet inattendu de l'ogogoro, dont ils avaient bu des litres. « Qu'est-ce que tu peux y faire, on est au pays de la soif ! »

Quelques heures plus tard, une bouche voluptueuse se refermait sur la sienne, et tandis qu'il la prenait dans ses bras pour franchir plus dignement le seuil de sa petite maison, l'inspecteur Thaumas se voyait l'égal du roi de Lagos, qui devait sacrifier à un rite similaire au même moment dans quelque palais lagunaire, s'appropriant momentanément l'épouse de son prédécesseur mort dont il avait encore le goût du cœur dans la bouche, histoire de bien lui rappeler que tout est vanité des vanités et qu'ainsi passe la gloire du monde...

Lagos ne s'endort jamais, au contraire d'une Venise brisée par la peste ou d'un New York dévasté par le corona, l'inspecteur le constata en déambulant sur un ponton mouvant posé sur la lagune, prenant de plus en plus de plaisir à marcher sur les eaux. Les pêcheurs reprisaient leurs filets, d'autres étaient partis et leurs pirogues bourdonnaient sur la lagune scintillante. Un bruit de fond continu s'échappait des grandes artères autoroutières d'un corps immense en expansion. Thaumas s'assit sur les planches, plus détendu qu'au premier jour, il n'avait plus peur de tremper ses pieds dans l'eau sale. Il avait quand même bien avancé dans son enquête, en vingt-quatre heures. Grâce à Awa et Jeff il avait deux pistes locales à explorer, solides comme du béton armé... Dans la réhabilitation de Makoko le prince avait investi sa fortune personnelle, à Eko Atlantic City il avait engagé son groupe avant de faire machine arrière toute, constatant qu'il allait détruire d'un côté ce qu'il construisait de l'autre : conflit d'intérêts ou dilemme moral, tout dépendait du point de vue... Il était mort au moment de se rendre au Nigeria pour faire pression sur le gouverneur, c'était un péché d'hubris, à trop se rapprocher du soleil on se brûle les ailes... Il ne fallait pas exclure l'hypothèse d'une trahison au sein de son groupe : un cadre dirigeant ou un actionnaire qui n'aurait pas digéré la volte-face. Ces pistes étaient plus solides que la thèse du crime crapuleux orchestré par une maîtresse manipulatrice. Awa aurait pu récupérer bien plus d'argent d'Alexandre vivant que mort. Et ils avaient ensemble un fils, Benoît. Et si c'était un accident ? Pourquoi cette manie humaine de chercher des mobiles et de voir le mal partout ? La vie n'est-elle pas, par définition et de bout en bout, une roulette russe ? Alexandre jouait avec le feu depuis qu'il était gosse. Ses frères aînés étaient morts jeunes, le premier avait été retrouvé avec une pierre autour du cou au fond de la Seine, une tumeur au cerveau avait emporté le deuxième qui était bien plus sage. Depuis Louis XIV, il semblait qu'une étrange fatalité poursuivait les enfants Bourbons, de siècle en siècle – et pas seulement les Bourbons : les fils d'Alexandre grandiraient tout comme lui, Gaby Thaumas, dans l'ombre d'un père disparu...

Tandis que les pensées se perdaient dans le labyrinthe infini des possibilités, le regard myope de Gaby flottait sur les enfants qui jouaient leur avenir au bord de l'eau. L'un d'eux avait confectionné un bateau à partir d'une vieille tong, avec un bout de sac plastique en guise de voile, et il s'éloignait tranquillement du bord envasé, chargé de rêves d'ailleurs, dans une eau scintillante qui se mettait à vibrer… vibrer… vibrer…

… Zac ! La voile de l'esquif est dans l'eau, un boulet de canon vient de couler le frêle navire, tiré d'un lance-pierres que brandit en criant un garçon surgi de nulle part. Le deuxième boulet frappe mon petit frère en plein front, le sang jaillit de l'arcade sourcilière, il se met à hurler. Je me précipite, les gamins détalent, je leur cours après. Ils prennent le petit pont et empruntent le chemin de terre, ils vont embarquer de l'autre côté de l'île. Ce sont des représailles, ils n'ont pas aimé qu'on embrasse une fille de chez eux. Ils s'en prennent au plus petit, ce sont des lâches.

La colère m'aveugle et je ne vois pas mon père qui sort de son atelier, les bras chargés, je lui tombe dessus, il s'écroule dans un bruit de verre brisé. *« Gianni ! Non è possibile ! »* Il est furieux, mais je n'ai pas le temps de m'arrêter : « Ils ont eu Virgilio, papa ! » Comme s'il venait de tomber sous les flèches ennemies. Les vauriens sont déjà sur l'embarcadère, j'avais vu juste, ils vont traverser la lagune. Ni une ni deux, je plonge, je vais les rattraper, je suis bon nageur. Mais est-ce une si bonne idée ? Ils sont trois dans le bateau, l'un rame et les deux autres sont en train de se dévêtir. Ils vont essayer de me noyer, c'est sûr. À un contre trois, c'est inégal. Je réfléchis à toute vitesse. Une seule issue, les attirer un à un vers le rivage.

C'est ce qu'a fait Horace contre les Curiaces, je l'ai vu sur une peinture de la Scuola Grande di San Rocco, mon père m'a raconté l'histoire : Horace est seul contre les trois Curiaces, ses deux frères sont morts, les Curiaces sont blessés. Alors il se laisse rattraper par le premier, et il le tue. Le deuxième Curiace le rejoint, il le tue à son tour. Puis le troisième. Il est vainqueur, on l'acclame, sa sœur pleure son fiancé qui est l'un des Curiaces, alors son frère la tue aussi : « Va rejoindre ton fiancé, toi qui oublies tes frères morts. » Horace est condamné à mort mais gracié par la foule de Rome reconnaissante.

Il faut croire que ma ruse est grossière, l'ennemi renonce à se jeter à l'eau, il s'enfuit sur sa galère. Bande de lâches. Je n'ai plus envie de les poursuivre et je n'ai pas envie de rentrer, mon père va me battre, j'ai détruit son travail de la semaine. Alors je nage. L'eau est tiède, le courant me porte. Un jour je quitterai Venise, j'embarquerai sur un bateau, j'irai me battre contre les Turcs, je reviendrai couvert de gloire, d'étoffes, de pierreries, j'aurai un palais… Et mon petit frère ? Pauvre Virgilio !

À cette pensée je rebrousse chemin, je lutte contre le courant, je retrouve mes vêtements, trop usés pour intéresser qui que ce soit. Un homme m'observe, il porte une *bauta*, un tricorne recouvert d'une mantille noire et prolongé par le masque des aristocrates, qui dissimule le visage et modifie le timbre de la voix. Bizarre, ce n'est pas le carnaval et la peste s'est éloignée… Serait-elle de retour ? Cette idée seule me fait frissonner. Un homme masqué vêtu de noir est un sinistre présage… Je pense aussitôt à mes frères et sœurs, Francesca a quatre ans, Virgilio en a sept, les trois autres sont morts de la peste. Une douleur brutale m'envahit, je me souviens du masque-oiseau du médecin, de son bâton qui me tenait à distance, du corps inerte et livide de ma petite sœur chérie, de son cou déformé par les bubons, de mes larmes de colère et de rage contre cet oiseau de mort aux yeux de verre qui puait le camphre, du désespoir de mon père, des cris de ma mère, de mes deux frères immobiles et livides… Le chagrin est toujours là, les larmes me remontent aux yeux mais je suis trop grand pour pleurer.

Je rentre à la maison à pas de souris. Par l'embrasure de la porte, j'observe : mon père est assis à la table, quelqu'un parle en face de lui. Il faut que je pousse la porte pour le voir. Elle grince horriblement. Je pousse plus fort, ils m'ont vu et s'arrêtent de parler : horreur ! C'est le même fantôme que celui de tout à l'heure sur le pont ! Un mantelet noir, un tricorne, un masque blanc et des trous à la place des yeux ! Je pousse un cri. « Va-t'en ! Je ne veux plus te voir ! » hurle mon père. Je pars en courant, mon cœur bat plus fort que la cloche du campanile de la place Saint-Marc.

Mon petit frère Virgilio apparaît, un linge entoure sa tête, Francesca arrive à sa suite. « Il y a un fantôme qui parle avec papa ! dis-je d'une voix blanche. Il était près du pont quand je suis passé, l'instant d'après il était avec père à la maison, alors j'ai couru à toute vitesse… » Mère accourt à son tour, je résiste à l'envie de me jeter dans ses bras, je suis grand, je n'ai pas peur des fantômes, j'ai presque treize ans. Elle a le regard dur de celle qui va gifler son enfant et ça ne rate pas. Un aller-retour, une soufflante. Devant mon frère et ma sœur je retiens mes larmes. « La peste revient, maman, on va mourir. » Elle comprend et s'attendrit subitement. « Non, ce n'est pas la peste. Pas du tout. Demain tu iras travailler à l'atelier, tu vas réparer tes bêtises et travailler dur. Demain, et les autres jours. »

C'en est fini de traîner avec les bandes de gamins qui se font la guerre, jouent des poings sur les ponts et terrorisent les familles. « N'empêche qu'un jour, je quitterai Murano et j'irai faire la guerre aux Maures ! Je partirai en croisade ! » Une troisième gifle interrompt ma tirade. « Tu seras miroitier, Gianni, comme ton père, il est grand temps d'apprendre ! »

Voilà, c'est comme ça que tout commence…

5

L'île Murano, Venise, le 8 juillet 1664

Il est cinq heures et Venise s'éveille au son des cloches de l'église San Pietro Martire. Lui font écho, au loin, celles de la basilique Santi Maria e Donato. Mon père trempe un quignon de pain dans un reste de soupe froide. Il est sombre. On ne parle pas. Mère revient avec un seau rempli d'eau. On fait la toilette et on y va. L'atelier est à quinze minutes de marche au bout de l'île de Murano, à la fin du Fondamenta dei Vetrai, le quai des Verriers, dans la direction de l'île de San Michele. Le soleil va bientôt se lever, il fait déjà chaud, c'est l'été. Mon père a trente ans et c'est vieux pour un maître miroitier. Il est souvent fatigué, irritable. Après le repas, il s'endort sur sa chaise, et se réveille en toussant. Mais il adore son métier, il ne vit que pour ça, faire des glaces et des miroirs... Maman est triste depuis que la peste a fauché la moitié de la famille. Grand-mère aussi est partie. Elle me parlait toujours de la grande peste de 1630, il y avait des cadavres partout dans les rues, la mort avait décimé le peuple, ce n'était pas croyable. Nous sommes des rescapés, Venise pourrait bien disparaître, comme Torcello. La peste sévit encore à Rome, Naples, Gênes… elle peut revenir ici à tout moment. Je ne veux plus voir mourir mes frères et sœurs. Je veux partir.

Pourtant, dans quelques jours, si je ne fais rien, je ne pourrai plus quitter Murano. Plus jamais. Les maîtres verriers sont emprisonnés à vie sur cette île. Mon père a une très belle maison, il peut porter l'épée, il est considéré, mais il est prisonnier. La République de Venise vit dans la hantise que les secrets de la fabrication des glaces soient connus du monde. Ce serait un coup mortel. Je vais les apprendre de la bouche de mon père. Je sais à peine lire, au grand désespoir de ma mère, mais ce n'est pas gênant : il est interdit d'écrire les formules les plus secrètes, elles doivent rester scellées dans la tête des maîtres verriers pour être transmises à leurs apprentis, et ainsi de suite, de génération en génération. Quand j'aurai été initié aux secrets, quand je serai compagnon puis maître, alors je ne pourrai plus quitter Murano. Sous peine de mort. Mon père est l'un des meilleurs maîtres miroitiers de Murano. Pour moi, c'est le meilleur. Il travaille pour la famille Baroso, une légende… Tout le monde rêve de travailler pour Jacopo Baroso. Ses ancêtres ont créé les murrines, ces petites mosaïques de verre coloré qui tapissent le sol et les plafonds des églises. Surtout, ils ont découvert le secret du cristal. Ils en ont la concession exclusive par décret de la République de Venise. Mon père sait aussi faire le *lattimo*, le verre de lait, qui ressemble à de la porcelaine. Il m'a montré un jour une coupe nuptiale très ancienne, c'est la fierté de la famille Baroso. On y voit des jeunes mariés qui se baignent dans la fontaine de Jouvence. Un serpent est enroulé au bras d'un garçon, la mort est toujours emmêlée à la vie. La coupe est d'un bleu extraordinaire, on voudrait s'y noyer, c'est le bleu de la mer Méditerranée, paraît-il. À Venise la lagune est glauque, vert-de-gris, on connaît bien ces couleurs à l'atelier, on manie le plomb, l'étain, le cuivre…

Mon père connaît tous les secrets du cristal mais sa passion, c'est le miroir. Avec du sable, de la chaux et des plantes qui poussent dans les prés salés, il fait du verre. Puis avec l'étain et le vif-argent, il fait des glaces. Mon père est magicien. J'ai commencé à apprendre avec lui, mais les bateaux m'intéressaient trop, je suis allé avec les pêcheurs, j'ai traîné à l'Arsenal, j'ai travaillé avec les charpentiers. Aujourd'hui je suis partagé, je veux quitter Murano mais avec les secrets de mon père, c'est le plus grand trésor de Venise…

Avant d'entrer au service de la Maison Baroso, nous dormions dans une cahute au bord de la lagune, au milieu des moustiques, des puces, des serpents. C'est comme ça que mes frères et sœur ont attrapé la peste, c'est sûr. Maintenant nous avons une grande maison avec un jardin, un puits avec de l'eau pure. Ce n'est plus l'espace qui manque à Murano, Venise a perdu tellement d'habitants… sans compter les incendies. Les verriers ont été regroupés à Murano après avoir mis le feu au quartier du Rialto avec leurs fourneaux. Je suis d'avis que c'est surtout pour nous empêcher de partir qu'on nous a mis dans cette île-prison… Avec des jardins pour se délasser et des casins pour perdre au jeu l'argent gagné à la sueur de notre front.

Tout est fait pour qu'on reste ici mais moi je veux voyager, m'enrichir et revenir vivre dans un palais comme il y en a au bord du Grand Canal. J'y suis allé plusieurs fois avec mon père, pour y livrer des glaces dans les *palazzi*, c'est le seul voyage autorisé hors de Murano. On entre dans les palais par une porte basse sur le canal, on arrive à une galerie, immense, pavée de murrines. Il y a des tapis partout, des soieries, des animaux dans des cages... Ça sent bon le sel, les épices, l'ailleurs et le lointain, c'est enivrant. Des commis s'affairent, inventorient, nombrent et dénombrent, les sacs de marchandises vont et viennent. Nous naviguons dans la fourmilière en prenant soin de ne heurter personne – ce que nous transportons n'a pas de prix, le miroir est le luxe suprême au milieu de tout ce luxe... Un grand escalier se présente, nous voici à l'étage noble, ici tout est calme, apaisé, ordonné, le contraire de la ruche d'en bas. Les dorures répondent aux marbres. Au plafond, des fresques aux tons clairs... Parfois un peintre est à l'œuvre, et il chante dans une langue que je ne connais pas. On déballe nos miroirs enveloppés d'étoffes pour les protéger, avec un mélange d'algues et de sciure. On les époussette soigneusement pour ne pas les rayer et on attend le commentaire du maître des lieux ou de son intendant. J'enregistre tout ce que je vois, tout ce que j'entends. Parfois mon père me corrige : « Oh ! Gianni ! Tu rêves ? Attention à ce que tu fais ! » Le moindre faux pas serait fatal. Nos glaces sont hors de prix parce qu'elles sont magiques, on s'y mire pour mieux se connaître, et quand elles sont bien agencées, on voit un dédale de pièces et de richesses qui se répondent et qui se multiplient, à l'infini... Je voulais faire la guerre, mais la guerre est réservée aux grandes familles de Venise. Alors je ferai fortune par le commerce. J'ai entendu beaucoup d'histoires d'évasions, d'exils victorieux. De grands maîtres verriers ont créé des ateliers en Flandre, en Allemagne, en France. Mon père a les mots les plus durs contre les « traîtres » qui travaillent à ruiner Venise. Moi j'aime la liberté, je n'aime pas les interdits. Je n'aime pas les magistrats de Venise et je n'aime pas les privilèges des aristocrates. Ou plutôt je les envie.

Ce matin sur le Fondamenta dei Vetrai je marche sur les pas de mon père. Je vais devenir esclave de la Sérénissime, comme lui. Maître verrier, maître miroitier, maître et esclave. Esclave des marchands, des inquisiteurs d'État qui régentent cette île devenue un empire. Mon père est préoccupé ce matin. Il s'arrête plusieurs fois, il regarde de tous côtés, il soupire. Et il tousse. Il se tourne vers moi comme pour me parler et il renonce. À la fin, il lâche : « Promets-moi que tu ne quitteras JAMAIS Murano, même si on te le demande ! Même si on te propose beaucoup d'argent ! » Autant je comprends le début de la phrase, autant la fin me laisse perplexe. « Bien sûr, Père, je vous le promets, mais qui pourrait bien… ? » C'est tout ce qu'il veut entendre. J'ai croisé les doigts en faisant cette promesse, pour m'en délivrer sans aller en enfer. Un jour je partirai. Il s'est remis en marche, avec lui le cortège de sombres pensées.

On arrive à l'atelier. J'aime cet endroit parce qu'il est large et ouvert sur la lagune, on y voit les îles San Michele et San Christoforo della Pace, et puis derrière, dans la brume scintillante, le dos de Venise, son épine saillante, le campanile de la Piazza San Marco. Vu d'ici, il semble posé sur le clocher de la basilique Santi Giovanni e Paolo. Derrière, au loin, c'est l'Italie, puis la mer Méditerranée, bleue comme la nuit…, et puis l'Afrique, dont parlent les marchands, peuplée de toutes sortes d'animaux fantastiques et grotesques, on en voit sur les fresques des églises…

« Va chercher la soude ! » Filippo me rappelle à l'ordre, c'est l'assistant de mon père, l'homme à tout faire. Il a allumé les fours, on entend les bûches qui craquent, le bois qui crépite. Je m'affaire. Le miroir est une drôle d'affaire. On prend du sable noir pour le transformer en quelque chose de si transparent qu'il existe à peine. Le verre est magique, on voit la vérité dans son reflet. Le miroir démasque les hypocrites, les dissimulateurs, il rehausse la gloire des hommes droits. L'épreuve du miroir est comme l'épreuve du feu, seuls les justes en triomphent. Il y a beaucoup d'histoires sur les miroirs, Mère nous les raconte le soir, pour nous endormir.

Filippo va d'un four à l'autre, il vérifie les températures. Je remplis les baquets d'eau. La boule de verre est une boule de feu quand elle sort de l'âtre, il faut se tenir prêt à éteindre un incendie. D'autres ouvriers sont arrivés, ils ont mis leur tablier en cuir épais. Entre leurs mains habiles, une longue canne creuse, ils soufflent dedans pour faire gonfler la boule de verre qui s'étire, visqueuse. Ils la font tourner et tourner sans cesse et la boule s'évide, dessinant un cercle parfait… C'est un spectacle dont on ne peut détacher les yeux. Après quoi il faut la remettre au four et recommencer l'opération plusieurs fois. Quand la boule devient cylindre, on ouvre ses flancs avec des pinces coupantes pour l'aplatir... ou pour lui donner toutes sortes de formes. On voit naître des vases, des verres, des gobelets, des coupelles, des perles aussi – les fameuses *conterie*, une monnaie d'échange –, et puis des animaux, serpents, oiseaux... Peut-être que Dieu a créé l'homme et les animaux de cette façon, avec du verre.

Virgilio m'aide à porter les bûchettes pour les jeter dans la gueule du monstre, il commence à apprendre lui aussi. Je me demande pourquoi le verre brûlant refroidit dans l'air, pourquoi il ne continue pas à s'échauffer. Le soleil lui est semblable, il chauffe un peu le matin, beaucoup le midi et il est froid le soir. Pourquoi ? Père me dit que c'est à cause du temps qui passe : les petits enfants s'échauffent et courent, leurs parents marchent et les vieux refroidissent peu à peu... « Le temps va toujours vers l'avant, la chaleur passe des corps chauds vers les corps froids. Quand un miroir est cassé, c'est pour toujours, la flèche tirée ne revient jamais à l'archer. » L'âme humaine brûle un moment, puis elle refroidit, éclate et se disperse comme du sable. Le froid violent peut aussi éteindre à jamais les petites âmes pures. Jamais je ne reverrai ma petite sœur *Eugenia, sorellina*, ni mes deux frères. J'ai une boule dans le cœur chaque fois que j'y pense, une boule de verre dur qui m'empêche de respirer. Ce temps-là ne passera jamais, l'horloge s'est arrêtée.

– Tu rêves encore !

Mon père Eugenio ne rêve pas, il ne montre jamais son chagrin. « Ne sois pas prisonnier du passé », me dit-il parfois, comme pour s'en convaincre. Il ne croit pas si bien dire, je n'ai aucune envie d'être prisonnier, même pas de son métier de magicien.

– Laisse refroidir et suis-moi, je vais te montrer le secret de l'étamage…

Les recettes de la fabrication du verre sont éventées et les souffleurs de verre font partie des attractions de Venise, on les montre aux rois de France autant qu'aux voyageurs et aux flâneurs. Pour les miroirs c'est une autre affaire, le secret est férocement gardé. Mon père me conduit dans un deuxième atelier, dont les portes sont toujours fermées aux regards. Des carreaux de verre sont alignés les uns contre les autres, ils ont tous la même taille – modeste – car le meilleur souffleur du monde n'aura jamais le souffle d'un éléphant. Je passe ma main sur la glace que mon père vient d'étendre sur l'établi. Elle est singulièrement lisse, sans aspérité ni défaut. Rien à voir avec le verre sorti du four de refroidissement, bosselé et granuleux.

– Papa, comment ces carreaux sont-ils si doux ?

– C'est parce qu'ils ont été dégrossis avec du sable de Vicence et toutes sortes d'outils. Retiens bien ça, Gianni : il n'est pas possible de faire un beau miroir sans un verre parfaitement poli… Au moindre défaut le miroir se brisera, ou le reflet sera contrarié. Le reflet doit être parfait pour que l'illusion opère. Maintenant regarde, nous allons transformer ce verre en miroir.

Eugenio ouvre la porte d'un placard et en retire une feuille d'étain. Il la dépose dans un creuset et saisit un autre récipient.

– C'est du vif-argent. Regarde comme c'est brillant…

On dit qu'il vient de la planète Mercure… Il faut le mélanger à l'étain avec du plomb, du blanc d'argent et du bismuth, je vais te montrer les proportions. Il faut les apprendre et tout garder dans la tête. Tu ne dois jamais écrire la formule, c'est puni de mort, tu le sais.

J'essaie de mémoriser les outils et les gestes, qui sont rapides, précis. Mon père me montre aussi comment biseauter et polir les bords d'une glace de ses grandes mains dont la taille m'impressionne toujours, des mains de géant. Il faudra que je m'entraîne des heures et des heures sur des chutes de miroir. Je soupire, j'ai envie d'aller jouer, je repense à Rosalba, à qui j'ai volé un baiser, c'est à cause d'elle que Virgilio a pris une pierre. J'espère la revoir, malgré tout.

– Gianni ! Tu es encore dans la Lune ! Ou sur Mercure… Prends ce lustroir et enduis le dessous avec de la potée, mets-en partout sur la laine.

– La potée ?

– C'est fait avec du vitriol, de la couperose verte et du sel. Il faut faire attention avec l'acide vitriolique, c'est du poison. Comme l'arsenic.

On porte le verre sur l'établi où on a versé le vif-argent sur la feuille d'étain qui s'est fondue dans le mercure, c'est comme un miroir liquide. Je m'approche, fasciné.

– Attention à ne pas toucher le vif-argent avec tes doigts, mon garçon, c'est aussi du poison, cette chose…

Avec le miroir on crée un nouveau monde qui reflète le monde de Dieu, ce n'est pas sans risque. Il y a quelque chose de maléfique et de contre nature dans ce métal liquide. Je m'écarte inconsciemment du verre en train de devenir miroir…

– Aide-moi !

Mon père vient de soulever une énorme presse en fer. On la pose délicatement sur le carreau de verre.

– Et maintenant, il faut que la magie opère. Pendant un jour entier ! Et il faudra mettre une deuxième couche, puis une troisième... Après quoi il faudra poncer, biseauter, encadrer... Il y a encore du travail, mon garçon, mais tu sais déjà beaucoup de choses, beaucoup de choses que bien des gens aimeraient connaître...

Mon père pose sur moi ses yeux bleu clair, qui sont comme des miroirs de sorcier.

– Tu as bien tout gravé dans ta petite tête d'oiseau ?

À cet instant j'ai l'impression d'avoir tout oublié. Tout !

– Tout ! dis-je en plissant les yeux pour faire passer l'énorme mensonge.

« La chaleur ne passe que des corps chauds vers les corps froids », c'est tout ce que j'ai retenu. C'est un peu maigre.

– Bien. De toute façon je te le redirai demain. Demain et les autres jours. Jusqu'à ce que tu en saches autant que moi, et même plus que moi. Nous sommes entourés d'ennemis, Giovanni...

Je repense à la bande des voyous de Vignole, les *teppisti* qui ont agressé mon frère. Mais mon père fait sans doute référence à des ennemis plus puissants. Il m'appelle rarement Giovanni, mon prénom complet. Une idée m'effleure.

– Père, l'homme en noir qui est venu te voir, qui est-il ?

– Il ne reviendra pas. Enfin j'espère... Tu es le

deuxième homme de la famille. Toi et moi, nous devons être comme la feuille d'étain sur le carreau de verre. Et ainsi nous verrons tous les deux aussi bien devant que derrière… Et maintenant, va aider ta mère.

6

Fontainebleau, le 3 août 1664 au matin

– C'est inconcevable. Impossible. Une pure folie !

Le contrôleur général des Finances fait les cent pas en même temps qu'il parle ou plutôt qu'il éructe. Ses bras dessinent des moulinets dans un bruissement de soie, ses chausses grincent, ses talons claquent contre le marbre. Il finit par se rasseoir à sa table dans un large fauteuil aux accoudoirs finement ouvragés, il plonge dans son dossier, vérifie une colonne de chiffres, contemple des plans d'architecte déployés sur son bureau. Et s'échauffe à nouveau :

– Comment pouvez-vous donner corps à un caprice, une lubie ! C'est irresponsable ! Vous voulez la ruine, la banqueroute, alors que je viens de remettre les comptes à l'équerre ! Nous avons réformé les impôts, la taille et la gabelle, allégé et simplifié les droits et les taxes, et il faudrait les rétablir pour financer cette folie ? Tirer des traites ? Non, c'est impossible, impensable, il faut le dire au roi. Il faut lui dire, Le Vau. Vous êtes d'accord avec moi, n'est-ce pas ?

Le premier architecte du roi opine si timidement du

chef que c'en est imperceptible. Colbert a beau vociférer, le contrôleur général des Finances s'exécutera prestement devant la volonté royale. Il démontera sans broncher ce qu'il vient de remonter. Les architectes ont l'habitude : du moment que les honoraires continuent à tomber en monnaie sonnante et trébuchante, ils peuvent faire et défaire dix fois le même escalier, la même galerie, selon le caprice du prince, et avec le sourire. Louis Le Vau vient de dessiner les plans du nouveau château de Versailles, qui doit enchâsser le château de Louis XIII dans une nouvelle enveloppe. Ce sera un palais gigantesque et difforme mais il n'a pas le choix, on lui a interdit de détruire l'œuvre du père. Est-ce déraisonnable ? Sans aucun doute. Mais la folie d'un roi est peut-être sagesse aux yeux de Dieu, qui sait… Le Vau vient d'obtenir un office de conseiller secrétaire du roi, qui s'ajoute au titre très convoité de premier architecte. Ce n'est pas le moment de s'attirer les foudres du souverain en contrariant son grand dessein pour Versailles, surtout qu'il en tirera des honoraires considérables… Et il en a besoin ! Il vient d'acquérir l'hôtel de Longueville, ce sont des frais supplémentaires. Le Vau ricane en son for intérieur : Jean-Baptiste Colbert a été récemment nommé surintendant des Bâtiments, Arts et Manufactures de France, ce qui s'ajoute à sa charge de contrôleur général des Finances. Et il vient de comprendre que le beau bâtiment est le principal ennemi de la belle finance ! Le Vau est aussi le cul entre deux chaises : il compte obtenir de Colbert un privilège général sur la manufacture de fer-blanc, ayant investi dans des forges à Conches et dans le Nivernay, après avoir fait fortune en construisant des hôtels particuliers sur l'île Saint-Louis. Il faut manœuvrer prudemment entre ces grands esprits chagrins, pour ne fâcher ni le roi ni Colbert. Le Vau a l'habitude de grenouiller et il n'est pas le seul : celui qu'on nomme la couleuvre, ce n'est pas lui mais… Colbert… C'est l'animal dessiné sur ses armes avec la devise « Pour le roi souvent, pour la patrie toujours ! », à quoi Le Vau ajouterait volontiers « Et pour la famille, le plus possible », car c'est un compère qui ne perd aucune occasion d'établir les siens.

Nicolas Fouquet s'est moqué de Colbert dans une peinture de son château de Vaux-le-Vicomte. On y voit un écureuil poursuivre une couleuvre au-dessus de la devise de Fouquet : *« Quo non ascendet*[1] *! »* C'est la haine de Colbert pour Fouquet qui a causé sa disgrâce, Le Vau en est persuadé. Il ricane intérieurement en se remémorant cette épigramme : « Le petit écureuil est pour toujours en cage ; Le lézard, plus rusé, joue mieux son personnage ; Mais le plus fin de tous est un vilain serpent ; Qui, s'avançant, s'élève et s'avance en rampant. » Pendant que Colbert envoyait Fouquet en prison, Louis XIV, plus habile, a recruté son architecte, son peintre et son jardinier. Le Vau, Le Brun, Le Nôtre. Rendre service aux puissants n'est pas de tout repos. On y trouve le prix de ses efforts mais il faut savoir changer de monture à propos… et se défier des concurrents. La nouvelle mode italienne est dangereuse, il ne faudrait

1. « Jusqu'où ne s'élèvera-t-il pas ? », devise de Nicolas Fouquet, qui connut le même sort qu'Icare pour avoir voulu voler trop près du Roi-Soleil.

pas qu'elle porte ombrage à la manière française, et à ceux qui en vivent…

– Monsieur le premier architecte, vous devez convaincre le roi de renoncer à cette folie consistant à transformer un relais de chasse en palais digne d'un maharadjah des Indes. Ce caprice n'a aucun sens et sa réalisation ruinerait le pays. Rappelez-vous la Fronde. Notre priorité est de fortifier le Louvre et de terminer la jonction avec les Tuileries, d'en rhabiller les façades et d'embellir les jardins, c'est cela le *Grand Dessein* ! N'est-ce pas le plus superbe palais qu'il y ait au monde ? Quant à Fontainebleau, ne croyez-vous pas que ce château-ci soit suffisamment grand ? Il suffit d'y remanier les intérieurs et d'y ajouter quelques hôtels pour le logement des secrétaires d'État. Regardez ces jardins magnifiques : Le Nôtre a déjà terminé le Grand Parterre. Croyez-moi, ces domaines royaux sont un gouffre financier, il n'est pas question de divertir ailleurs encore l'argent de la Couronne !

Le Vau ne bronche pas. *C'est le roi et non Colbert qui l'a fait roi.* Le *Grand Dessein* du roi Louis est à Versailles, pas à Paris, il le sait. Et quelle est cette étrange manie qui veut que les contrôleurs généraux des Finances se mettent aussitôt nommés à péter plus haut que leur cul ? Serait-ce l'un des privilèges de la charge ou l'effet d'une malédiction ? Colbert fixe un point à l'horizon, par-delà le ciel d'orage qui menace de se déverser sur la forêt de Fontainebleau.

– Notre priorité… c'est aussi de construire une Marine digne de la France… Vous devriez vous intéresser à l'architecture navale…

Nous y voilà… Comme si ce n'était pas déjà suffisant, Colbert vient de récupérer le ministère de la Marine et se voit déjà détrôner Louvois, qui règne sur une armée de terre patiemment reconstituée par son père, Michel Le Tellier, qui a fait la fortune d'un certain Colbert en le recommandant auprès de Mazarin… La gratitude n'est pas la maîtresse vertu des puissants…

– L'Angleterre nous dame le pion. Les Provinces-Unies aussi. Nous n'avons que dix-huit gros vaisseaux ! Ils sont trop lourds, pas assez manœuvrants. Tenez, le mois dernier le vaisseau *La Lune* a pris l'eau dès son départ de Toulon pour la Côte barbaresque.

– Un coucher de *Lune* sur les eaux, je vois la scène…

– Triste spectacle ! Regardez en comparaison la flotte vénitienne, ils ont des chantiers navals extraordinaires, on le sait depuis la visite d'Henri III aux arsenaux, or on ne fait rien, ou si peu, depuis Richelieu. Je veux des navires de guerre rapides et en grand nombre. Il faut aussi une flotte de commerce. Songez donc, les Hollandais ont seize mille vaisseaux raisonnables et nous deux cents seulement ! Il faut planter des forêts, des milliers d'arbres, pour construire cette flotte, et puis bâtir de grands ports en eaux profondes à Brest et à Toulon. Qu'en dites-vous ? Et puis des ports secondaires. Ne voudriez-vous pas construire un arsenal royal à Lorient ou Rochefort ?

– Si fait… s'il vous plaît, et s'il plaît au roi, et avec mon frère Louis-François si vous le permettez… Vous savez, je peux aussi fournir la Marine en canons et en boulets avec mes forges, il faudrait que je vous en parle…

– Soit ! Nous vous passerons commande. Une grosse

commande. Voilà, c'est ça la priorité, le commerce et les manufactures ! Aussi, de grâce, aidez-moi à freiner cette lubie insensée du roi pour son château de cartes ! Versailles est un marécage putride. La nouvelle Rome est à Paris, elle est au Louvre, au collège des Quatre-Nations, elle est à la Petite Académie. Nous érigerons à la gloire du roi de nouvelles portes, de nouveaux arcs de triomphe, à Saint-Antoine, Saint-Denis, Saint-Martin, Saint-Bernard. Mais pas à Versailles ! Je compte le signifier à Sa Majesté de la manière la plus solennelle : cet attachement démesuré que le roi porte à Versailles, s'il n'y prend garde, sera la ruine de sa réputation et une tache infâme sur la mémoire des siècles !

Colbert s'interrompt, frappé par sa propre audace, proche du crime de lèse-majesté. Il se reprend :

– Naturellement… je trouverai les mots appropriés pour que Sa Majesté l'entende et comprenne que c'est pour le bien de la Couronne et pour la gloire de son nom et de sa postérité que je m'érige en faux contre une intention… si belle et si noble mais qui, pour ainsi dire, s'aveugle de sa propre lumière…

– Monsieur le surintendant, ce qui se dit entre nous ne sortira pas de ces murs épais, qui depuis six siècles contiennent beaucoup de secrets.

Colbert lui jette un regard circonspect. Pour s'attacher la loyauté d'un homme, il faut s'en faire un obligé. Il a déjà confié à son frère la restauration de la forteresse de Seignelay, érigée en marquisat pour son fils. Le problème de Le Vau, c'est qu'à force de construire sans cesse et partout, il malfaçonne autant qu'il façonne. Colbert le sait pour avoir visité l'hôtel Bautru construit par lui non loin du Louvre, il compte y loger sa famille, son bureau et installer sa bibliothèque à côté, rue Vivienne – la bibliophilie est son péché mignon. Or ce n'est pas un hôtel mais une passoire, il y pleut comme une vache, au-dedans comme au-dehors ! Il est temps de mettre Le Vau en concurrence et pour cela de voler aux Italiens ce qu'ils ont de meilleur, Lorenzo Bernini. Louis le Grand l'apprécie au point de lui reprocher gentiment de lui avoir volé son visage. « C'est pour mieux vous le rendre », a rétorqué le sculpteur en lui présentant son portrait, un buste extraordinaire de vérité et de mouvement… Le Bernin au Louvre, Le Vau aux chantiers navals et exit Versailles ! Sous le crâne de Colbert, c'est toujours la tempête. Mille idées et projets s'affrontent et s'entrechoquent. Et c'est une tête dure, Louis Le Vau le sait, alors il ne reviendra pas sur le projet du Grand Versailles. Il faudrait tout de même que le contrôleur général valide une commande de glaces, qui iront au Louvre aussi bien qu'à Versailles : le roi ne jure que par les miroirs, il en veut partout, et les meilleurs, les glaces de Murano… Le premier bon de commande a été rejeté par un jeune freluquet d'intendant des Finances et Sa Majesté s'impatiente. Pour éviter un nouveau refus, Le Vau a morcelé le marché en petites tranches, qu'il soumettra en personne au contrôleur général des Finances, au compte-gouttes. Peste soit des procédures et des contrôles, c'était si simple avant…

– Permettez que je bande les voiles, Monsieur le surintendant, mais avant que de prendre congé de vous, je vous prierais instamment de bien vouloir apposer votre sceau et votre signature sur ce bon de commande établi selon les règles nouvelles que vous avez prescrites.

Colbert fronce ses sourcils, qu'il a épais et noirs. Lui non plus n'aime pas les bons de commande. Cette obséquiosité empesée et empressée ne lui dit rien qui vaille. Les mains qui tiennent les cordons de la bourse ont saisi avidement le formulaire, que le premier architecte lâche avec peine, il aurait voulu qu'il le signât à la hâte, en passant, sans regarder... Mais les petits yeux encavés de Colbert en lisent méthodiquement chaque ligne et sa bouche lippue se referme, la lèvre inférieure se faisant aussi fine que la supérieure. C'est mauvais signe...

– Non ! Non ! Non ! Et encore non ! J'ai déjà rejeté cette dépense ! Vous me la remettez fractionnée ! Vous pensez que c'est la journée des dupes ?

– Fort bien. Je vous laisse donc le soin d'en informer Sa Majesté.

Si Colbert a du mal à décaisser les traites, Louis Le Vau n'a plus envie d'encaisser les coups. Feindre de préférer un chantier naval en province à la construction d'un grand château royal, passe encore (son frère sera bien content de travailler à sa place à Rochefort), mais subir les foudres du roi parce qu'il est privé de ses glaces et le courroux d'un contrôleur général qui refuse de les approvisionner, c'est un peu fort ! Qu'ils s'expliquent tous les deux et on verra bien qui est le plus fort, du Roi-Soleil ou de la Couleuvre lubrique !

– Chacun de ces miroirs nous coûte 8 000 livres, près de trois fois le prix d'un tableau de Raphaël ou de

Rubens ! C'est de la folie ! Nous avons dépensé deux millions de livres l'an passé pour des glaces !

– Vous me l'avez déjà dit ! Le roi veut des glaces vénitiennes, il n'en démordra pas !

– Si le roi préfère l'Italie à la France, alors je ferai venir un premier architecte italien !

C'est l'affront de trop, Le Vau est rouge de colère.

– Je vous souhaite bien du plaisir avec Le Bernin ! Je suis au courant pour le Louvre, vous allez voir ce qu'il vous en coûtera de traiter avec ce petit Néron de l'architecture. « Qu'on ne me parle de rien qui soit petit ! », voilà sa maxime. Si vous croyez qu'il s'abaissera à signer vos bons de commande… Moi je ne passe pas outre à vos commandements pour m'adresser directement au roi ! Je parle même à vos jeunes freluquets d'intendants, qui ne trouvent rien de mieux à faire que de bloquer les chantiers du roi ! dit-il en visant le jeune homme assis derrière Colbert.

Colbert encaisse. Il est vrai qu'en architecture la concurrence ne rime pas avec l'économie, surtout entre deux grands artistes qui se détestent et se prennent chacun pour le pape. Avec un roi qui risque de donner une prime au plus extravagant… Et puis, ce que Colbert déteste par-dessus tout, c'est d'être doublé dans sa relation directe au roi. Le Vau à tout prendre est moins dangereux que Le Bernin. Chacun porte bien son nom. Mieux vaut un veau qu'être berné. Colbert sourit à son bon mot. Il faudra qu'il le soumette au roi, un jour où il sera en gaieté.

– Allons donc, puisque vous n'aimez pas les Italiens, achetez des glaces françaises !

– Il n'y en a pas ! Ou elles sont de piètre qualité…

– Faites-en produire en France selon la manière italienne ! J'ai demandé qu'on débauche des maîtres verriers de Murano, où sont-ils ?

– Ah ça… je n'en sais rien. Je ne suis pas au courant…

Jean-Baptiste Colbert esquisse un geste fataliste.

– En effet, vous ne pouvez pas savoir… et vous ne *devez* pas savoir. Soit, je valide cette commande, mais elle ne fera pas de petits, nous en resterons là.

Le premier architecte repart avec son bon de commande, mi-pierre mi-brique, le visage congestionné : *Quel pisse-verglas et quel hypocrite ce Colbert, un fils de marchand qui se pique de commerce mais ne rêve que de construire son Vaux-le-Vicomte !*

Colbert est tout aussi agacé, d'ailleurs tout l'agace ce matin, il doit finir d'écrire un discours qui sera lu en présence du roi et il ne peut s'empêcher de se replonger dans les comptes, sa manie suprême. Voilà plusieurs mois qu'il cherche à établir la vérité des chiffres tel un alchimiste, en séparant le Trésor public des comptes privés de la Maison du roi. La tâche est d'autant plus difficile que tout le monde avant lui s'est appliqué à y mettre de l'embarras en multipliant les artifices pour mieux pêcher en eaux troubles et masquer les détournements. Et puis, comment faire le départ entre les dépenses du roi et les investissements de l'État, s'agissant des résidences royales ? La liste des travaux à réaliser donne le vertige. Il faudrait encore y rajouter Versailles ? Le roi est revenu plusieurs fois à la charge. *Les Plaisirs de l'île enchantée…* Ces fêtes données en l'honneur de sa jeune maîtresse Louise de La Vallière lui sont montées à la tête. Voilà qu'il veut transformer des installations provisoires en un palais de marbre, avec des miroirs partout… Il se prend pour le sultan de Constantinople avec ses glaces. Et que fait Bonzi ? Cet incapable !

Colbert se tourne vers son neveu, qui vient de subir l'ire du premier architecte. Nicolas Desmaretz n'a que dix-sept ans mais son oncle nourrit déjà de grands projets pour lui. Aussi a-t-il le privilège d'assister à toutes ses entrevues.

– Nicolas, où est Pierre de Bonzi, l'évêque de Béziers, notre ambassadeur à Venise ?

– Je crois bien qu'il est chez le marquis de Louvois pour évoquer la campagne d'Italie du Nord contre les Allemands.

– Louvois, toujours Louvois ! Trouve-le et amène-le-moi au plus vite, avant qu'il ne reparte pour Venise.

Le neveu s'exécute à la hâte, Colbert le voit traverser la place du Cheval-Blanc. Fontainebleau, c'est bien mais c'est loin, il faut une journée aux galopins pour rallier Paris. Espérons que Bonzi ne soit pas parti. Il est temps que le chantier des Tuileries se termine, pour que le roi et la Cour puissent regagner Paris, en attendant de mener à bien le chantier du Louvre. Ce sera le grand œuvre de Louis XIV et le grand œuvre du surintendant des Bâtiments, l'achèvement du *Grand Dessein* d'Henri IV… Il est temps aussi que le procès de Fouquet se termine. C'est ici, trois ans plus tôt, que le roi a signé l'ordre de l'arrestation de son prédécesseur, et il n'est toujours pas jugé ! Pire, Fouquet vient d'assigner Colbert en justice pour faux et pour soustraction de ses papiers, c'est fâcheux, il va falloir se défendre, se défausser sur un autre, sur Berryer tiens, il lui doit beaucoup celui-là. Et puis invoquer le secret de l'État, qui justifie tout, même l'injustifiable. Tant que l'écureuil ne sera pas dans sa cage à la forteresse de Pignerol, l'esprit de Colbert ne sera jamais en paix.

Il est midi passé de trois heures et Colbert n'a pas fini d'écrire son discours, son adresse au roi pour l'installation de son Conseil de commerce. C'est lui qui a eu cette idée, il l'a fait décréter par le roi en son Conseil d'en haut, il va falloir sortir le grand jeu pour le convaincre de s'intéresser à autre chose qu'aux femmes et à la guerre. N'est pas Henri IV qui veut. Colbert songe à Sully et à Barthélemy de Laffemas, valet de chambre devenu contrôleur général du Commerce. Ils ont fait venir des lissiers flamands à Paris et établi les premières manufactures de meubles et de tissage de la soie, les magnaneries. C'est ça qu'il faut faire partout !

Colbert ne voit pas le temps passer, c'est le défaut des visionnaires, et Colbert est un curieux mélange, un visionnaire doublé d'un calculateur. Il est trop tard pour déjeuner, le roi vient de sortir des jupons de sa maîtresse car il est en toutes choses aussi précis qu'un métronome, la réunion va incessamment commencer. En parcourant à la hâte le dédale des cours, des chambres et antichambres pour accéder à la salle du Conseil du roi, Colbert se livre au calcul mental, son divertissement favori, pour tromper l'angoisse. Voyant les jardiniers s'activer sur le magnifique Grand Parterre qui prend forme, il a une vision d'apocalypse financière : les jardins coûtent aussi cher à la Couronne que le bâti qui les entoure car le roi est un grand enfant, il veut des bassins et des canaux partout, il adore les jets d'eau et veut les actionner à toute heure. Si Versailles devient son nouveau terrain de jeux, alors adieu veau, vache, cochon, couvée, ce sera un puits sans fond compte tenu de la taille du domaine. Une fois qu'on aura asséché les marécages, il faudra détourner des fleuves et y engloutir le Trésor public patiemment reconstitué. « Raison de plus pour défendre le commerce ! » conclut, bravache, le surintendant des Bâtiments, Arts et Manufactures.

Colbert rejoint ses collègues déjà présents, qui lui jettent des regards froids. Qu'y peut-il s'il les toise tous de son intelligence supérieure et de sa rapidité d'esprit ? Il y a ici Hugues de Lionne, secrétaire d'État aux Affaires étrangères, Colbert lui a pris le portefeuille de la Marine ; le duc de Villeroy, chef du Conseil royal des Finances, Colbert l'a neutralisé en douceur, tout comme le chancelier Pierre Séguier et Michel Le Tellier, qui a reporté ses ambitions sur son fils, le marquis de Louvois : il va falloir s'occuper sérieusement de celui-là.

Le roi fait son entrée en majesté, la mine chagrine, ce Conseil l'ennuie par avance, Colbert en a conscience, il a peu de temps pour convaincre. D'un geste impérieux et faisant fi de tout protocole, le roi lui fait signe d'intervenir après une rapide adresse. Colbert se lève et s'éclaircit la voix :

– Sire, puisqu'il plaît à Votre Majesté de donner quelques heures de son application à l'établissement du commerce de son royaume, qu'elle pourrait employer en ses divertissements ou autres affaires plus agréables, je veux l'assurer en toute solennité qu'il résultera des décisions que Votre Majesté voudra bien prendre autant la vénération et le respect de ses peuples, que l'admiration et l'envie sans borne des gouvernements étrangers. Assurément, les choses faciles ne produisent point ou peu de gloire et d'avantages ; les difficiles, au contraire. Si, à la puissance naturelle de la France, le roi y peut joindre celle que l'art et l'industrie du commerce peuvent produire, l'on jugera facilement que sa grandeur et sa puissance s'en accroîtront prodigieusement. Il n'y a que l'abondance d'argent dans un État, qui fasse la différence de grandeur et de puissance. Trois voies permettent d'y arriver : attirer l'argent des pays d'où il vient, le conserver au-dedans du royaume et empêcher qu'il n'en sorte. Hélas, Sire, les Hollandais ont empêché nos manufactures de prospérer par toutes sortes d'artifices, pour mieux nous vendre les produits issus de leur industrie. Il est certain que, si nous établissons partout des manufactures dans les draps, soyeries, savonneries, verreries, forges et menuiseries, alors un million de peuples qui languissent aujourd'hui dans la fainéantise pourront gagner leur vie et enrichir l'État. Songez un instant au prix des glaces importées de Venise, nous gagnerions infiniment à les fabriquer nous-mêmes. Voilà, à mon sens, les fins auxquelles doivent tendre l'application du roi, sa bonté et son amour pour ses peuples. « Il n'est de richesse que d'hommes », écrivait Jean Bodin au chapitre II de sa *République.* Si nous établissons en France la fine fleur de l'Europe dans tous ces métiers, si nous forçons les exportations en développant notre Marine de guerre pour créer partout des comptoirs commerciaux, alors nous pourrons accomplir avec gloire et panache ce que les Portugais ont obtenu par la ruse, les Castillans par la force, les Flamands par le commerce paisible et les Vénitiens par tout cela ensemble. Il est bon de dire en cet endroit que Christophe Colomb qui découvrit l'Amérique vint d'abord en France en faire la proposition au roi Louis XII, où, ayant été traité de fou, il se retira vers le roi de Castille, qui lui donna des vaisseaux pour ces voyages. Le bon sens et l'audace, Votre Majesté, sont les deux ingrédients que votre règne a si bien utilisés pour accomplir ses destinées guerrières et construire déjà tant de bâtiments à sa gloire. Employons ces nobles vertus à l'établissement de nouvelles manufactures et établissements de commerce pour établir et fortifier l'État et financer l'effort de la guerre. Encourageons le commerce au-dedans en ôtant les obstacles à la circulation des hommes et des marchandises par la suppression des péages et droits locaux. La taille et la gabelle s'y substitueront. Et pour le commerce au-dehors, procédons comme les Castillans, envoyons de grands explorateurs à la conquête du monde, par le ponant et par le levant ! Et appliquons des droits de douane massifs pour empêcher l'importation de biens que nous pouvons produire…

– Il faut interdire l'edammer !

Colbert s'interrompt, déstabilisé par l'injonction royale. L'edammer est un délicieux fromage des Flandres de couleur jaune ou rouge, compact, facilement transportable, très nourrissant, les soldats et les navigateurs en raffolent, il leur sert même de monnaie d'échange dans les escales lointaines. Où le roi veut-il en venir ?

– Je veux que mes troupes mangent du fromage français, Colbert. Il faut interdire ce fromage hollandais et lui trouver un fromage français de substitution, et d'une autre couleur. J'ai ouï dire que la boule de Lille jouit des mêmes qualités, renseignez-vous plus avant.

Le secrétaire d'État à la Guerre, Michel Le Tellier, ne peut manquer de surenchérir, le roi vient de parler des armées, c'est son rayon, c'est grâce à lui que la France dispose désormais de la première armée du monde.

– Votre Majesté parle d'or. Tôt ou tard nous serons en guerre contre les Flandres, et alors, que mangeront nos soldats sur le champ de bataille ? Du gouda hollandais ? de la sciure ? Colbert, de grâce, trouvez-nous une solution puisque vous vous piquez de commerce !

Colbert n'en demandait pas tant. Voilà qu'on reprend ses propres thèses à charge, pour un peu il se retrouverait sur le banc des accusés ! Avec tout cela il a perdu le fil de son discours. Qu'à cela ne tienne, il est sur son terrain, le mercantilisme est son affaire.

– Nous sommes d'accord… Il est juste d'approvisionner notre armée de terre en produits français de bout en bout, du bouton de guêtre jusqu'au fromage en passant par les armes et les munitions. Il est temps aussi de créer une Marine puissante pour accompagner le développement de la Compagnie des Indes orientales et forcer le commerce dans les contrées lointaines ! Le commerce est le prolongement de la guerre, c'est une guerre perpétuelle et paisible d'esprit et d'industrie entre toutes les nations. Le commerce est la source de la finance et la finance est le nerf de la guerre…

Colbert a fait un rétablissement sur l'aile et termine

prestement son exposé. Il jette un regard inquiet au souverain. Malgré le geste d'humeur royal à l'endroit du fromage hollandais – qui sert sa démonstration –, Sa Majesté semble satisfaite. Colbert le note à de petits gestes, il remarque vite quand le roi est agacé, fatigué ou charmé. C'est ce qui distingue le conseiller ordinaire du courtisan exceptionnel, celui qui sait lire dans les pensées du roi et prévenir ses moindres désirs, se rendre indispensable en toutes circonstances. Aura-t-il réussi à intéresser Louis le Grand au commerce ? C'est le mot « guerre » qui continue hélas à retenir son attention :

– Nous voulons relever la réputation des armes maritimes. Nous voulons rabattre l'orgueil des pirates barbaresques qui narguent notre puissance et ravagent nos côtes. Avons-nous des nouvelles de l'expédition conduite par le duc de Beaufort ?

– Les nouvelles sont bonnes, Sire, M. de Vivonne et le comte de Gadagne ont débarqué sur la côte de Barbarie. Toutefois, nous avons des inquiétudes sur l'état de nos vaisseaux, la frégate *La Lune* en particulier. Il faut de toute urgence doter notre marine de meilleurs navires.

– Soit. Faites planter des forêts, construisez des vaisseaux, établissez des ports. Nous ne saurions nous contenter de la Méditerranée, la France n'est pas Venise, nous voulons propager la foi chrétienne jusqu'aux extrémités de l'univers, en terre de Siam. Vous n'y voyez pas d'inconvénient, Monsieur le ministre d'État ?

Colbert est toujours surpris par la capacité du roi à s'approprier ses grandes idées pour les rendre aussitôt petites par des idées plus grandes encore et plus folles.

– Votre Majesté, il sera fait selon votre bon vouloir,

nous mettrons Le Vau et Vauban à la tâche pour créer la plus grande Marine et les plus grands ports fortifiés de toute l'Europe.

– Le marquis de Louvois s'y emploiera avec vous, vous naviguerez de conserve…

Le Tellier opine du chef et esquisse un sourire. Le roi est encore tendre mais il est déjà roué, il sait ce qu'il lui doit et il connaît la valeur de son fils… Il sait aussi moucher un conseiller qui se pousse du col et organiser la concurrence entre ses ministres.

Le Conseil se termine. Colbert est partagé, soulagé, agacé. Il a gagné sur toute la ligne. Le roi a entériné la création de la Manufacture royale des tapisseries de Beauvais, sur le modèle de la Manufacture des meubles de la Couronne établie aux Gobelins. Demain, Colbert en est sûr, le roi approuvera la création d'une Manufacture de glaces de miroirs… Alors, pourquoi ce goût de cendre amère sur ses lèvres ? La réponse en un mot : Louvois. Le clan Le Tellier va mettre son nez dans ses grands projets pour la Marine, alors que c'est *son* idée. « Le marquis de Louvois s'y emploiera avec vous… » Des larmes de rage lui viennent aux yeux, il faut qu'il passe sa colère sur quelqu'un. Bonzi ! Où est Bonzi ???

7

Lagos, aujourd'hui

Il n'avait pas nagé de la sorte depuis bien longtemps. L'eau glissait le long de son corps, chaude, salée, il allait d'un bord à l'autre, sans efforts, requinqué. Foumilayo… Celle qui apporte le bonheur, il aimait prononcer son prénom, maintenant qu'il en connaissait la signification. Voulait-il la revoir ? Oui, assurément. Il avait envie d'elle et voulait entendre le son de sa voix. Qui était-elle vraiment ? C'était à Jeff de l'instruire, ce salopard, c'est lui qui avait tout manigancé. « Tu es célibataire ? Parce que tu ne peux pas le rester plus de vingt-quatre heures ici, crois-moi ! » Gabriel Thaumas retrouvait d'instinct le rythme et la rotation du crawl, qu'il avait pratiqué assidûment dans sa jeunesse, pour y renoncer comme il avait renoncé à tout le reste, imperceptiblement. Son horizon s'était rétréci au fil des ans, et voilà qu'il s'ouvrait de nouveau, ici, dans le cœur vibrant d'un nouveau monde en expansion… Une lumière éclata partout, jaune, verte, bleue, rouge, fluorescente. Quelqu'un venait d'allumer la piscine et l'eau se parait de toutes les couleurs, un vrai kaléidoscope. Il releva la tête, il était seul au jour finissant. Les derniers rayons du soleil frappaient la digue et remontaient le long de la tour au sommet de laquelle il nageait, en apesanteur, dans une piscine olympique au fond dallé de verre qui donnait, quinze étages plus bas, sur le patio d'un hôtel de luxe entièrement vide dont les personnels de service désœuvrés jetaient des regards blasés vers le bocal coloré où évoluait une étrange grenouille venue du froid. Voilà ce que donnait la frénésie immobilière poussée à l'absurde. Alexandre avait eu raison de s'élever contre cette folie qui aspirait le sable de toutes les plages de l'univers pour en faire des dalles de verre et de béton, pour le bon plaisir du baigneur solitaire…

Gabriel Thaumas sentit plus qu'il ne vit la présence d'un autre corps immergé quelque part, puis d'un deuxième. Deux masses sombres, de chaque côté de lui, chacun sur sa ligne de nage. *Des athlètes qui s'entraînent*, pensa-t-il au vu de leur gabarit respectable. Il eut le loisir de les observer de plus près car ils s'approchaient de lui, de ligne de nage en ligne de nage, et cette chorégraphie étrange éveillait le sentiment d'une menace, qui se précisait peu à peu… Les deux nageurs n'étaient plus qu'à deux mètres de lui, de chaque côté, et leurs mouvements s'étaient alignés sur les siens. Noirs, crâne rasé, muscles saillants. Le doute n'était plus possible, il fallait sortir de l'eau au plus vite. Il arrivait au bout du grand bassin, ils ne manqueraient pas de le ceinturer s'il s'avisait de sortir de ce côté. Mieux valait faire la culbute contre le mur pour tenter une dernière traversée et prendre les jambes à son cou à l'autre extrémité, où il avait pied. Saurait-il exécuter la rotation ? Il avait répété cent fois ce mouvement quand il faisait de la compétition. Le plus simple était de ne plus penser à rien : il avait quinze ans et la victoire était au bout du bassin... Voilà ! Thaumas venait d'accomplir le mouvement sans effort et il crawlait vigoureusement, oubliant ses douleurs de dos et ses poumons de fumeur... Puis ce fut la nuit noire. Quelqu'un venait de couper la lumière. Thaumas sentit qu'ils étaient sur lui et redoubla de vigueur. Entre deux battements il distingua une lumière blanche, sur le bord opposé, qui n'était plus très loin. Il l'enjamba d'un coup et se retourna en position de défense : où étaient-ils ? Un sifflement lui fit tourner la tête.

– Chapeau l'artiste !

C'était Jeff.

– Dis-moi, je ne te savais pas champion olympique, attention à ton cœur quand même !

– Où sont-ils ?

– Qui donc ?

Thaumas reprenait son souffle, plié en deux.

– Les deux malabars... qui me serraient dans la piscine... Où sont-ils ?

– Des malabars ?

– Oui, deux Noirs très costauds, ils nageaient à côté de moi, j'ai cru...

– Tu commences à voir des esprits, c'est le métier qui rentre... Pourquoi nager en pleine nuit ?

– La piscine était éclairée... mais quelqu'un a éteint, au moment où ils étaient sur moi.

– Possible... Est-ce qu'ils avaient des scarifications ? des marques sur la nuque ? des tatouages ?

– Ils avaient le crâne rasé, c'est à peu près sûr, tout s'est passé très vite.

– Bon, un mystère de plus… Allez viens, notre ami nous attend au bar.

Thaumas s'habilla lentement, cette épreuve l'avait épuisé. L'arrivée de Jeff avait troublé les plans de ces deux énergumènes, c'est sûr. Un complice avait donné l'alerte, celui qui avait éteint la piscine au moment propice. L'avantage de la noyade, c'est l'absence de traces, d'empreintes, le crime parfait quand il est bien fait. Ou alors ils avaient voulu l'intimider ? Un avertissement, mais de quoi ?

Un homme les attendait au bar, Nicolas de Busset, trente-cinq ans à tout casser. Jeff l'avait prévenu : « Un mec brillant mais trop tendre pour Lagos, la Manufacture n'a pas bien calculé le Nigeria, et puis c'était un proche du patron. » Le représentant de la Manufacture au Nigeria était polytechnicien, cousin issu de germain d'Alexandre Obkowicz, il semblait embarrassé de voir un détective. Jeff le rassura, il savait faire. Lui avait-il mis une fille à la patte, à lui aussi ?

– Comme je te l'ai dit, Gaby Thaumas agit à titre privé. Il voudrait savoir si la mort d'Alexandre est suspecte, si tu confirmes qu'il a pu froisser des intérêts nigérians, ou pire… Raconte-lui le coup de la piscine.

– Ah… Tu es sûr que…

– Mais oui !

L'ingénieur s'éclaircit la gorge :

– Bon… C'est sûrement une coïncidence, mais…

– Tu parles !
– Le soir de la mort du président…
– Ton cousin, il sait que c'est ton cousin.
– C'était aussi le président… Bref, il y avait une réception ici, il faut savoir que nous avons construit cette tour, Alexandre voulait en faire un showroom des savoir-faire de la Manufacture. Nous approvisionnons 18 % des surfaces vitrées de Lagos, nous avons 30 % de parts de marché en Afrique de l'Ouest.
– Accouche !
L'ingénieur était à l'aise avec les chiffres plus qu'avec certaines réalités turpides.
– Eh bien voilà, au moment où se tenait cette réception au rez-de-chaussée, une dalle de la piscine s'est descellée. Elle a fait une chute de quinze étages et le contenu de la piscine s'est déversé en cascade sur la foule…
– … et c'est arrivé exactement au moment où l'avion du prince s'écrasait à côté de Versailles, c'est dingue, non ?
– Quoi ? Mais je viens de nager dans cette piscine ! Sur ton conseil encore !
– Elle a été réparée, ne vous inquiétez pas.
Thaumas lui raconta sa rencontre avec les deux fantômes de la piscine.
– C'est inquiétant car je suis suivi moi aussi, d'ailleurs je pense que ce sont ces deux gars là-bas…
Il désignait deux personnes attablées au fond du bar.
– Ils ont le crâne rasé, ce sont les mêmes qui ont essayé de me coincer, c'est sûr…
– Si j'étais vous les gars, j'irais consulter un marabout, en urgence encore, car ça sent le ju-ju votre histoire…

– Le ju-ju ?

– C'est un sort, un sortilège, un genre de maléfice. C'est très utilisé dans les affaires ici, tous les types d'affaires, mariages, business…

Jeff semblait en connaître un rayon.

– Pour un oui ou pour un non, on te jette un sort, tu ne sais jamais quand il va se manifester, mais il finit toujours par se réaliser car à la fin de l'histoire on est tous morts !

Il se reprit à rire.

– J'ai l'air de plaisanter mais j'ai déjà vu des choses très surprenantes ici, des accidents insolites, des gens qui perdent la mémoire, qui disparaissent, qui reviennent avec un organe en moins. Notez qu'il y a aussi des ju-ju positifs, pour porter chance, rencontrer la femme de ta vie, avoir des enfants, un bon job… Au fond le ju-ju, c'est comme le Père Noël selon Henri Laborit, tout le monde fait semblant de croire qu'il existe, les parents pour faire des cadeaux et les enfants pour en recevoir, donc le Père Noël finit par exister, et il génère un fric pas possible, comme les marabouts…

– Ce qui est sûr, reprit l'ingénieur, c'est que les Nigérians pensent qu'il y a un sort jeté contre la Manufacture, ça nuit beaucoup à notre business, et nos concurrents ne manquent pas d'en rajouter, sans compter que nous n'avons plus de patron…

– Tu vois !

– Et qui va remplacer le prince Alexandre à la tête du groupe ?

Gabriel Thaumas croyait aux organigrammes plus qu'à la sorcellerie.

– Bonne question ! C'est la plus grande incertitude, personne ne s'attendait à une disparition brutale, et Alexandre avait toujours refusé qu'on parle de sa succession…

– Avec un trompe-la-mort pareil, il est impossible que l'entreprise n'ait rien prévu. Vous êtes sûr de vous ?

– Je ne suis sûr de rien ! Le secrétaire général du groupe fait l'intérim, c'est prévu par les textes, mais c'est une solution transitoire… même s'il aimerait bien qu'elle dure. Il y a au moins deux prétendants solides, qui ont de la bouteille et du métier. Et puis le gouvernement ne peut pas rester indifférent, il n'y a plus beaucoup d'entreprises du CAC 40 à être françaises des pieds à la tête, on est peut-être le dernier des Mohicans…

– Peut-on imaginer que l'un des cadres dirigeants du groupe ait eu intérêt à la mort d'Alexandre ?

– Pour prendre sa place ? La ficelle serait un peu grosse. C'est vrai que le style d'Alexandre en agaçait plus d'un au comité exécutif, sa mise en scène permanente, ses exploits sportifs qui devenaient un peu ridicules avec l'âge, son goût du risque… Personne ne voulait investir au Nigeria dans ce projet pharaonique, Eko Atlantic City, mais une fois qu'on y était, et jusqu'au cou, plus personne ne voulait en sortir ! Alors quand il a viré sa cuti… Vous imaginez la difficulté de ma position, à tout point de vue…

– Le petit a peur pour sa santé, c'est ce qu'il essaie de te dire, et je le comprends. Il a déjà reçu des menaces. Je serais toi, je ferais appel à un marabout, et je ferais gaffe à ce que je mange. Rappelez-vous Abani Longo, Sani Abacha…

– Sani Abacha ? Le dictateur ?

– C'est ça. Officiellement mort en chevauchant une pute, comme Félix Faure, sauf qu'il a été empoisonné, à la mode locale… Ils ont une sacrée pharmacopée ici, parfois ils endorment la victime le temps de lui prélever ses organes pour un sacrifice, pour en faire une amulette… Je te l'avais dit, tu trouves tout ici, tu peux acheter un rein au marché !

L'inspecteur Thaumas était circonspect.

– Alexandre Obkowicz aurait donc pu être empoisonné ?

– Un peu mon neveu… T'as pu consulter le rapport d'autopsie ?

– Non justement, c'est ce qui m'ennuie. Il faudra que j'aille le demander au commissaire divisionnaire en charge de l'affaire.

– Bon, de toute façon le poison c'est juste le moyen. La racine, c'est le ju-ju, il faut savoir qui a jeté le sort ! Allez, parce que c'est vous, je vous emmène voir maître Eke, c'est le meilleur.

Thaumas ne savait jamais quand Jeff plaisantait. Les voilà repartis dans le 4 × 4 rutilant du spécialiste en import-export, sorcellerie et rites ju-ju.

– Rassure-toi, on ne retourne pas à Makoko, on va à Lekki, c'est le XVIe arrondissement de Lagos !

Pour éviter les embouteillages, il emprunta des rues à moitié inondées, la mégapole n'avait pas de secrets pour lui et la grosse cylindrée poussait tout sur son passage. Les enseignes lumineuses se succédaient, sièges de banque, salons de massage, clubs, églises, *Heavenly*

Lights, *Pray As You Go*, tout était prétexte à commerce, y compris le salut de l'âme.

Le véhicule se gara bientôt dans une cour d'immeuble plutôt cossue. Un garde en uniforme les accueillit, la kalashnikov en bandoulière. De corridor en corridor ils arrivèrent à une deuxième cour, un jardin et une grande maison d'un blanc étincelant, un escalier de marbre, une balustrade dorée. Et dire qu'il s'imaginait une bicoque sordide au milieu d'un bidonville…

– Je t'avais prévenu, marabout, ici, c'est une institution. C'est le clergé façon Vatican. Il est un peu tard, mais je lui ai dit que tu reprends l'avion pour Paris demain matin, il faudra juste lui payer les honoraires de nuit, mais ça vaut la peine.

Un secrétaire les accueillit et les conduisit dans une antichambre.

– Le grand maître va vous recevoir, malgré l'heure tardive, leur dit-il.

Ici, nulle trace d'ésotérisme, on aurait plutôt pensé à un cabinet d'avocats dans les beaux quartiers. Ils étaient bientôt introduits dans une large pièce aux murs peints en noir.

– C'est de l'outre-noir, pour éviter les faux reflets, répondit le sorcier aux impétrants étonnés. Vous connaissez Pierre Soulages, n'est-ce pas ? C'est de lui que je tiens cette couleur. Venez, je vous en prie.

Il parlait un français parfait, en roulant très légèrement les *r*. L'inspecteur Thaumas sentit qu'il allait avoir des frais.

– Donnez-moi vos téléphones portables.

Ah non, pas question ! Et puis quoi encore ! Si c'est

ça l'art divinatoire, je peux me recycler tout de suite ! Thaumas bouillait en son for intérieur, d'autant qu'il n'était pas sûr que la veuve Obkowicz lui rembourserait cette dépense. Le marabout semblait lire dans ses pensées :

– Ne vous inquiétez pas, je ne vais pas regarder ce qu'il y a dans vos téléphones. Vous pouvez les éteindre, si vous voulez.

Le marabout prit entre ses paumes le smartphone du représentant de la Manufacture, joignit les mains en signe de prière, le téléphone enfermé à l'intérieur, et il ferma les yeux pendant deux bonnes minutes. Thaumas eut le loisir de détailler ce curieux charlatan – comment l'appeler autrement ? Il mesurait bien deux mètres, avait le visage long et fin, des mains puissantes, et il était revêtu d'une robe traditionnelle d'un blanc éclatant, avec une ceinture en peau de python. Le couvre-chef détonnait. L'inspecteur avait déjà remarqué que c'était l'accessoire essentiel pour les hommes bien nés. Celui-ci était en peau de léopard, avec une tête d'oiseau incrustée sur le devant, une chouette empaillée aux plumes rousses. Le marabout ouvrit les yeux et s'immergea dans la contemplation de l'écran noir du smartphone. De temps en temps il jetait un regard neutre sur le représentant de la Manufacture, qui n'en menait pas large. Puis il posa le smartphone sur une encoche, devant un miroir de petites dimensions, et il s'attarda sur le reflet de l'écran du téléphone dans le miroir. Il procéda de même avec le smartphone de l'inspecteur Thaumas, qui continuait à bouillir intérieurement. Quelle mascarade !

– Je dois aussi prendre vos mains. Asseyez-vous ici, face à moi.

– Pardon ?

– Je dois tenir vos deux mains pendant quelques minutes, c'est sans danger.

– Faites-le, ça fait partie du truc, dit Jeff.

Le détective et le représentant de la Manufacture s'exécutèrent d'assez mauvaise grâce. Moyennant quoi Gabriel Thaumas ne put s'empêcher de fermer les yeux sous le regard pénétrant du marabout, et il crut même s'endormir profondément, un court instant. « Tu as fait une descente, ça fait partie du jeu », lui dit Jeff plus tard. Quand il rouvrit les yeux, il était calme et apaisé.

Le marabout avait déplié son corps et il se frottait les mains avec une solution liquide mystérieuse, qu'il leur tendit.

– Du gel hydroalcoolique, à cause d'Ebola et du corona… on ne sait jamais. Nous nous retrouvons à côté, mon assistant va vous conduire.

Il s'éclipsa. C'était au tour de l'ingénieur de se montrer contrarié et vaguement inquiet. Jeff en prit pour son grade et se sentit obligé de se justifier :

– Hé, du calme ! Chaque sorcier a son protocole, attendez de lire ses conclusions ! Il ne procède pas avec les cols blancs comme avec les pêcheurs du cru. Il aurait pu aussi bien vous prélever des poils, de l'urine et puis vous faire mastiquer du cœur de poule séché, je ne suis pas sûr que vous auriez préféré ce type d'expérience !

Thaumas se demanda, plus prosaïquement, si le marabout aurait pu extraire les données de son téléphone portable grâce à un système NFC ou à une valise

IMSI-Catcher[1] dissimulée quelque part. La question lui brûlait les lèvres. Ils se rendirent dans un autre salon, où on leur offrit du jus de bissap. Ils attendirent une bonne demi-heure. Étaient-ils surveillés aussi dans cette antichambre ? Y avait-il des caméras et des micros cachés ? Le marabout les rejoignit, la mine contrariée, il n'avait peut-être pas eu le temps d'analyser les données des deux téléphones… Il n'y alla pas par quatre chemins :

– J'ai une bonne et une mauvaise nouvelle… Je commence par la mauvaise. Il y a un sort puissant qui est jeté contre la Manufacture. Un sort très puissant. J'ai vu son reflet dans le miroir, très fugacement car elle m'a vu tout de suite et elle a pris la poudre d'escampette.

– Elle ?

– Oui, elle, c'est une femme, une sorcière. Elle est blanche, elle n'est pas d'ici. C'est pourquoi aussi je ne peux rien contre elle, je ne peux rien contre ce ju-ju. Ce n'est pas dans mon pouvoir.

– Où est-elle cette sorcière ? Comment peut-on la trouver ?

Thaumas se surprit à considérer sérieusement cette piste, Jeff lui jeta un regard bizarre qui pouvait signifier : *Ne me dis pas que tu crois à ces sornettes ! C'est tout ce qu'il a trouvé pour masquer son impuissance, une sorcière d'un pays lointain et inaccessible !*

---

1. Near Field Communication, système de communication en champ proche permettant d'extraire des données à distance d'un périphérique. Valise IMSI-Catcher, dispositif permettant de pirater à distance une conversation téléphonique, voire le contenu d'un smartphone.

– C'est toute la difficulté, c'est un pays qui n'est pas de notre monde. C'est un sortilège très ancien, il faut suivre le serpent et l'Étoile de la mer… L'eau est l'élément primordial, vous le savez bien, monsieur Thaumas…

– L'Étoile de la mer…

– Oui, entourée par une plante très vénéneuse.

– C'est une chouette que vous avez sur le front, n'est-ce pas ?

– Oui, une chouette-pêcheuse de Pel ou *Scotopelia peli*, elle chasse les poissons, les grenouilles, les crustacés…

– Elle vous aide à voir des choses invisibles, sous-marines…

– Oui, grâce à Agwu Nsi, la déesse de la divination. Mais c'est fini, nous l'avons surprise, la sorcière nous a vus et elle ne se laissera plus prendre… Il y a un sort très puissant qui a été jeté sur le prince Alexandre Obkowicz, sur sa famille, et donc sur vous aussi, Nicolas.

– Moi ? Mais… comment savez-vous ?

– Le sort est sur vous aussi parce que vous êtes de son sang, il faudrait rentrer en France au plus vite, saint Nicolas ne vous protégera pas. Quant à vous, monsieur le détective, car vous êtes détective, il y a une chose surprenante, une chose positive…

– Poursuivez…

Thaumas sentait à son contact que la boussole inversée de ses intuitions s'alignait sur le nord magnétique, c'est-à-dire Lagos. Quand le marabout lui avait tenu les mains, il avait ressenti des choses enfouies profondément, des cas non résolus étaient remontés à la surface, une énergie, un fluide nouveaux l'avaient envahi, et une compréhension inédite du monde et des choses s'était fait jour… car « la vérité n'existe que dans le mouvement et dans l'énergie venue du futur et du passé… Notre erreur majeure est de raisonner au présent de l'indicatif ». Il voyait maintenant son père tel qu'il l'avait vu à trois ans. Une photo jetée dans un tiroir de sa mémoire, son père riait. Peut-être était-il encore vivant, quelque part, dans une maison de retraite, attendant sa visite.

– Vous êtes protégé, Thaumas. La sorcière vous protège. Je ne sais pourquoi… Elle sait que vous portez une longue souffrance et que vous êtes fragile des vaisseaux…

– J'ai l'aorte délicate, c'est le syndrome de Marfan.

– Elle dit aussi que le soleil ne se reflétait plus sur l'écaille du gros poisson… L'écume des flots devenait trop amère… il fallait réparer quelque chose. Honnêtement, je n'en sais pas plus.

– Alors moi j'aurais reçu un mauvais sort et lui serait protégé ! Mais qu'est-ce que c'est que cette histoire ?! Ça ne tient pas debout votre affaire !

Le cousin du prince de la Manufacture n'avait pu réprimer ce cri du cœur.

– Du calme, Nicolas, ce n'est qu'une consultation…

– … et elle est terminée, messieurs, nous avons déjà largement dépassé l'horaire…

L'assistant du grand marabout les raccompagna au parking. Il glissa au dernier moment un mot dans la main de l'inspecteur Thaumas, « de la part du grand maître ». C'était une phrase en latin : « *Memento audere semper, M-A-S* », signée Gabriele D'Annunzio.

Dans la voiture, Nicolas de Busset ne décolérait pas d'avoir été mystifié et de se voir confirmer qu'un mauvais ju-ju très puissant le poursuivait, contre lequel il n'était pas de remède connu au Nigeria. Il ne croyait pas à ces sornettes mais c'était très mauvais pour la réputation de la Manufacture et pour la sienne propre. Même les filles de Lagos se méfieraient de lui désormais, car l'information circulait très vite. Pire qu'un pestiféré. Il ne lui restait plus qu'à quitter le pays. L'inspecteur Thaumas était quant à lui absorbé par des réalités sous-marines : un autre Gabriel donc, D'Annunzio, dont le nom même voulait dire « l'annonce » – mais l'annonce de quoi ? *Memento audere semper* signifiait « Rappelle-toi d'oser toujours » ; d'après Internet c'était la devise du poète italien. Oser oui, mais quoi ?

De son côté, Jeff estima qu'il aurait pu se passer de cette consultation, ce n'était pas une bonne idée, même si elle ne lui avait rien coûté : le marabout avait décliné tout paiement au motif qu'il avait trouvé plus fort et plus puissant que lui, et qu'il serait un escroc et un charlatan s'il demandait *en plus* un salaire. Gabriel Thaumas avait été édifié par cette dernière remarque, un « vrai » charlatan aurait demandé son reste… Mais qu'est-ce qu'un « vrai » marabout ? Comment savait-il qu'il avait les vaisseaux fragiles ? Songes et mensonges, telle est la vie. La question était de les départager… et il fallait maintenant trouver « l'Étoile de la mer ». On n'était pas sorti de l'auberge…

8

Fontainebleau, le 3 août 1664,
en fin d'après-midi

– Pierre de Bonzi est arrivé !

Nicolas Desmarets reprend son souffle, il l'a cherché partout, le château de Fontainebleau est grand et l'évêque de Béziers est petit et trapu. Colbert pose la plume et s'avance vers l'ambassadeur, dont le nom florentin évoque les mânes de grandes familles italiennes, les Sforza, les Visconti… Devenu français par lettre de naturalité signée du roi, l'évêque-ambassadeur a travaillé pour Fouquet avant d'épouser le clan Colbert. C'est un homme remarquablement fidèle… au pouvoir en place. Et c'est un courtisan-né, il s'est poudré, perruqué, paré de ses plus belles plumes. Tout cela en l'honneur des Le Tellier, à qui il est venu faire ses rapports en espérant, qui sait, croiser la route du souverain. Mais c'est Colbert qui le cueille à froid :

– Alors, Monseigneur, où en êtes-vous avec les miroitiers vénitiens ?

– Les miroitiers…

Bonzi sait parfaitement de quoi il retourne, mais il n'est pas pressé d'aborder le sujet. Pourquoi les bourgeois sont-ils si vulgaires et les financiers si frontaux ? Ce Colbert cumule les handicaps.

– Oui, les miroitiers de Murano ! Vous n'avez pas oublié tout de même ? Il en va de votre charge, mon ami ! Songez à la foule des nécessiteux, qui se damneraient pour une ambassade à Venise…

L'ambassadeur fait mine de s'offusquer pour se radoucir aussitôt, ses grands yeux noirs se font langoureux et il joint ses longues mains fines, comme s'il entrait en prière, inclinant la tête vers son maître.

– Non seulement je n'ai pas oublié, Monsieur le ministre d'État, mais j'y consacre tous mes efforts, jour après jour. Vous savez, n'est-ce pas, combien le miroir est chose fragile, précieuse… et trompeuse. Vous connaissez les légendes attachées à l'objet et les secrets qui président à sa fabrication. Je comprends l'intérêt de la mission, mais elle est extrêmement délicate et périlleuse, car enfin j'y risque ma vie et ma réputation, et au-delà de ma personne, qui est peu de chose et que je suis naturellement prêt à sacrifier, il en va de la réputation de Sa Majesté ! Et de ses intérêts : la République de Venise n'est-elle pas l'alliée de la France, de toute éternité ? N'avons-nous pas mené deux guerres ensemble, contre les Allemands et les Ottomans ?

Colbert hausse les épaules.

– Neuf siècles d'amitié !

L'évêque-ambassadeur-courtisan n'a pu réprimer ce cri du cœur. Il sort un long mouchoir de soie de sa poche pour éponger son front moite. Colbert se radoucit :

– Comment oublier cette amitié en effet… mais vous savez bien que c'est l'amitié même qui inspire la joute, l'émulation ! Nierez-vous que c'est l'amitié et l'admiration que François Ier vouait à l'Italie, qui l'ont conduit à attirer en France les plus grands artistes italiens, Benvenutto Cellini, Leonardo da Vinci, Andrea del Sarto ? Regardez ce château de Fontainebleau, qui tout entier témoigne de cette passion italienne ! Regardez Blois ! Chenonceau ! Considérez Catherine de Médicis ! Et puis regardez l'histoire ! Rome n'a-t-elle pas pillé la Grèce par amour des arts et de la philosophie ? Quant à Venise… attardons-nous sur cette perle de la Méditerranée que vous chérissez, n'est-ce pas cette même passion amoureuse et dévorante qui conduisit votre Sérénissime à puiser allègrement dans les trésors de l'Orient ? à rapporter les chevaux de bronze de l'hippodrome de Constantinople ? à voler les reliques de saint Marc à l'Égypte ? Laissons les liens de l'amitié unir les personnes de chair et de sang telles que vous et moi, les États sont trop froids pour en goûter les charmes, venez, poursuivons notre discussion dans la galerie François Ier, mon neveu va la faire ouvrir pour vous.

D'un geste qui se veut amical, Colbert saisit l'ambassadeur d'un bras impérieux et le conduit d'autorité vers la grande galerie, tout en le pressant de questions sur Venise. Il veut tout savoir des tensions diplomatiques, il veut que l'ambassadeur lui répète mot pour mot ce qu'il vient de dire à Michel Le Tellier, au marquis de Louvois. Pierre de Bonzi sait la rivalité entre les deux clans, alors il… louvoie. Colbert l'entraîne de salon en escalier, jusqu'à pénétrer dans l'imposante galerie François Ier, qui jouxtait jadis la chambre du roi : selon la légende, François Ier en portait la clé autour du cou. Pierre de Bonzi a déjà parcouru cette grande galerie d'apparat mais il feint de la découvrir pour la première fois, pour mieux contenter et attendrir son hôte.

– La France et l'Italie... je veux bien vous concéder que la passion le dispute à l'intérêt dans ce qui gouverne cette relation. Vous êtes un évêque passionné, Monseigneur, il se dit et se répète que vous pratiquez assidûment l'amour du prochain que le Christ nous a enseigné... d'une manière qui vous rapproche de la Grèce antique autant que de la Jérusalem céleste... Voici ce que je voulais vous montrer, les fresques de Giovanni Battista di Jacopo... Louis le Grand aime à se promener dans cette galerie, il veut des galeries semblables dans ses autres demeures, au Louvre, à Versailles... Le roi a de grands projets pour Versailles. Il veut des grandes galeries et il veut les couvrir de glaces, comme Catherine de Médicis l'avait fait dans sa chambre des miroirs, en son hôtel d'Albret...

Pierre de Bonzi n'est pas dupe de son ton mielleux, voilà qu'on en revient au sujet qui fâche. Il force un sourire.

– Monsieur le ministre d'État, vous en voyez aussi le danger ! C'est par ses miroirs que Catherine de Médicis a eu connaissance de la destinée funeste des Valois...

– Vous pourriez aussi me parler de Mme Fouquet, rappelez-vous son petit cabinet aux miroirs, puisque vous l'avez bien connu... Les miroirs portent malheur à ceux qui ont la faiblesse de leur prêter ces vertus... Je vois quant à moi le malheur des finances de notre

État, ruiné par ces maudits miroirs qui nous coûtent une fortune ! Songez qu'une seule glace vaut le prix d'une fresque de votre Rosso Fiorentino, en raison du monopole vénitien sur les glaces de qualité, un monopole inique ! Par lequel Venise trahit au surplus les lois de sa République puisqu'elle fait de ses miroitiers ses esclaves. Grâce à l'appui de votre ambassade, nous allons établir la liberté de l'industrie du miroir…

– Monsieur le surintendant, vous me demandez de voler les secrets de notre meilleur allié politique, je n'envisage guère le caractère diplomatique d'une telle action !

– Comme vous y allez, mon ami ! Je vous demande d'organiser à notre profit le transfèrement discret de quelques verriers, miroitiers et étameurs, ni plus ni moins, qui nous permettront de percer ces grands mystères. Après quoi nos manufactures fabriqueront ces glaces au lieu où elles seront mises, ce qui, avouez-le, est plus logique que de leur faire franchir les Alpes : la route de Venise à Paris est jonchée de bris de verre et de glace… Notre union diplomatique et militaire avec la Sérénissime n'en sera pas fracassée pour autant. Je rappellerai pour finir que ce chemin a été pris jadis en sens inverse par nos artisans verriers, car ce sont nos artisans qui les premiers se sont rendus maîtres dans l'art du verre et du vitrail… Le vitrail, c'est la France ! Jugez-en par les magnifiques vitraux hérités de l'âge gothique qui ornent votre cathédrale à Béziers…

– Venise a hérité l'art du verre de Rome et de Byzance !

– J'oubliais que vous êtes français de fraîche date…

Bonzi blêmit soudain.

– Douteriez-vous de ma loyauté ? Vous rappellerai-je que c'est grâce aux cavaliers vénitiens que François Ier put remporter la bataille de Marignano contre les Suisses armés par le duc de Milan ? Sans la loyauté de Venise, cette galerie-ci n'existerait pas…

Ce Colbert passe décidément les bornes de la bienséance, pire, de la décence. Il faudra s'en plaindre au roi. N'a-t-il pas fait, contre son cœur, ce que Colbert à grands cris lui demandait ? Bonzi se radoucit, la colère n'est pas bonne conseillère.

– J'ai envoyé des agents à Murano. À force de patience et de travail, ils ont repéré les meilleurs miroitiers, ils se sont fait passer pour des marchands, ils leur ont proposé de grosses sommes d'argent, ils ont même fait affréter des navires. En pure perte. Rien n'y a fait, et pour cause : tout départ de Murano est puni de mort…

– Je vous le disais, des esclaves… et la charité chrétienne vous commande de les libérer…

– … des esclaves très bien logés et très bien payés, pour mieux résister à la tentation, trois à quatre écus par jour ! Les miroitiers de Murano se voient offrir de grandes maisons, des mariages avec des patriciens de Venise. J'ai peine à vous le dire, Monsieur le ministre d'État, mais la France n'a rien à leur donner de plus… Et je ne peux quand même pas faire enlever de force des familles entières !

– Et pourquoi pas ?

L'ambassadeur est stupéfait. A-t-il bien entendu ? Voudrait-on enlever par la force des ressortissants de la République de Venise, pays allié de la France ? des familles entières ? Colbert insiste :

– Une fois qu'ils seront à Paris, vos miroitiers se féliciteront d'avoir recouvré leur liberté d'aller et venir, en plus du logis et du couvert, d'un confortable salaire et de femmes à marier si tel est leur bon plaisir. La France est bonne mère !

Cette discussion ne peut aboutir, Bonzi sent qu'il doit quitter son poste à Venise au plus vite. Une ambassade en Pologne serait une sinécure, à tout prendre, ou un archevêché dans le Languedoc. En attendant, il faut adoucir Colbert, qui n'a pas bien compris ou qui feint de ne pas comprendre.

– Pardonnez-moi, Monsieur le ministre d'État, mais, comme je vous l'ai trop hâtivement expliqué, la protection du secret n'est pas un vain mot à Venise. La dénonciation est monnaie courante, les Vénitiens sont encouragés à signaler toutes sortes de compromissions en jetant des petits billets à travers des *bocche di leone* percées dans les murs, ces billets sont exploités par les inquisiteurs d'État, qui diligentent des espions et des assassins partout, au-dedans comme au-dehors de Venise, jusqu'à Paris ! Un miroitier vénitien s'est enfui en Allemagne il y a peu, il a été suivi et poignardé dans son sommeil, dans une auberge, par un sicaire mandaté par la Sérénissime. J'ai envoyé deux agents masqués négocier le départ de dix miroitiers. S'ils me dénoncent à l'inquisition, je serai torturé puis jeté dans la lagune et vous n'en saurez rien, ou bien je serai mis au secret dans la prison des Plombs, à tout jamais, au milieu des rats et des pestiférés…

Colbert ne bronche pas, il n'est pas surnommé « le

Nord » sans raison, il a le sang froid de la couleuvre, l'animal qui orne son blason. Reste l'argument politique :

– Et Venise est notre alliée ! Contre les Ottomans ! Contre l'Espagne, contre le Saint Empire romain germanique ! Louvois et Le Tellier me demandent de rivaliser d'amitié avec le doge de Venise, et vous voudriez que je m'attaque au fondement de sa puissance ?

Colbert et Bonzi sont arrivés devant une fresque du Rosso, on y voit Vénus tentant de réveiller l'Amour, tandis que Mars est parti guerroyer. C'est ici que Colbert capitule : il n'y a rien à tirer de Bonzi, ce bélître doublé d'un bellâtre qui a tellement de maîtres qu'il n'obéit à aucun, tant de nationalités qu'il n'en a aucune, et qui aime trop la chair et la vie pour risquer la sienne, surtout pour une patrie nouvelle qu'il embrasse avec parcimonie. Il va falloir trouver un intermédiaire plus ambitieux, qui n'aura pas froid aux yeux…

– Monsieur l'ambassadeur, brisons là, il est réjouissant au fond de constater que la foi chrétienne en vous a su résister à l'esprit florentin, et que l'enseignement de Machiavel ne vous a pas gâché… ni même pénétré l'entendement. Cependant, je vous l'annonce ici, dans cette grande galerie consacrée au plus grand des rois avant Louis le Grand, nous construirons un jour à Versailles une Grande Galerie qui sera ornée d'autant de glaces françaises que je vois ici de peintures italiennes. Et ces miroirs issus de nos fabriques ne refléteront pas les mânes des esprits défunts, ils refléteront à jamais la gloire de la France…

Colbert tourne les talons, suivi par son neveu, qui ne comprend plus très bien : pourquoi citer le château de

Versailles, que son oncle déteste ? N'a-t-il pas voulu dire plutôt le Louvre ? Tout à ses pensées, le jeune homme referme soigneusement la porte avec une lourde clé, la fameuse clé de François Ier. Visage fermé, Colbert le regarde et s'attendrit soudain de le voir si appliqué. Nicolas Desmarets lui fait part de son étonnement sur Versailles.

– Mon neveu, sache que, même quand les choses te dépassent, tu dois cependant en être l'instigateur aux yeux de tous…

Et, avec un demi-sourire, il lui met la clé autour du cou.

DEUXIÈME PARTIE

BRUIT DE GLACE

« … Toute la nuit aura été portée par le bruit crissant du verre qu'on balaye, à la maison, sur les terrasses, dans les rues, à l'entrée des immeubles. Des parois, des plaques, des tranches, d'épais morceaux, des fragments, des paillettes… Toute la nuit ces crissements de verre, chez soi et dans la rue. »

Diane Mazloum,
Beyrouth, après la nuit du 4 août 2020.

1

Depuis son retour à Paris, l'inspecteur Thaumas n'était pas très à l'aise. Qu'allait-il pouvoir raconter à la veuve du prince ? Tout était confus, tout se mélangeait, l'arbre des possibles se ramifiait de jour en jour et s'enfonçait dans un brouillard profond. Pour ne rien arranger, son cœur était resté à Lagos, il se sentait mélancolique et amoureux, il était ailleurs. Au point de ne pas remarquer que c'était un thé blanc du Népal issu du jardin de Shangri-La que Karolyn Obkowicz lui servait ce matin-là.

– Je vous ai fait venir de bonne heure car j'ai besoin de savoir la vérité, pour moi… et pour les enfants. C'est très dur de ne pas pouvoir répondre à leurs questions, de ne pas savoir… J'ai entendu des choses, depuis votre départ… Qu'avez-vous trouvé à Lagos ? Savez-vous comment est mort mon mari ?

Elle porta la main à son front. À l'exception des cernes mal dissimulés qui creusaient ses yeux, son teint était diaphane, elle était comme un ange tombé du ciel. Gabriel Thaumas commençait à éprouver de la compassion : *Les plus riches sont les moins heureux, les plus belles femmes sont les plus seules*. Il repensa au requin blanc attaquant une baleine à bosse au large du Cap, en Afrique du Sud, il aimait regarder les documentaires animaliers pendant ses nuits d'insomnie. Il fallait cinquante minutes au requin pour venir à bout de la baleine. Il finissait par la prendre à la gorge et elle se noyait. Ou bien ils se noyaient ensemble, qui sait, ils tombaient dans les profondeurs… Pour un peu il aurait éclaté en sanglots, lui aussi était fatigué.

– Votre mari est mort très rapidement, madame Obkowicz. Il n'aura pas souffert. Enfin, pas très longtemps.

– Comment savez-vous ? Vous avez pu consulter le rapport d'autopsie ?

– Oui.

Thaumas s'en voulait d'arriver aussi vite à la conclusion, il aurait voulu faire un long détour par le récit de ses aventures au Nigeria. C'était la faute au teint blafard de la veuve blanche, qui s'efforçait de protéger ses petits. Étaient-ils menacés par le ju-ju eux aussi ? L'inspecteur avait eu accès au rapport d'autopsie par son ancienne cheffe, la commissaire divisionnaire Sofia Boustani, en échange de quoi il l'avait mise au parfum des affaires d'Alexandre Obkowicz au Nigeria, ses ennemis potentiels, les promoteurs locaux, les clans mafieux, le blanchiment d'argent… C'est en évoquant le mauvais sort jeté contre le prince Alexandre, le fameux ju-ju, que l'intérêt de la commissaire s'était éveillé, à la plus grande surprise du détective. Il en comprit la raison en accédant enfin au rapport d'autopsie.

– D'après le rapport, la mort de votre mari est pour le moins… suspecte. Il n'y a aucune preuve formelle, mais les médecins légistes ont trouvé des substances anormales dans son corps.

– Anormales ?

– Oui, des traces de toxines qui pourraient laisser penser qu'il aurait pu être empoisonné juste avant de prendre les commandes de son appareil. À moins qu'il ne se soit drogué lui-même, bien sûr.

– Alexandre aimait trop la vie pour se suicider. Et c'était un très bon pilote, il avait réussi son décollage, il n'y avait pas de vent… Dites-moi tout, qu'ont-ils trouvé exactement ?

L'inspecteur se mordit la joue. Devait-il tout lui révéler ? *Memento audere semper*, énonçait le message transmis par le marabout, rappelle-toi d'oser toujours…

– Vous savez, ce n'est pas très ragoûtant, ce qu'on trouve dans ce genre de rapport…

Elle lui jeta un regard froid, qui le transperça.

– Il semble que votre mari… se soit fait dessus… Pardon vraiment, je ne sais pas comment vous le formuler.

– Les descriptions cliniques ne me font pas peur.

– Bon, alors voilà, les enquêteurs ont trouvé des vomissures partout, dans le cockpit et sur ses vêtements, le prince Obkowicz a aussi évacué par le fondement, une forme de diarrhée hémorragique, il y avait du sang partout… comme s'il s'était décomposé de l'intérieur… Ses organes vitaux se sont liquéfiés, une vraie boucherie, mais tout cela s'est fait très rapidement… Pardon, je manque vraiment de délicatesse.

Karolyn n'avait pu retenir un geste, elle était quand même secouée.

– Continuez.

Il devait y avoir un moyen de dire les choses sans les dire, mais Thaumas n'était ni poète ni diplomate, il parlait cash, il restait flic. Il reprit :

– Les médecins ont d'abord pensé à un virus foudroyant, du type Ebola, qui a déjà sévi au Nigeria dans le passé. Sauf qu'ils n'ont détecté aucune trace de virus. En revanche, ils ont trouvé dans ses urines des composants dérivés de l'arsenic, et puis du verre, dans l'estomac et l'intestin grêle…

– Du verre ?

– Oui, du verre pilé très finement, mêlé à de la poudre de diamant, comme pour mieux perforer les organes vitaux. C'est une technique d'empoisonnement ancienne et discrète, mais pas toujours efficace, c'est ce qui explique…

– Quoi ?

– On a trouvé aussi des traces de substances chimiques, de l'arsenic je vous l'ai dit, mais aussi de l'atropine, de l'oléandrine, de l'hydroxycoumarine… une espèce de cocktail bizarre et diablement toxique…

L'inspecteur sortit un petit carnet de sa poche, sa mémoire avait des limites.

– … ces substances contiennent des cardiotoniques et des anticholinergiques, qui entraînent des troubles cardiaques, vomissements, douleurs abdominales, double vision ou diplopie, agitation et dépression respiratoire, rétention urinaire et hallucinations sensorielles, démence et coma. L'antivitamine K présente dans le dicoumarol provoque de graves hémorragies internes, l'arsenic déclenche des diarrhées aqueuses sanguinolentes et des complications neurologiques, hépatiques…

– Je vois…

– … hyperkératose, hyperpigmentation…

– J'ai compris, monsieur l'inspecteur.

– … le tout conduisant à la mort par arrêt cardio-circulatoire.

L'inspecteur rangea son calepin. Elle avait voulu les détails, elle en avait pour son argent.

– On ne lui a laissé aucune chance, c'est ce que je comprends.

– Clair. Une dose de cheval. Même Raspoutine aurait passé l'arme à gauche. Et votre mari sortait d'un dîner de gala où il avait croisé des centaines de gens, bu du champagne, mangé des petits-fours… L'endroit rêvé pour l'intoxiquer. La police a enquêté dans les cuisines du château, chez le traiteur. Tous les personnels ont été interrogés. Cela n'a rien donné. Rien.

– Ça ne vient pas de la France… Parlez-moi du Nigeria…

– Vous avez raison, l'empoisonnement est un sport national en Afrique… L'islam interdit l'autopsie, alors ça laisse libre cours à l'imagination des jeteurs de sorts, sorciers et apprentis apothicaires…

– Parlez-moi d'« elle ». Ne pratique-t-on pas la magie noire à Lagos ?

– Si fait…

Thaumas réfléchit un instant. Devait-il lui parler du marabout ? C'était ridicule… Il évoqua d'abord les requins de la finance et de l'immobilier, sa rencontre avec Jeff, le couronnement du roi, le cannibalisme rituel, et puis le marabout finit par arriver dans la conversation.

– Croyez-moi si vous voulez, mais ils ne lisent plus

dans le marc de café, ils lisent sur l'écran éteint d'un iPhone… qu'ils confrontent à un miroir, car c'est toujours dans les miroirs qu'ils aperçoivent des esprits… Bon, tout ça pour dire que le marabout confirme qu'il y a un mauvais sort jeté contre la Manufacture et ses dirigeants. Il pense qu'il y a, quelque part, une vieille sorcière, d'un autre monde, qui a jeté un sort contre Alexandre et contre son entreprise. On nage en plein délire, je sais, mais c'est ce que j'ai de plus tangible à vous relater, faute d'avoir eu le temps d'infiltrer les réseaux qui s'agitent autour du projet Eko Atlantic City. Car c'est là que se trouve certainement l'explication de cette vengeance, cet acharnement. J'ai bien conscience de vous apporter de l'ombre plus que de la lumière…

– La lumière a besoin de s'appuyer sur l'ombre… Vous avez fait du bon travail, mais vous ne m'avez pas parlé de la maîtresse de mon mari… C'était la raison de votre voyage à Lagos, n'est-ce pas ?

Comment avait-il pu oublier de parler de l'essentiel… mais était-ce vraiment utile à l'enquête ?

– Ah oui… bien sûr… Awa.

– Vous l'appelez par son prénom maintenant ?

– Pardon, c'est que son patronyme est compliqué à retenir… C'est la première personne que j'ai voulu voir à Lagos, évidemment, c'est ce qui m'a conduit à Makoko, puis au projet Eko Atlantic City. Il était important de savoir ce que votre mari avait fait pour réhabiliter la « Venise noire », comprendre pourquoi il s'était opposé ensuite à sa destruction, par ce projet pharaonique…

– Awa a un fils de mon mari, n'est-ce pas ?

Ainsi Karolyn savait déjà, pour l'enfant... Mais alors, pourquoi l'avoir envoyé là-bas ? Elle lut dans ses pensées.

– Je viens de l'apprendre... Jeff s'en voulait de me l'avoir caché. Benoît est son prénom. On me dit que la mère est catholique.

Décidément, elle connaissait déjà tous les détails, comment allait-il justifier ses honoraires ? Gabriel Thaumas se sentait joué dans cette histoire.

– Vous savez aussi que je suis protégé de ce mauvais sort, enfin, selon le marabout ?

– Jeff m'a tout raconté.

– Alors, pourquoi me convoquer ce matin ?

– Le rapport d'autopsie. Personne n'avait voulu m'en parler. L'assassinat n'était qu'une supposition, je voulais une certitude. Et puis vous savez bien, chacun a sa version des faits. Jeff est mouillé jusqu'au cou dans les combines nigérianes, j'ai besoin de vous pour démêler cet écheveau.

– Et si je vous parle de Gabriele D'Annunzio, qu'en dites-vous ?

– Le poète italien ? Mon mari le citait souvent, ils avaient en commun l'amour de la vitesse, l'aviation, l'aventure... les femmes...

– Il est mort, empoisonné par sa maîtresse.

– Alexandre ???

– D'Annunzio !

Karolyn était devenue plus blanche que blanche. S'alimentait-elle suffisamment ? Il fallait faire attention à ne pas la perdre. Gabriel s'était documenté sur le poète italien, un dandy sybarite et mégalomane, vaguement fasciste, vaguement résistant, enterré dans un mausolée somptuaire sur les bords du lac de Garde.

– D'Annunzio a été supprimé sur ordre de Ribbentrop ou de Mussolini, c'est sa propre infirmière qui a fait le travail, Emy Heufler, elle était à la botte des nazis…

– C'était quand même un sacré fasciste, ce D'Annunzio… Pourquoi me parlez-vous de lui ?

– C'est le marabout qui m'a aiguillé sur lui. Connaissez-vous la maxime *Memento audere semper* ?

– M-A-S, *toujours de l'audace*, c'est la maxime favorite de mon mari. Vous savez d'où ça vient, n'est-ce pas ?

– C'étaient les initiales de la vedette militarisée de Gabriele D'Annunzio, *Motoscafi Armati Silutenti, M-A-S…*

– Les hommes sont de grands enfants, Gabriel…

L'inspecteur sentit avec retard un frisson lui parcourir l'échine. Comment le sorcier pouvait-il connaître les affinités intellectuelles du prince Alexandre avec le poète italien ? Était-ce un coup de Jeff, pour lui faire gober ses salades, pour le faire croire à ce ju-ju ? Pauvre Karolyn. Son sale gosse de mari était mort aussi bêtement que son héros italien, mais qui était l'infirmière ?

– Continuez votre mission, inspecteur. Allez voir ce qui se trafique du côté de la Manufacture. Voyez à qui profite le crime, retournez à Lagos… Voyez plus haut et plus loin…

– *Più alto e più oltre…*

– Oui, faites-le pour mon mari…

La veuve avait repris sa voix froide et monocorde – il n'aurait pas dû aller aussi loin dans la description clinique de la mort d'Alexandre. Dans un instant de faiblesse, elle l'avait appelé par son prénom, Gabriel. En guise d'Annonciation, il assenait le dernier clou sur le cercueil du prince, tout en empêchant sa veuve de faire son deuil, de trouver le repos. Aurait-il dû lui dire que son mari était mort heureux après avoir retrouvé à Lagos la vie, l'amour et l'aventure qu'il avait perdues en Europe, et que lui-même se sentait gagné par une forme de joie de vivre, qui l'effrayait presque par sa violence ? Non, maintenant qu'il y avait un crime et un assassin, il fallait le trouver et le ramener à la justice, il fallait le faire pour Karolyn. Et si c'était un suicide ? Et si ce prince de pacotille, aussi factice que Gabriele D'Annunzio, avait tiré sa révérence avant que son imposture n'éclatât au grand jour ? Et si c'était Karolyn, la sorcière blanche, qui s'était débarrassée de son mari remuant et infidèle, après s'être livrée à des cérémonies occultes au fond de la Villa Montmorency ? Et Jeff ? Qui était-il vraiment ? Et lui, quel rôle voulait-on lui faire jouer dans cette histoire ?

Gabriel Thaumas sortit de la Villa Montmorency aussi perplexe qu'il y était entré. Il avisa la barrière de sécurité, qu'un véhicule venait à nouveau d'enfoncer. D'après le vigile, c'était une vieille dame au volant, un peu distraite.

2

Murano, le 24 juin 1665

C'est maman qui me réveille. C'est la nuit. Il faut s'habiller vite, en silence. Ne pas poser de questions, ne pas faire de bruit. Où est mon frère ? Ma sœur ? Leur chambre est vide.

Tais-toi, Gianni ! Il en va de leur vie ! Vite, j'enfile un pantalon de toile, une chemise, sans savoir que ce sont les seules choses de mon enfance que j'emporte avec moi dans un autre monde. En arrivant dans la pièce commune, je réprime un cri : une bougie éclaire à peine le masque blanc de l'homme en noir, qui tient mon père en respect avec un carreau d'arbalète. Un autre homme entre dans la pièce. « Allons ! » dit-il à ma mère. Mon père ne bouge pas, il vocifère à voix basse. J'entends les pires insultes et les pires menaces sortir de sa bouche. Dès que sa famille sera à l'abri il se vengera, la République de Venise se vengera, Borniolo et ses bandits feraient bien de lâcher l'affaire, ils s'attaquent à un ennemi très puissant, l'inquisition d'État et ses bataillons d'espions. Sans compter la malédiction divine :

la corporation des verriers est protégée par le Christ et par son Église. Il vocifère tant et si bien, y mêlant tant d'insultes, que le deuxième homme le frappe soudain derrière la tête avec la crosse de son mousqueton. Mon père s'écroule et je hurle.

Les deux hommes se précipitent sur moi, me garrottent et m'enfoncent un bâillon dans la bouche. Ma mère intervient à son tour, c'est le chaos. Un troisième homme fait son apparition, il invective ses comparses et décoche une gifle à ma mère, qui tombe à terre. D'une voix calme et ferme, il lui demande de sortir avec moi en silence et de rejoindre le bateau, sinon c'est toute notre famille qui va passer de vie à trépas. J'ai très froid, un froid de mort, je grelotte. Maman me donne une couverture de laine et un morceau de pain qu'elle récupère à la hâte, je sors avec elle en regardant avec horreur les deux énergumènes à qui nous avons donné du fil à retordre : ils traînent derrière eux mon père assommé – il est très costaud, mon père, ce n'est pas facile. On marche en silence, la nuit est noire, il n'y a personne dans la ruelle, personne pour nous porter secours, j'ai envie de crier mais j'ai un bâillon dans la bouche, qui me fait mal. Et puis j'ai compris qu'ils n'hésiteront pas à nous tuer. Où sont Virgilio et Francesca ? J'ai peur pour eux. Maman pleure en silence.

La lune apparaît par une déchirure du ciel. Il y a une grosse masse sombre à l'embarcadère. Une galère. On nous jette à fond de cale, mon père avec. Il y a d'autres complices à l'intérieur. Ils sont pressés de partir. On ne voit plus rien mais on entend des pas sur les planches, des murmures échangés. Un équipage s'affaire dans la nuit noire, la lune est comme un phare à travers les nuages. Je sens la présence de Francesca et de Virgilio, maman les étreint contre elle en psalmodiant des prières entrecoupées de mots tendres. Elle enlève le bâillon qui m'étouffe, je lui jette les mots qui me brûlent les lèvres : « *Dove andiamo mamma, dove ?* » et puis : « Qui sont ces gens ? » Elle me répond par des prières, les mains jointes, il faut prier tous ensemble : « Vierge Marie, mère de Dieu, priez pour nous pauvres pécheurs… »

Ça y est, on part… On est partis… On entend le bruit des rames dans l'eau, personne ne parle… Puis des crissements dans la mâture. Des cordages qui frottent sur le pont. Des choses qu'on hisse – des voiles. Par les interstices du plancher, j'aperçois leur reflet blafard, le vent est faible, la toile faseye, les hommes rament de plus belle. On s'éloigne, le bateau commence à rouler légèrement. On part… On quitte Murano… On quitte Venise… Je répète ces mots comme un refrain dans ma tête… J'ai tellement voulu prendre le large… Tellement… tous ces petits navires que nous avons jetés dans la lagune, avec Virgilio, en rêvant que nous partions à l'aventure, et nous sommes maintenant tous réunis, faut-il vraiment être triste ? « Où allons-nous, maman ? »

Et mon père ? Comment va-t-il ? Il s'est réveillé, ma mère le réconforte, lui met une compresse sur le front, trempée dans l'eau croupie qui stagne au fond du vaisseau. Ils discutent à voix basse. Mon père continue sa diatribe contre nos ravisseurs : « Ils vont le payer, tout se paie. »

Il s'enquiert de nous, nous embrasse. Plus que les mots, c'est son odeur qui me rassure, me réconforte. Je redeviens un petit enfant, comme Virgilio et Francesca, je sens son regard dans l'obscurité, je sens aussi qu'il perçoit mes sentiments mélangés. Il lâche : « Tu voulais voyager, Gianni, alors voilà, quelqu'un t'a entendu ! » L'eau de la lagune chante le long de la coque, le bateau a pris de la vitesse. Oui, nous sommes partis… peu importe où, peu importe comment et pour combien de temps, peu importe le prix, nous sommes partis et mon cœur bondit d'une joie secrète… Après quoi nous tombons dans les bras de Morphée, épuisés par l'émotion, bercés par le roulis…

Au petit jour je m'assois, tant bien que mal, sur le fond incliné de la cale, car le bateau roule et tangue de plus belle, nous avons quitté la lagune, les voiles sont carguées, l'eau coule plus vite le long de la coque. Je veux voir le jour naître sur cette vie nouvelle, ce monde inconnu… J'ai soif, au sens propre comme au figuré. Je me lève et retombe aussitôt. On nous a attachés pendant notre sommeil, nous sommes prisonniers… Ça s'active à nouveau sur le pont, ça parle et ça crie. Le bateau est plus grand que je ne pensais, et nous ne sommes pas seuls, en bas. Mon père s'est réveillé et il échange avec un paquet d'âmes situées de l'autre côté de la cale. Ce sont aussi des Muranais, des hommes, ils sont partis de leur plein gré et ne sont même pas attachés. Mon père leur demande de nous délivrer, ils refusent, alors il se met en colère. Mon père est calme de nature, mais quand il est fâché il devient violent. Un des bandits – comment les appeler autrement ? – descend voir ce qui se passe. La dispute éclate à plusieurs voix. Mon père s'en prend autant à nos ravisseurs qu'à ses compatriotes, qui se sont laissé emmener contre de l'argent, qui se sont laissé corrompre, ce sont des esclaves.

Je comprends peu à peu la raison de notre présence, nous sommes ici parce que notre père n'a pas voulu partir, parce qu'il a refusé l'offre de Borniolo – c'est lui, l'homme au masque noir que j'avais vu à la maison. Alors pour le « convaincre », les bandits ont enlevé Virgilio et Francesca pendant leur sommeil et ils ont menacé mon père de les tuer s'il ne venait pas avec eux.

Les autres voyageurs sont aussi des verriers et des miroitiers. Les mots « *Francia* » et « *Parigi* » reviennent à tout propos, je comprends que c'est notre destination. La France ! Au-delà de l'Italie ! Il est aussi question du roi, qui veut nous voir. Le roi de la France. Quoi de plus excitant ? Je fais part de la nouvelle à Virgilio, je le secoue pour qu'il partage ma joie. Francesca ouvre un œil et se rendort aussitôt. Les bandits nous ont apporté du pain et du vin. Mon père refuse tout, moi je veux bien manger, et aussi boire.

Après deux verres de vin je m'assoupis à nouveau, dans un bonheur sans nom… Je rêve de rois, de princesses, d'archers, d'arquebusiers, de batailles au petit jour dans la brume, de filles de ferme, de chevauchées, de processions… tout ce que j'ai vu sur les fresques des églises, les mosaïques, les manuscrits enluminés montrés par des prêtres, les conversations de voyageurs dans les tavernes de Murano. J'imagine aussi des animaux étranges, des licornes, des dragons… et puis des jeunes femmes aux cheveux d'or qui tombent sur les hanches et qui parlent des langues étranges, des sirènes au corps de poisson, des mariages, des croisades… Je sens que c'est le premier jour de ma vraie vie d'homme... Et l'eau continue à chanter le long de l'étrave, plus joyeuse encore.

Mes rêves de grande navigation échouent rapidement sur les rives du Pô... Nous avons longé les côtes au plus près, notre bateau peu caréné n'est pas fait pour la haute mer. Un deuxième bateau nous suit, avec d'autres Muranais à son bord, semble-t-il – d'autres miroitiers ? Nos gardiens ont bien voulu me détacher, mon frère, ma sœur et moi. Alors on monte sur le pont, malgré la désapprobation de mon père, qui est mutique, désormais. L'équipage nous ignore, nous comptons pour rien. « Où sommes-nous ? Où allons-nous ? » Ces interrogations m'obsèdent. L'homme qui tient la barre le sait forcément. Je l'assaille de questions. Comme pour marquer son exaspération, il fait mine de me donner la barre. Je la prends entre mes mains, elle n'est pas très dure, le vent est modéré. Il est taiseux mais finit par lâcher : « Regarde là-bas, c'est l'embouchure du Pô, un grand serpent qui traverse l'Italie jusqu'aux montagnes ! C'est là qu'on va. »

Bientôt notre navire se faufile entre les bancs de sable, on pourrait se croire de retour à Venise, sauf qu'on remonte un fleuve ! Il faut louvoyer, utiliser les vents, les contre-courants. L'homme de barre s'appelle Stefano. Il m'explique les choses, je suis fier de tenir la barre, devant Francesca et Virgilio médusés. Ma mère apparaît, ils l'ont détachée, elle me voit et me fait signe de revenir. Je refuse. Elle insiste. Pas question ! Stefano se moque de moi : « C'est ta mère ? Ça porte malheur les femmes sur les bateaux... Elle est belle ta mère je la mangerais bien... »

Il éclate de rire, il a les dents noires. J'ai soudain peur pour elle, qui ferait mieux de rejoindre mon père en bas. Elle finit par s'y résoudre en embarquant Virgilio et Francesca.

Voilà, nous sommes dans la gueule du loup, ou plutôt dans la tête du serpent : le Pô nous aspire et nous rejette tour à tour, les courants sont violents. On finit par accoster, pour se faire hâler par des chevaux. On n'est pas près d'arriver en France ! À Contarina on fait escale, on charge et on décharge : les Vénitiens ne peuvent s'empêcher de faire du commerce, en toute circonstance…

Stefano s'accoude au bastingage. C'est un solitaire. Il roule entre ses gros doigts une espèce de pâte noire, qu'il mastique pesamment, en salivant. Il m'en donne un peu. *« Tabacco ! »* Il se penche par-dessus la poupe et crache dans l'eau. Je l'imite. Une sensation de bien-être m'envahit en même temps que j'avale une salive amère. Il me dit de faire attention, le pape interdit le tabac, quiconque est surpris à mâcher risque l'excommunication ! Il me désigne un bras du Pô, au loin, *« Taglio di Porto Viro ».* Il parle un italien bizarre. Je comprends qu'il a été agriculteur à Porto Goro, un port florissant ensablé sur ordre des Vénitiens. *« I Veneziani sono mascalzoni ! »* Stefano est lombard. Sa famille a perdu ses terres arables alors il est devenu navigateur – enfin, il va là où le destin veut bien le conduire, comme nous désormais… Nous allons à Ferrare, et après il ne sait pas, c'est un voyage dangereux. En tout cas il n'est pas mécontent de « jouer un tour » aux Vénitiens.

On repart. Je me sens bien, comme sur un nuage. Je retourne voir mes parents. Mon père s'est rapproché des autres Muranais, il essaie de les convaincre, mais de quoi ?

– Il n'est pas question de travailler pour les Français. C'est contraire aux règles de notre corporation, vous le savez. « Si quelque ouvrier ou artiste transporte son art en pays étranger au détriment de la République, il lui sera envoyé ordre de revenir ; s'il ne revient pas, on mettra en prison les personnes qui lui touchent de plus près… »

– Ta famille est ici dans le bateau avec toi, Eugenio !

– Et la tienne ? Tu connais la suite de la règle : « S'il s'obstine à vouloir demeurer à l'étranger, on chargera quelque émissaire de le tuer, et après sa mort, ses parents seront remis en liberté. » Voilà ce qui nous attend, Antonio !

– Borniolo nous a promis beaucoup d'argent, et la France nous assure sa protection. Regarde les verriers de Lyon et de Nevers, ils sont maintenant français, Venise ne peut plus rien contre eux. Tu vas faire fortune, Eugenio ! Ta famille va vivre en France, loin de la peste ! Loin des Turcs !

Antonio a touché une corde sensible. La peste continue à sévir à Florence, elle peut revenir à tout moment à Murano, sur le bateau d'un marchand ou d'un brigand. Même à Ferrare, il faudra être prudent, ne pas s'approcher des malades, se laver les mains. J'ai déjà croisé Antonio Cimegotto, dit della Rivetta, à Murano. Plus âgé que mon père, il a du charisme, de l'autorité. Giovanni Givrano et Domenico Morasse sont moins recommandables, ils ont eu affaire avec la justice, des histoires de rixes, des dettes de jeu. Pour eux il est moins dangereux d'aller en France que de rester à Venise ! En France il y a des palais en or qui attendent des glaces de Venise par centaines, il paraît que c'est le roi Louis le Grand qui nous invite, il est très riche, notre fortune est assurée. Pour ces *ladroni* ce sera toujours mieux qu'une cellule humide de la prison des Plombs. Sur l'autre bateau il y a Zuane Civran di Polo, surnommé Bombarda, trois autres verriers et un garçon de mon âge, Hieronimo Barbini, qui est apprenti, je fais sa connaissance en sautant sur le quai de Ferrare où nos deux bateaux viennent de s'amarrer à couple.

La nuit vient de tomber, on se retrouve dans une grange, près d'une auberge. Une dispute éclate entre mes parents, à voix basse. Mon père veut profiter de la nuit pour s'évader, ma mère pense que c'est trop dangereux, et trop tardif : comment convaincre les inquisiteurs de Venise que nous avons été enlevés de force, quand les autres Muranais sont partis de leur propre chef ? Il ne faut pas compter sur la sincérité de nos comparses, chacun cherchera à sauver sa tête en vendant celle des autres ! On est condamnés à suivre le troupeau… Mon père pense le contraire : en s'évadant nous prouverons notre bonne foi aux autorités de la République de Venise… J'ai ma propre idée, cette expédition involontaire est peut-être un destin qui s'accomplit, il faut saisir la chance, on verra bien. De toute façon la flèche tirée ne revient plus à l'archer…

C'est ainsi que vit Stefano, l'homme de barre, au jour le jour. Il va finalement nous accompagner jusqu'en France, il a senti l'odeur de l'argent, que lui promet Borniolo, l'homme de main de Giovanni Castellano, l'organisateur de cette équipée, qui sert lui-même un maître plus puissant, et ainsi de suite, car le pouvoir est une chaîne sans fin où l'on est tour à tour maître et esclave de quelqu'un.

Ce soir on dort sur la paille, aussi mal que sur le bateau car on ne sait pas ce qui va se passer, tout le monde est sur ses gardes. À peine sommes-nous assoupis qu'on nous réveille de force. Des voitures sont arrivées – de vrais carrosses ! Il faut partir, dans la nuit noire, pour ne pas être repérés. Je découvre des visages nouveaux, ils portent l'épée et la dague au côté. Ils sont habillés à l'italienne mais sont français, et bien renseignés : ils ont pris soin d'attacher mon père et de le faire voyager dans un deuxième carrosse. On croise son regard sombre et triste par la lucarne, dans les virages. Les chevaux sont rapides, les Français ne veulent pas perdre de temps… Au fond, ma mère est rassurée que mon père soit attaché, il ne pourra pas se jeter par la fenêtre, elle nous le dit en riant et c'est la première fois que je la vois joyeuse depuis notre départ, alors je ris aussi, avec Virgilio, Francesca et Domenico Morasse, c'est à qui s'esclaffe le plus fort, les Français sont les premiers surpris…

Modène, Parme, Tortone, Asti… Nous arrivons épuisés à Turin mais ce n'est pas fini, il faut traverser les Alpes ! Lyon est notre prochaine destination. Les Lombards repartent pour Ferrare, remplacés par d'autres Français qui viennent d'arriver. Ma mère trouve les Français bien mis et bien organisés, c'est rassurant. Et puis on mange de la viande et du poisson, on nous distribue des vêtements de bonne laine. On passe un relais de poste, un autre, on change de chevaux. Puis il faut marcher dans la montagne. Ma mère pense avoir convaincu mon père qu'il faut attendre d'avoir quitté l'Italie pour s'évader. Les Français se sentiront en sécurité, chez eux, et relâcheront la surveillance. Il faut pour cela traverser ces hautes montagnes qui semblent toucher le ciel... Avec maman et les enfants on pense mourir de froid là-haut, or s'il fait bien frais au petit matin, c'est une chaleur accablante qui nous tombe dessus pendant le jour. C'est l'été et la mer est loin. On transpire, on suffoque. On voit la neige, les neiges éternelles. On passe les cols à pied, à cheval, en voiture, on évite les rondes des douaniers.

Maintenant je fais équipe avec Hieronimo Barbini, qui a deux ans de moins que moi, et Bombarda, dix-huit ans bien sonnés. Ils sont ravis de quitter leur famille pour faire fortune à Paris. Hieronimo me fortifie dans mes désirs d'aventure. Virgilio essaie de nous suivre. Depuis qu'on a traversé la frontière, Borniolo ne fait plus mystère d'être mandaté par « le roi de France », par « Louis le Grand ». Il fait son malin devant ma mère, qu'il doit trouver à son goût. Mon père est fou de rage.

Nous sommes à Lyon ! Les chevauchées sont finies. On déjeune dans une taverne et on parle un peu trop fort sans doute, le bruit court dans la ville aux deux fleuves que des verriers muranais sont en fuite. Un homme se présente à nous, essoufflé, on est allé le chercher chez lui. Il prétend être le comte de Fieschi et nous parle en italien pour éviter d'être compris de notre escorte. Il vient d'ouvrir une verrerie à proximité de Lyon, avec quelques Vénitiens, il cherche à recruter, nous sommes un cadeau du ciel ! Il nous promet de l'argent, « plus que Paris ». Borniolo s'interpose, le ton monte et il en appelle aux « mousquetaires du roi ». Les Français se lèvent, prêts à mettre la main à l'épée. Le comte de Fieschi n'est pas venu tout seul, ses gens s'interposent à leur tour.

Pour mon père, c'est le moment rêvé pour s'évader. Il nous fait signe de le suivre, on se retrouve dehors, le cœur battant. Vite, s'évanouir dans la nature ! On court à perdre haleine, droit devant. Lyon est une grande ville, on se dirige vers le fleuve. On entend des cris derrière nous, notre fuite à l'italienne a été repérée. Difficile d'aller vite avec Virgilio et Francesca, que mon père prend dans ses bras. Borniolo est à nos trousses, il en appelle aux passants, « au nom du roi ». Stefano est aussi après nous, il a quelque chose dans les mains. « Gianni ! Gianni ! » Je m'arrête et me retourne. Stefano a mis un carreau dans son arbalète et il me fait non de la tête : je sais qu'il ne veut pas tirer sur nous mais il a des ordres. Mes parents n'ont rien vu, ils s'enfuient quand je reste pétrifié, en serrant la main de Virgilio. Impossible d'aller vers mon père, impossible de marcher vers Stefano. Je suis cloué au sol. Mon père s'est retourné, il hurle à son tour *« Gianni ! Corri ! Sbrigati ! »* sur un ton d'alarme et de reproche. Alors on entend des bruits de sabots. C'est la maréchaussée, alertée par Borniolo. Les cavaliers encerclent mes parents. Stefano m'a rejoint, « C'est bien, petit, c'était la bonne décision ». En cet instant je ne mesure pas la portée de mon geste. Je ne saurai jamais si nous aurions pu nous échapper ce matin-là et regagner Venise. Mon père est mortifié, trois verriers ont pu prendre la fuite, profitant de notre diversion… ils ne seront jamais rattrapés. On ne saura pas s'ils ont retrouvé le comte de Fieschi ou s'ils sont repartis pour Murano…

Nous voilà de nouveau enchaînés à fond de cale… et le voyage se poursuit jusqu'à Nevers. Là, on embarque sur un autre navire, un foncet plus élégant et plus confortable. Nous descendons le cours de la Loire puis le canal de Briare fraîchement construit, on voit des ouvriers qui maçonnent les rives. Les écluses se succèdent, nombreuses, je n'en avais jamais vu. Encore deux jours de navigation et nous voici à Bercy, aux portes de Paris… Allons-nous voir le roi Louis le Grand ? C'est la fin du voyage en tout cas, et le début de l'aventure…

3

Bercy, ministère des Finances, aujourd'hui

– Monsieur le conseiller, savez-vous de quoi est mort Alexandre le Grand ?

– Il a été empoisonné ?

– On pense surtout au syndrome de Guillain-Barré, vous savez ce que c'est ?

– Non, mon général.

– C'est une maladie auto-immune très étrange. Imaginez que votre cerveau fonctionne normalement, mais vous ne pouvez plus faire le moindre geste ni prononcer le moindre mot. Tous vos membres sont paralysés et vous n'avez pas le moyen de le faire savoir. C'est ce qui est arrivé à Alexandre le Grand, après avoir attrapé la malaria. Pendant six jours il a vu tout le monde s'affairer autour de lui, et pour finir il a été enterré vivant… Le plus grand conquérant que le monde ait jamais porté… mort à trente-trois ans, l'âge du Christ…

– Absurde… Mais quel rapport ?

– Eh bien, c'est ce qui nous arrive ! On continue à travailler normalement mais tout le monde pense que la Manufacture est dans le coma parce que la tête est morte. C'est comme ça qu'on devient une cible, et les prédateurs industriels ne manquent pas, entre les États-Unis et la Chine on est servis ! J'ai des indices très forts sur l'évolution de la cotation du titre, une possible opération de déstabilisation au profit d'un concurrent voire d'une puissance étrangère.

– Vous avez pourtant un nouveau président…

– Charles Marlec ? Il fait l'intérim d'Alexandre Obkowicz mais il n'a pas la carrure pour lui succéder. Vous savez comment on l'appelle ? « Le régent ». Pas terrible… Moi il me fait plutôt penser à Charles VI, le roi atteint de l'illusion de verre, il avait peur de se casser si on le touchait, il portait une armature en acier. Et puis il a une grosse casserole, Marlec, les Américains peuvent le faire chanter…

– À qui penseriez-vous… s'il fallait le remplacer ?

Le général Cossart se gratta la tête. Pouvait-il faire confiance au conseiller du ministre et lâcher le nom de son poulain ? Le ministre des Finances avait toujours son mot à dire sur le choix des dirigeants, la Manufacture était la dernière entreprise du CAC 40 à être française des pieds à la tête. Il fallait prendre le risque et croiser les doigts pour que le conseiller ne lâche pas son nom à la presse. Et dire qu'il pensait que ce poste de direction de la sûreté serait une sinécure…

– Je dirais qu'il faut nommer un responsable métier, un membre du directoire qui ait de la bouteille, qui s'y connaisse en grands contrats… Si j'étais vous, je rencontrerais Jean-Marc Haresse.

– Haresse ?

– Le responsable de la branche Verre de la Manufacture. Il peut en dire plus que moi sur les menaces qui pèsent sur le groupe. Si vous pouviez organiser une rencontre avec le directeur de cabinet du ministre…

– Le directeur est très occupé, mais je peux le rencontrer…

Mauvaise idée, décidément. Ce conseiller était un bleu. C'était l'Élysée qu'il fallait voir, on ne vise jamais trop haut dans ce genre d'affaire.

– Le président de la République prévoit toujours de venir inaugurer notre nouveau siège ?

– La tour Cristal ? À ma connaissance, oui… mais vous savez ce que c'est, l'agenda d'un président… Pour notre ministre aussi c'est compliqué, avec la discussion de la loi de finances…

– C'est quand même l'un des derniers fleurons de notre industrie, et l'un des plus anciens…

– Oui je sais, Louis XIV…

– … Colbert surtout, ministre des Finances !

– Ça, je ne sais pas s'il faut le rappeler, Colbert n'a pas bonne presse en ce moment, les indigénistes viennent de dégrader sa statue à l'Assemblée nationale…

– C'est bien regrettable, car la modernisation de la France, c'est Colbert !

– Le Code noir aussi…

– À ce compte-là vous pouvez aussi enterrer Napoléon et Richelieu. C'est quand on oublie l'Histoire qu'elle vous pète à la figure…

– Tout cela ne résout pas nos problèmes d'agenda…

Ce n'était pas avec ce blanc-bec de Bercy qu'il fallait traiter de l'avenir de la Manufacture, encore moins aborder certains sujets sensibles… Tous les mêmes, ces énarques… Il fallait qu'il aimât son entreprise pour prendre le risque de manœuvrer contre le régent, son nouveau patron… et pourtant… Si une puissance étrangère venait à prendre le contrôle de la Manufacture, il aurait failli à ses obligations. C'était pour ça qu'ils avaient fait appel à un homme de sa trempe, un général de deuxième section, pour s'occuper de la sûreté du groupe. C'était à l'Élysée qu'il fallait tirer la sonnette d'alarme, chez le chef de cabinet du président, il aurait dû y penser plus tôt.

En sortant du ministère des Finances, le général Cossart contempla les restes du bâtiment d'octroi, que l'architecte Chemetov avait voulu conserver en construisant ce grand viaduc reliant la gare de Lyon et la Seine, le seul bâtiment de Paris perpendiculaire au fleuve. « Un péage d'autoroute », avait estimé François Mitterrand, qui croyait aux pyramides et aux voyantes égyptiennes plus qu'aux cathédrales administratives à la française, hermétiques aux lois de l'harmonie et du bon sens. Et dire que c'était à deux pas d'ici que Colbert avait fondé la Manufacture des glaces, dans le faubourg Saint-Antoine. À l'époque on ne s'embarrassait pas de codes de procédure, on ne se noyait pas dans le juridisme. On volait les secrets industriels des alliés, on piquait leurs talents pour les mettre au service de la France. Aujourd'hui on se laissait piller sans rien faire par les nouveaux empires, l'Amérique à l'ouest, la Chine à l'est, la nouvelle Amsterdam et la nouvelle Constantinople… Triste époque… triste France… engluée dans la repentance et la nostalgie d'une grandeur perdue.

La journée n'était pas finie, il fallait encore voir ce détective mandaté par la veuve du chef, qui voulait partager avec lui certains secrets entourant la vie et la mort d'Alexandre Obkowicz, un ancien flic. Entre « anciens » on se comprendrait peut-être… *Ô Vieilles Kanailles*, où était donc cette péniche ?

Accoudé au bastingage, Gabriel Thaumas vit monter à bord la carcasse jadis rutilante et athlétique du général de deuxième section Gérald Cossart de Quinquempoist, reconverti dans la sûreté après un passage par le renseignement militaire et les forces spéciales.

– Le nom du troquet, c'est rapport à nos qualités personnelles ou à nos mauvaises fréquentations ?

– C'est surtout un lieu discret, mon général, et proche de votre ministère de tutelle…

– Tutelle, tutelle, c'est vite dit… La tutelle, c'est pour les mineurs et les demeurés. À l'armée on parle de commandement, c'est plus simple. Sauf que plus personne ne veut commander dans ce pays. Quant à obéir, n'en parlons pas…

– J'imagine que la succession du pouvoir n'est pas simple à la Manufacture…

– On peut reprocher ce qu'on veut à Alexandre Obkowicz, mais il savait commander. Nous savons tous deux qu'il s'est fait massacrer à l'arme chimique, c'est l'œuvre d'un tordu et même d'un État tordu, si vous voulez mon avis. Parlez-moi de votre contre-enquête et commandons nos whiskies.

Il ne faisait pour lui aucun doute qu'un ancien flic buvait du whisky.

– Sur ce chapitre j'ai appris que les Nigérians produisent l'ogogoro, un whisky de caractère qui peut vous rendre aveugle…

– Tu m'étonnes… Les Nigérians en connaissent un rayon, quand il s'agit d'empoisonner les gens… Alors, c'était comment la Venise noire ?

– Makoko ? C'est le Caravage ou plutôt le Carpaccio… J'ai vu un roi manger le cœur de son prédécesseur, ils ont le sens des traditions… J'ai aussi visité les bonnes œuvres d'Alexandre Obkowicz, il était très soucieux d'améliorer l'ordinaire des habitants d'un bidonville sur pilotis…

– Alexandre s'est pris pour Louis XIV dans le marais de Versailles, il a viré écolo…

– Il s'est autoradicalisé…

– C'est ça ! Sauf qu'il n'était pas chez lui… On a merdé l'opération du siècle là-bas, Eko Atlantic City. Il devait rencontrer le nouveau gouverneur de Lagos quand son avion s'est crashé…

– Vous connaissez donc bien le sujet !

– Un peu mon neveu… je fais mon métier. Et puis l'Afrique… j'y ai traîné mes guêtres…

– Vous êtes donc au courant pour la maîtresse d'Alexandre, son fils caché et ses démarches pour faire obstacle à l'Eko Atlantic City ?

– Oui, je sais tout ça. Si vous n'avez rien d'autre à m'annoncer, c'est plutôt à moi de vous déniaiser, car ce n'est plus l'Afrique qui me travaille, c'est Caracas ! Et puis un juge à Miami.

Thaumas fronça les sourcils. C'était la première fois qu'on lui parlait du Venezuela et de la Floride. Ce Cossart avait-il un temps d'avance ? C'est alors qu'il se crut victime d'une hallucination.

– Dites donc, vous voyez comme moi ces deux Noirs au crâne rasé assis là-bas, qui nous regardent ?

– Ben oui, pourquoi ? Vous les connaissez ?

– Un peu et c'est pas un bon souvenir…

Thaumas relata l'étrange rencontre sous-marine, dans la piscine du haut de la tour Eko Atlantic, puis au bar de l'hôtel. L'auraient-ils suivi depuis Lagos ? Était-ce l'effet du ju-ju ?

– T'inquiète, je passe un coup de fil à la préfecture de police de Paris, on va s'occuper d'eux… Arnaud ? C'est G.C. de Q. J'ai un contact – un ancien de chez vous, qui est suivi par deux Blacks, des Nigérians probablement, on voudrait savoir qui sont ces gus, si vous pouvez agir avec discernement. On est sur la péniche *Ô Vieilles Kanailles*, avec un K… Oui, ça ne s'invente pas, port de la Rapée.

Il raccrocha.

– G.C. de Q. c'est mon acronyme, ça faisait rigoler tout le monde, alors je me suis dit, autant l'utiliser à mon avantage. À propos de cul, je crois savoir que la fesse est joyeuse à Lagos ?

– Autant qu'à Caracas…

– Ah oui, c'est vrai, le Venezuela… Tu vas comprendre en trois coups de cuiller à pot ce que le jeune con de Bercy n'a pas compris en une heure de cours magistral. Tu connais les affaires Alstom ? Renault-Nissan ? Technip et j'en passe ?

– La Financière, c'était pas trop mon rayon…

– Ah c'est dommage… Alors faut que tu lises *Le Piège américain*, de Pierucci, il a fait deux ans de cabane dans une tôle aux US avec les pires malfrats, ça forme le caractère… Bon, je résume. Quand les Américains ont voulu mettre la main sur Alstom, ou quand les Japonais ont voulu récupérer Nissan, on a eu droit au même mode opératoire parce que c'est le plus simple : il suffit d'envoyer un juge en service commandé et de fabriquer des preuves, au besoin… Ne me dis pas que dans la police…

Thaumas ne broncha pas, il voulait savoir où le conduirait cette histoire qui partait de Versailles pour Lagos avant de rebondir à Caracas et Miami…

– Bizarrement, quand on menace le dirigeant d'un groupe international habitué à vivre dans un certain confort, quand on lui dit qu'il pourrait bien croupir dans une geôle étrangère pendant dix ou vingt ans, alors, même s'il a une bonne police d'assurance, le dirigeant en question préférera prendre son chèque plutôt que de défendre l'honneur de son pays. Pour Carlos Ghosn on ne lui a même pas posé la question, c'était direction la taule. La France n'a même pas levé le petit doigt ! Tu te rends compte ? Moi j'imagine la tronche de tous les autres patrons du CAC 40 quand ils ont vu ça… Quant au président de Total, il s'est pris un chasse-neige dans la figure en décollant de Moscou. C'est comme ça que la France se laisse bouffer la laine sur le dos et perd ses grands patrons et ses grands groupes l'un après l'autre, dans l'indifférence générale… Tu vois Bercy derrière nous ? C'est le bâtiment Jean-Baptiste-Colbert, c'est à lui qu'on doit notre industrie ! C'est lui qui a créé la Manufacture ! Maintenant on retire le nom de Colbert des lycées et du Parlement au nom de la repentance, au nom de la petitesse de la France ! Il doit se retourner dans sa tombe, à Saint-Eustache…

– Vous n'êtes pas mort, la Manufacture résiste encore…

– Oui, mais pour combien de temps ? Regarde la cotation : le cours de l'action grimpe et tu sais pourquoi ? Notre principal concurrent nous rachète au prix fort, c'est un coup de StoneGlass. Les Américains sont en train de bouffer le flottant avec des faux nez interposés, ils auront bientôt la minorité de blocage, les petits actionnaires vont commencer à faire du foin dans les assemblées générales, demander des comptes, vouloir éclaircir certaines affaires… ce qui nous ramène au Venezuela. Avec Chávez au pouvoir, tu imagines bien qu'on n'obtient pas les contrats en respectant les règles de la « compliance »… Le responsable de la filiale a fait ce qu'il fallait pour développer son chiffre d'affaires. Tant et si bien qu'il a été promu secrétaire général du groupe il y a deux ans.

– Charles Marlec ? Le président par intérim ?

– Voilà, t'as tout compris… Sauf que son ancien bras droit au Venezuela est incarcéré depuis trois semaines, en Floride ! Dès qu'il a mis le pied à Miami, *crac*, les menottes, et au mitard ! Soi-disant parce qu'il aurait arrosé un ministre de Chávez pour remporter un contrat, et que ça aurait porté préjudice à StoneGlass, groupe américain… Je te passe le fond de l'affaire, qui n'a aucune importance : le Venezuela, c'est comme le Nigeria, tout le monde met la main dans la confiture… On pourrait se dire que le problème est politique, que le Venezuela c'est comme l'Iran…

Il s'interrompit, son regard s'était fixé sur un groupe de policiers qui montaient à bord de la péniche.

– Tiens, regarde, voilà nos amis de la Préfecture, ils ont été rapides… J'imagine qu'ils vont vérifier les papiers de tout le monde pour donner le change… Avec un peu de chance, tes amis nigérians auront des faux papiers et on pourra les cuisiner au poste.

Les policiers en civil s'arrêtèrent devant les deux athlètes, qui ne semblaient pas avoir envie de se déboutonner. Le ton montait.

– Crois-moi, ils vont avoir un traitement de faveur… Bon, je termine sur Caracas. Ce qui est important, c'est la chronologie. Le prince meurt le 30 juin. Le 3 juillet, Charles Marlec prend les rênes du groupe. Le 5 juillet, notre lampiste est arrêté à l'aéroport de Miami. Le 6 juillet, le juge lui signifie les charges et lui indique qu'il n'est pas le seul en cause : son ancien patron devenu président du groupe est désormais dans le collimateur de la justice américaine. Moi je dis, chapeau les artistes parce que ça signifie que le dossier était prêt depuis longtemps et qu'ils ont attendu le moment propice pour appuyer sur le bouton. Ça veut dire aussi qu'ils ont plein de dossiers, sur plein d'autres entreprises cibles…

– C'est donc un coup monté politique…

– Économique ! Ou plutôt un retour à l'envoyeur. C'est du colbertisme *made in US*…

– La France ne va pas manquer de réagir !

– Oui, comme pour Technip, Alstom, Renault-Nissan… La liste est longue. Moi je te le dis, c'est la Bérézina… La France colbertiste s'est convertie au libéralisme pendant que les Américains faisaient le mouvement inverse. Et je ne te parle pas des Russes ou des Chinois, qui n'ont pas changé de ligne de conduire : toutes nos innovations ont vocation à rejoindre la Silicon Valley ou l'empire du Milieu.

– Et donc… pour la Manufacture ?

– Elle risque d'être dépecée et vendue par appartements par le régent, avec un revolver sur la tempe et un gros chèque de départ à la clé… La cerise sur le gâteau, c'est que le président de la République devait inaugurer le nouveau siège de la Manufacture le mois prochain.

– La tour Cristal ?

– Oui, une prouesse architecturale. Sauf que le gouvernement se tâte, avec tous ces intégristes qui s'en prennent à Colbert… Quand tout fout le camp, tout fout le camp, c'est comme un séisme, on peut plus s'accrocher à rien… Même pas au souvenir de Napoléon ! C'est le revers du verre… À force de vouloir la transparence et la vertu partout, le roi est nu, sans arme et sans défense, il n'a plus que ses yeux pour pleurer, devant son miroir… J'oublie de te dire que nous avons donné des dizaines de millions d'euros pour la restauration de la galerie des Glaces de Versailles, en mécénat d'entreprise, avec un grand dîner de gala. Là je peux te dire que le président de la République était bien présent, car le prince Alexandre savait parler au roi ! Et il savait tenir la dragée haute aux Ricains. Au besoin il rappelait que sa femme était américaine, une grande famille de Washington. Il était aussi pote avec Elon Musk, il avait de l'entregent… tu penses, un descendant des Bourbons…

– C'est bien en quittant ce fameux dîner de gala à Versailles qu'Alexandre est mort aux commandes de son avion ?

– Oui, c'est dire si on est payé de retour…

Le général Cossart s'interrompit après cette longue tirade pour contempler le bâtiment Colbert, dont la façade vitrée pointait vers le siège historique de la Manufacture royale de glaces de miroirs.

– Tout a commencé ici, tout s'achève ici, conclut-il d'un ton théâtral.

Les deux Nigérians étaient partis sous bonne escorte pour un contrôle d'identité approfondi. C'était toujours ça de pris, même si ça ne servait à rien : le danger ne venait plus du sud ni de l'est, il venait de l'ouest, du grand allié américain. La Fayette, réveille-toi, nos alliés sont devenus fous…

4

Paris, le 29 avril 1666

– Gianni, où es-tu ? Prépare-toi ! Le roi arrive !

Je tombe du tabouret où je m'étais assoupi. Sapristi, « *Il* » est déjà là ! Hieronimo est tout excité lui aussi. Le four a refroidi, c'est le moment de retirer les chandeliers de cristal aux armes de Louis XIV. Je saisis les pinces et les referme délicatement sur les objets encore brûlants, pour les déposer un à un sur le marbre. Il y a aussi des grandes assiettes en verre blanc, semblables à de la porcelaine, de quoi rivaliser avec la Manufacture de Sèvres... Et puis les miroirs bien sûr, mon père est en train de les polir. Il apparaît d'ailleurs dans l'embrasure, le teint hâve et la mine fatiguée, il a travaillé toute la nuit.

– Le roi est là ! Avec le surintendant !

– Je sais, on est prêts !

Voilà neuf mois que nous vivons et travaillons ici, à la Manufacture royale de glaces de miroirs qu'on appelle aussi la Compagnie Dunoyer, rue de Reuilly, dans le faubourg Saint-Antoine, quasiment là où nous avons débarqué depuis Venise. On dirait que l'endroit a été conçu pour nous, il est immense, on attend deux cents ouvriers de plus ! J'essaie de garder la mémoire des dates et des lieux car tout se bouscule. Nous sommes arrivés à Paris en août 1665, la Manufacture a été créée en octobre et Sa Majesté nous rend visite six mois plus tard. Mère fait remarquer perfidement que le doge de Venise n'est jamais venu nous voir à Murano… Elle est plutôt contente de notre installation ici, dans les faubourgs de Paris. Au commencement nous étions en prison, avec interdiction de sortir des murs de l'enceinte. Puis les Français ont compris qu'on essaie moins de s'évader quand on est libre… Il n'y avait que mon père pour vouloir rentrer à Venise, ma mère était si contente d'avoir mis les Alpes entre nous et la peste qui fait rage à Naples. Notre maison est aussi grande que celle de Murano, on mange bien et on s'habille mieux. D'après ma mère on gagne même plus d'argent que chez Baroso… Même Hieronimo et moi avons droit à une pension, six cent cinquante livres pour chacun. Le Borniolo ne nous a pas menti, nous allons devenir riches… Les contremaîtres français nous traitent aussi avec égard, ils sont affables et posent plein de questions – sauf l'un d'entre eux qui nous toise, il doit être jaloux de nos privilèges…

Mon père reste hautain avec tous et il ne travaille qu'avec les Vénitiens. Il refuse même que des Français soient dans la même pièce que lui quand il étame les carreaux de verre. Il s'est résigné à travailler pour la France, mais il n'est pas question de livrer ses secrets de fabrication, il sait que c'est cela, avant tout, qui est puni de mort, et la Sérénissime a des espions partout en Europe.

Je sais à présent à qui je dois ma « libération » de Murano, c'est l'œuvre d'une seule personne qui n'est ni Borniolo ni Giovanni Castello mais Jean-Baptiste Colbert, surintendant des Bâtiments, Arts et Manufactures. C'est lui qui a tout manigancé. C'est lui aussi qui a convaincu mon père de rester à Paris en lui expliquant que la France dispose de la première armée d'Europe et qu'elle est l'alliée fidèle de Venise. Mon père n'a pu s'empêcher de répliquer que la Marine vénitienne règne sans partage sur le Levant. Le surintendant semble apprécier les hommes de caractère, il revient souvent nous voir. Il aimerait que mon père s'appuie sur les ouvriers français : « Ils sont à votre service, reposez-vous sur eux, donnez vos ordres ! » La ruse est grossière, mon père n'est pas dupe. Toujours habillé de noir, toujours froid, Colbert est reparti en chantonnant la dernière fois, il a dû penser que nous étions mûrs pour honorer une visite du souverain.

Ce matin le loup fait l'agneau devant le lion, Colbert s'efface devant Louis le Grand en grand apparat, suivi d'une foule imposante enrubannée, il paraît que c'est cela, « la Cour ». Devant ce déluge de couleurs et de parures je ne peux m'empêcher de penser à un coq de basse-cour plus qu'à un lion, suivi de son cortège de poules. Que de plumes sur les toilettes, à commencer par le chapeau du roi, qui surmonte une imposante perruque ! Tout près de lui, son frère, que tout le monde appelle « Monsieur » pour dire Monseigneur, puis des princes de sang royal habillés comme le monarque, en jupe et en pourpoint, avec les mêmes flots de rubans et de dentelle. Je remarque surtout des oiselles apprêtées au teint diaphane, d'une beauté telle que je n'en ai jamais vu de pareilles, même sur la place Saint-Marc un jour de fête, même en traversant les palais des patriciens de Venise avec des glaces sous le bras, et je ne parle pas des filles de joie aux abords des *casins* du Rialto. C'est aussi pour les dames de la Cour qu'on doit fabriquer des miroirs parfaits, sans bulles ni taches, pour qu'elles puissent se pâmer devant le reflet de leur propre beauté… Ce ne sont pas des femmes, ce sont des perles de nacre dans des écrins de soie… L'une d'elles est encore plus belle que toutes les autres et elle marche non loin derrière le roi, qui parfois se retourne et lui sourit. Louis le Grand me semble très jeune, alors qu'il aura bientôt trente ans – l'âge de mon père, qui en fait vingt de plus… C'est si jeune en tout cas par rapport à l'âge canonique de nos doges ! Et quel éclat ! « Apollon », « le Roi-Soleil », ainsi le désigne-t-on, souvent avec respect, parfois avec ironie…

– Gianni ! Mais qu'est-ce que tu fabriques !

Vite, reprendre ma place pour être prêt quand le roi passera, faire la présentation des miroirs avec mon père, car Colbert tient à lui montrer qu'une famille vénitienne tout entière a « voulu » œuvrer à Paris au service de Sa Majesté. Il compte sur ma mère pour aider mon père à se bien comporter, il lui a longuement parlé, il s'inquiète de notre installation, il veut que nous nous sentions à notre aise. Ma mère en a profité pour lui demander toutes sortes de choses. Elle voudrait que ses enfants apprennent le français, que Francesca soit placée en pension dans un couvent, elle aimerait que les familles des autres miroitiers viennent à Paris. En catholique fervente, elle est choquée par le défilé des gourgandines qui se pressent à la Manufacture pour se jeter dans les bras des verriers… Colbert lui a promis d'y mettre bon ordre.

Quand le grand jour de la visite du roi est arrivé, ma mère s'est apprêtée comme jamais, elle a acheté une toilette composée d'un corset et d'une jupe en velours, avec de la dentelle et des franges. Mon père a été furieux de l'apprendre, jaloux aussi sans doute. Lui s'est habillé à l'ordinaire, il est heureusement assez soigné de sa personne. Au dernier moment un laquais lui tendra de force un pourpoint, qu'il sera obligé d'enfiler pour faire bonne figure devant le roi. Depuis un mois nous avons droit à un défilé de personnalités de la Maison royale pour mettre au point le « protocole » de la visite. Tout a été vu dans les moindres détails. Le président de la Manufacture Nicolas du Noyer a dû organiser une répétition à la demande de Colbert, qui a joué le rôle du roi. On ne sait si Sa Majesté voudra visiter tous les ateliers, Colbert veut prouver au souverain que nous savons fabriquer les vraies glaces de Venise, *à la mode française*.

Colbert ne quitte pas le roi d'une semelle tout en volant au-devant de lui, révélant le don d'ubiquité qu'il exerce d'ordinaire entre la Finance, le Bâtiment, la Marine, le Commerce, courant prestement d'un bureau à l'autre, poursuivi par ses commis… Après la cérémonie de la révérence, Louis le Grand indique à Nicolas du Noyer qu'il veut tout voir, dans le détail, il a tout son temps. On commence par l'atelier du soufflage du verre, qui est le plus impressionnant. C'est Domenico Morasse, dit Menocchio, qui s'y colle. Il a été apprenti et *garzone* avant d'être maître verrier, il sait tout faire et c'est le plus habile. Avec Hieronimo qui l'aide à découper le cylindre de verre en fusion, il façonne à toute vitesse une pièce de verre pour le roi. Colbert annonce la fabrication d'une fleur de lys, mais Menocchio réalise un coq, sans doute inspiré par les plumes que Louis Le Grand a sur la tête et par la basse-cour de luxe qui le suit ! Le soir venu on rira de cette bonne farce : il sait que le coq est un animal royal. Il n'allait pas risquer la torture pour une pièce de verre trop irrévérencieuse, comme il sait aussi en faire pour plaire aux petites Parisiennes, Dieu seul sait ce qu'elles peuvent en faire ensuite dans le secret de leur chambre… Le roi est impressionné par sa dextérité. Surtout qu'il enchaîne avec un tour tout aussi virtuose la fabrication d'un « œil de sorcière », un miroir rond fabriqué selon la technique ancienne des pays du Nord, qu'on pratique encore à Venise. Le roi fait mine de s'y intéresser et mentionne un tableau du Titien qu'il vient d'acquérir, une femme au miroir, avec ce même œil de sorcière. Son regard de chasseur se porte ailleurs. Il cherche le *speculum sine macula*, le miroir parfait et sans tache, qui reflétera la réalité à la perfection…

C'est là que j'interviens, comme assistant de mon père. Le temps s'arrête soudain, le souverain a posé les yeux sur nous. Le cœur battant, nous lui montrons comment on étame un miroir avec le mélange d'étain, de mercure et d'autres composants secrets. Le roi prend le miroir et l'inspecte longuement, sous tous les angles. D'un geste sec et impérieux il fait signe à Colbert de s'écarter et adresse un signe plus tendre à la jeune femme qui a captivé mon regard à l'arrivée du cortège royal. Celle-ci s'approche avec grâce dans un bruit de soie et de dentelle qu'on entend fort bien car il règne un silence religieux. Elle rougit légèrement quand le roi lui présente le miroir. Elle ose se regarder enfin, dans le reflet, que le roi contemple à son tour, puis, par une très légère inflexion de son bras posé sur l'avant-bras royal, elle fait en sorte que le miroir reflète leur image, comme s'ils figuraient tous deux sur un portrait de Cour, dans un cadre. J'ai le souffle coupé, non par l'incongruité de la scène – un couple illégitime peut-il s'afficher publiquement ainsi, dans un portrait de Cour, fût-il de glace ? Non, je ne pense qu'à une chose : cette glace-ci est-elle vraiment parfaite ? Sans défaut ? Ne me suis-je pas trompé de miroir ? Avouons-le, malgré le perfectionnisme de mon père, malgré nos efforts et notre vigilance de tous les instants, la glace est rarement parfaite. Qu'en est-il de celle-ci, confrontée à la perfection du regard du roi de la France ?

Nicolas du Noyer attend le verdict, mais c'est à mon père que le roi tend le miroir, et il pose sa main sur ma tête tout en cherchant ma mère du regard. Ma mère est belle, très belle, je ne l'ai pas dit assez. Elle s'appelle Chiara – Chiaretta, dit mon père –, et tout en elle est lumière et clarté, à l'exception de ses yeux d'un noir intense et de sa longue chevelure brune entrelacée de rubans. Ce matin ma mère n'est pas seulement digne d'appartenir à la Cour du roi, elle est l'égale de Cléopâtre, et je comprends la colère ou plutôt la peur de mon père. Colbert est roué. Rien n'est innocent chez cet homme. Le roi fait signe à ma mère d'approcher, comme il a fait signe à sa maîtresse, dont le nom me revient soudain : c'est Louise de La Vallière ! Je ne l'ai jamais vue mais c'est elle. Il se dit que le roi commence à se lasser de cette jeune duchesse – ce genre de rumeur se propage dans Paris à la vitesse d'un cheval au galop, jusqu'aux oreilles italiennes égarées dans le faubourg Saint-Antoine…

– Votre destin est ici.

Le roi *nous* parle, je suis stupéfait et je lève doucement la tête malgré le poids de sa main que je reçois comme une grâce.

– Vous ferez ici les plus belles glaces du monde, pour que le Soleil et les œuvres de Dieu s'y reflètent à la perfection. Votre travail fera l'admiration du monde.

Le souverain est satisfait de sa visite. Il remercie Nicolas du Noyer et Jean-Baptiste Colbert. Il nourrit les plus hautes ambitions pour la Manufacture de glaces de miroirs. Il attend de nous que l'association des deux plus grands génies de l'Europe, la France et l'Italie, repousse au plus loin les bornes du possible. Deux mois plus tard, les familles des miroitiers débarquent à Paris, et six mois plus tard nous sommes deux cents ouvriers vénitiens…

La visite du roi à la Manufacture a été déterminante, plus encore que nous le pensions. Colbert nous choie comme si nous étions sa famille ou « ses créatures », selon mon père, qui ne s'épanouit que dans son travail – son seul point commun avec Colbert. Grâce à lui, je maîtrise désormais toutes les techniques de fabrication du miroir, y compris le doucissage et le polissage. Un jour, c'est sûr, je serai maître miroitier du roi de France, je commence déjà à enseigner mon savoir tout neuf à Virgilio. Quant à Francesca, qui s'habille déjà comme une Parisienne, ma mère a obtenu de l'envoyer en pension dans un couvent l'année prochaine, elle envisage déjà le mariage, avec un bon parti français.

Tout va donc pour le mieux, et c'est le moment que va choisir le Destin pour frapper une deuxième fois à notre porte...

5

Paris, aujourd'hui

Réfléchir. Il fallait réfléchir. Prendre du recul. Réunir un à un les fragments du miroir brisé. Gabriel Thaumas ne voyait plus rien, tout se brouillait, tout se mélangeait. Veuve noire ou veuve blanche ? Crime crapuleux ou affaire d'État ? Nigeria ou Amérique du Sud ? En voulait-on au prince Alexandre ou à la Manufacture ? Qui était la cible ? À qui profitait le crime ? Karolyn Obkowicz s'impatientait. Il avait donné le change en sortant quelques pistes, mais elles se ramifiaient ou se neutralisaient les unes les autres. Quant aux suspects, ils avaient la fâcheuse manie de se dédoubler. Une sensation familière se glissait en lui, le syndrome de l'échec, le découragement, et cette fois il n'avait personne avec qui partager ses intuitions, ses doutes. Il était face à lui-même avec sa vision de taupe qui l'isolait, lui cachait des indices. « Pourquoi ne portes-tu pas de lunettes comme tout le monde, papa ? Essaie au moins les lentilles de contact ! » Sa fille lui manquait… pourquoi l'avoir autant négligée ? Encore un mystère non élucidé. Elle lui avait dit un jour : « J'ai l'impression de ne pas avoir de père. » Mortifié, il n'avait pas su quoi lui répondre. Lui aussi n'avait pas eu de père, était-ce une raison ? C'était trop tard, de toute façon, elle avait fait sans, elle n'avait plus besoin de lui. Il aurait bien de la chance si elle venait à son enterrement… Thaumas ruminait ces sombres pensées en sortant du bureau de tabac, il avait craqué, ses gitanes lui manquaient trop, il regagnait son pavillon de banlieue où l'avait conduit une carrière inachevée, plus proche du Leroy Merlin de Chelles que de la Villa Montmorency… Il distingua une forme assise sur le perron. Oui, il n'y avait aucun doute possible, c'était Foumilayo.

Comment avait-elle trouvé son adresse ? « C'est toi le détective, et tu me demandes comment j'ai fait pour te retrouver ? » lui répondrait-elle deux heures plus tard, sur l'oreiller. Il n'était pas peu content de la revoir, la grisaille parisienne s'était fendue d'un grand arc-en-ciel. Au petit matin il était épuisé et ragaillardi. C'est assez simple, le fonctionnement d'un homme. Foumilayo voulait habiter quelque temps à Paris, elle voulait aussi qu'il l'aide à faire quelque chose, elle lui en parlerait bientôt.

En attendant il fallait, pour le navigateur en puissance qu'était Gabriel Thaumas, profiter de l'éclaircie pour mettre les voiles et obtenir une percée décisive. Sa contre-enquête piétinait, qu'importe, il pouvait bien se brancher sur l'enquête officielle. Au téléphone Sofia Boustani n'était pas très causante, elle était surtout découragée. La Manufacture ne portait chance à personne, son unité venait d'être dessaisie au profit d'une brigade spécialisée dans la grande criminalité financière. Voilà qui accréditait la thèse du directeur de la sûreté : « Cette affaire nous dépasse, Gabriel. Je pense qu'elle te dépasse aussi… » Non seulement la commissaire divisionnaire n'avait rien à lui apporter, mais elle avait une faveur à lui demander : sa filleule préparait le concours de la police nationale, c'était une étudiante brillante mais fauchée, elle serait ravie de faire équipe avec Gabriel quelques jours par semaine, moyennant une participation à ses frais de scolarité. Pour l'inspecteur, qui ne roulait pas sur l'or, cela revenait à jouer à quitte ou double. Ayna Isak était son nom et elle semblait avoir le caractère trempé de sa tante.

À l'issue de leur entretien, non seulement Gabriel Thaumas n'avait pas eu son mot à dire mais il avait l'impression d'avoir été embauché par la jeune femme. Aînée d'une famille berbère de sept enfants originaire du Rif au Maroc, Ayna avait fait une licence en histoire de l'art avant d'évoluer vers le droit et la criminologie. Sa maîtrise des réseaux sociaux compenserait son égarement passager dans les arts plastiques.

Il fallait maintenant rattraper le temps perdu et couper dans les virages. Ayna s'était mise à l'ouvrage, c'était bien la réplique de Sofia avec vingt ans de moins, elle dévorait le dossier avec passion et prenait des initiatives. Un peu trop d'ailleurs. Thaumas reçut un appel irrité du général Cossart de Quincampoist, qui voulait savoir pourquoi une jeune Miss Isak se revendiquant de l'entourage d'Alexandre Obkowicz sollicitait des entretiens avec les cadres dirigeants de la Manufacture en évoquant l'hypothèse d'une manœuvre américaine. Si on voulait accroître le chaos et semer la zizanie à tous les étages, c'était la meilleure manière de procéder, il ne restait plus qu'à convoquer une conférence de presse… En guise de « recadrage », ce fut la présumée coupable qui sortit de ses gonds, à la plus grande surprise de l'inspecteur Thaumas.

– Ça ne va pas vous plaire mais il faut que je vous dise la vérité, monsieur Thaumas. Tout le monde vous méprise, tout le monde dit que votre enquête n'existe pas, que vous êtes un policier raté et que la veuve d'Alexandre Obkowicz ferait mieux de s'occuper de la gestion de son héritage... Et il faudrait que je me taise et que je m'écrase devant ces clowns en cravate ! Vous m'avez recrutée pour faire avancer cette enquête, je vous garantis que ces gens finiront par me parler...

– Je vous avais demandé d'exploiter la documentation, de faire des recherches sur Internet et sur les réseaux sociaux, pas d'aller interroger les cadres de la Manufacture !

– Tout ça, c'est du temps de perdu ! C'est une course contre la montre, n'est-ce pas ? J'ai fini par obtenir un rendez-vous avec le secrétaire général de la Manufacture qui fait l'intérim du président, c'est pas mal non ?

– Et vous ne m'avez rien dit ???

– Non, d'abord parce que vous ne répondez pas toujours à mes messages, ensuite parce que je respecte votre vie privée, qui n'est pas très simple d'après ce que j'ai compris...

En appelant sur sa ligne fixe, Ayna était tombée sur Foumilayo, qui, très causante, avait besoin de se faire des amies à Paris. C'est ainsi que l'inspecteur se retrouvait inspecté...

– Il faut de la méthode !

– La méthode, c'est l'idée de ceux qui n'ont pas

d'idées ! Et puis, quelle est votre méthode d'abord ? Je serais bien heureuse de l'apprendre, pour ma formation…

L'inspecteur esquissa un geste fataliste, il avait bien une méthode, mais Ayna ne gagnerait que des ennuis à la mettre en pratique, vu qu'elle consistait surtout à écarter les pistes évidentes pour explorer les signaux faibles…

– De manière générale je trouve que vous ne faites pas assez attention aux autres ni au sens profond des choses. Vous me demandez d'explorer les réseaux sociaux, d'espionner les comptes des cadres dirigeants de la Manufacture, mais vous ne vous intéressez pas à l'entreprise elle-même… J'ai commencé à étudier l'histoire de la Manufacture et c'est fascinant. Le responsable de la documentation du groupe m'a reçue longuement, c'est une mine d'informations. Au fond, c'est le paradoxe, vous êtes fasciné par les réseaux sociaux, alors que moi, c'est l'Histoire qui m'intéresse… Je suis sûre que c'est là qu'il faut chercher… Le problème de la France, c'est de ne plus enseigner l'Histoire de France, c'est d'en avoir honte… Vous me dites que le prince Alexandre s'est retrouvé avec du verre pilé dans l'estomac, ça ne vous dit rien peut-être ?

– Si, bien sûr, c'est une technique d'empoisonnement discrète, normalement ça ne laisse aucune trace…

– Dans ce cas, pourquoi avoir ajouté d'autres substances, dérivées de l'arsenic, qui sont facilement détectables dans les urines ? Moi je dis que c'est un indice, je dis même que c'est une forme de signature !

– Vous regardez trop les séries américaines…

– Non monsieur, j'ai étudié l'Histoire, voilà tout…

– Et alors ?

– Et alors, rien ! C'est trop tôt ! Et puis vous m'angoissez à douter de moi en permanence… à donner raison à tous ces vieux cons. Qui vous méprisent…

– Vous l'avez déjà dit…

Ayna n'avait pas tort, il allait d'échec en échec et il était tombé sur une affaire bien trop grosse pour lui. Et avec toute sa bonne volonté, ce n'était pas une étudiante en histoire de l'art qui allait lui apporter la solution… Pourquoi voulait-elle passer le concours de la police nationale d'ailleurs ? Ça n'allait pas vraiment avec son parcours initial. « Une raison très personnelle », avait-elle dit en le regardant droit dans les yeux. Il n'avait pas insisté.

– Je vous retourne le compliment : pourquoi la veuve Obkowicz a-t-elle fait appel à vous, à votre avis ?

– C'est votre tante, Sofia Boustani, qui m'a recommandé à ses services.

– Négatif ! Elle est la première surprise qu'on ait pensé à vous sur ce type d'affaire… Si j'étais malicieuse…

Elle éclata de rire, un rire désarmant.

– Non, je ne vais pas vous le dire, vous allez mal le prendre et vous aurez raison…

– Mais non, dites-moi, tout est important dans cette enquête !

– Bon, vous l'aurez voulu. Si j'étais malicieuse, je dirais que Mme Obkowicz vous a mandaté pour être sûr que vous ne trouveriez rien, en tout cas rien de compromettant pour elle. Elle pourrait ainsi dire à un juge : « Pensez-vous que j'aurais fait appel à un détective, un ancien policier de surcroît, si j'avais eu quoi que ce soit à me reprocher ? »

L'inspecteur Thaumas ne pouvait pas contredire la jeune femme puisque cela avait été son premier réflexe.

– Hé, doucement, je n'aime pas cet air de chien battu, ça ne vous va pas. Fusillez-moi au moins du regard !

Thaumas était préoccupé, mais par autre chose.

– Qu'est-ce que vous avez raconté au président de la Manufacture ?

– Au régent ? Je lui ai dit que je faisais une thèse sur l'histoire du verre des Phéniciens à nos jours et que je m'intéressais particulièrement aux frontières du verre…

– Ah ? Les frontières du verre ?

– Oui, les verres incassables, les verres flexibles et les verres intelligents… J'ai fait ma maligne pour l'intéresser, vous voyez ? Et j'ai cité le projet Icare…

– Le projet Icare ???

– C'est un projet très confidentiel, mais il suffit de savoir faire parler les gens… C'est bien une technique de détective ça ?

Oui, on pouvait presque dire qu'elle avait du métier cette petite.

– Et… que vous ont-elles apporté, vos techniques de détective ?

– Une invitation à l'inauguration du nouveau siège de la Manufacture !

– Le mois prochain ? En présence du ministre des Finances ?

– Et peut-être du président de la République !

– À mon avis il se met le doigt dans l'œil votre régent, il n'aura ni l'un ni l'autre…

– Pourquoi ?

Gabriel Thaumas se rengorgea.

– À cause de la personnalité du fondateur de la Manufacture, Jean-Baptiste Colbert. Les indigénistes et les anticolonialistes sont furieux contre lui. À cause du Code noir, qu'il a fait adopter quand il s'occupait des colonies… Mais allons à cette inauguration, ça ne peut pas faire de mal…

– Attendez, mais qui vous dit que vous êtes invité ! C'est moi qu'il veut revoir, le régent !

Elle éclata de rire. Pas de doute, elle savait y faire. Il faut dire qu'elle était charmante avec son visage d'ange et son côté rentre-dedans. Elle avait dû jouer des poings pour se faire respecter, avec ses sept frères et sœurs, au milieu des caïds de sa cité, comme sa mère avant elle, dans le Rif, il voyait déjà le tableau… Le projet Icare, c'était le fameux dossier vide classé Secret Défense dans les papiers du prince.

– Bon, c'est d'accord, vous serez mon *escort* !

Oui, elle était piquante. Et musclée. Elle faisait tous ses trajets à bicyclette, selon la mode parisienne, qui avait gagné la banlieue. Elle dansait, aussi. Alors que lui, ses poumons, son dos… Comment avait-elle obtenu son rendez-vous avec le président de la Manufacture ? Et cette invitation au vernissage ? Au culot, tout simplement. Le culot, quand on a un joli cul et de la repartie, c'est facile… Il la quitta sur une pensée grivoise, une pensée indigne d'un ancien fonctionnaire de police.

6

La tour Cristal n'était pas la galerie des Glaces, Valode n'était pas Le Vau, ni Pistre, Mansart. On voyait quand même l'intention des architectes : redresser le chef-d'œuvre de Versailles comme on redresserait un obélisque, offrir au monde une galerie des Glaces verticale. Avec une différence de *nature* : Versailles était une forêt, La Défense était une dalle de béton, trois siècles avaient suffi à transformer le jardin d'Éden en Anthropocène et l'éthique des Lumières en esthétique bling-bling.

Pour concevoir le nouveau siège d'une entreprise tricentenaire devenue la première fabrique d'un monde-aquarium, le prince Alexandre et ses architectes étaient remontés aux sources. Louis XIV avait conçu le protocole de transparence et d'éclat, la Révolution française, la télévision et le préfabriqué ne feraient que le pousser à son paroxysme. L'ombre de la raison d'État, le clair-obscur du désir, l'ambiguïté poétique, tout cela serait banni, honni, conspué, combattu. Il faudrait lustrer et poncer les âmes pour les rendre transparentes et lisses comme le verre des téléphones portables, des tours de Manhattan, Lagos et Shanghai, comme le verre de la tour Cristal…

Alexandre Obkowicz n'était plus là pour le dire, mais c'était bien le triomphe de l'esprit de la Manufacture qui se manifestait ce matin-là au sommet de la tour Cristal, associant l'éthique de la transparence et l'étiquette de l'éclat, jusque dans les derniers projets fous du prince : un hôtel de luxe perché dans la Voie lactée, une station de verre se rapprochant au plus près du Soleil…

« … L'obscurité avait vécu et avec elle l'obscurantisme, tout cela n'était que l'aboutissement d'une révolution débutée trois siècles plus tôt à Versailles et à Paris, dans le creuset de la Manufacture royale de glaces de miroirs. Puisse la tour Cristal éclairer aussi longtemps le travail des hommes et incarner longtemps ce Grand Dessein… »

Ainsi se concluait le discours de Charles Marlec, qui entendait bien faire de cet événement son propre couronnement comme président de la Manufacture.

– Ça pour faire des phrases, il sait faire des phrases… Tu te rends compte qu'il n'a même pas cité Colbert, alors que c'est lui le vrai fondateur de la Manufacture et de l'État moderne. Quelle ingratitude…

Le général Cossart était caustique, il venait de repérer l'inspecteur Thaumas dans la foule.

– Je te l'avais dit, le ministre des Finances s'est défilé, le président n'en parlons pas. Viens, j'ai du nouveau et ça commence à sentir le brûlé…

Le directeur de la sûreté entraîna Gabriel Thaumas sur la terrasse qui dominait Paris.

– L'affaire Caracas prend de l'ampleur, l'étau se resserre. La justice américaine a mis son lacet autour du cou du régent, et le groupe StoneGlass engage maintenant des discussions « amicales » pour entrer au capital de la Manufacture. Le régent fait le coq au micro, c'est son quart d'heure de notoriété, mais il est au trente-sixième dessous. L'absence du ministre des Finances à l'inauguration de la tour Cristal sera interprétée par les Américains comme une marque d'indifférence notable, pour ne pas dire un appel au meurtre, à la curée...

Cossart aimait lui aussi monter sur ses grands chevaux. Son côté cosaque.

– Quand le judiciaire est lancé, la contre-attaque doit venir du judiciaire... C'est pour ça que je mise aussi sur toi. J'ai dirigé les forces spéciales, je sais leur supériorité sur l'armée régulière. Nos juges font leur travail mais ils avancent à la vitesse de l'escargot. C'est maintenant qu'il faut prouver que la mort d'Alexandre est criminelle et qu'elle sert les intérêts d'un pays qui fait tout pour nous piquer nos fleurons industriels.

– Vous ne pensez quand même pas que ce sont les Américains qui ont tué votre président ?

Ayna les avait suivis sur la terrasse et elle ne manquait jamais une occasion de se taire. Même si elle posait la bonne question, quitte à ruiner les efforts notables du militaire pour donner dans le florentin, le byzantin, le sous-entendu.

– Vous ai-je dit une chose pareille, mademoiselle qui écoutez aux portes ? Il y a des conjonctions troublantes, c'est tout, on voit tout de suite à qui profite le crime. Les Américains ont attendu le moment opportun pour contre-attaquer. Alexandre Obkowicz avait tenté de prendre le contrôle d'une filiale de StoneGlass spécialisée dans la fourniture de verres spéciaux au Pentagone, c'était un crime de lèse-majesté. Si les Américains sont intervenus pour éliminer le prince, ils l'auront fait avec suffisamment d'intermédiaires pour qu'on ne puisse pas remonter jusqu'à eux. Si vous avez étudié l'Histoire, vous devez connaître l'art de la dissimulation… La taqiya, ça vous parle…

– Parlez-moi du sourire kabyle pendant que vous y êtes.

Ayna n'aimait pas qu'on la cherche sur ses origines.

Le général se fit plus conciliant :

– Si vous trouvez qui a tué Alexandre Obkowicz, on peut encore renverser la vapeur, intéresser le président de la République, agiter l'opinion publique, faire feu de tout bois. Si vous avez besoin de moyens particuliers, je vous les donne.

Le général tira le bras de l'inspecteur pour le soustraire aux oreilles de sa stagiaire.

– On n'est pas bégueule à la Manufacture, on a lancé nos détectives mais ils piétinent. S'il faut vous payer des missions ou des indics, on le fera. *Time is money*, Thaumas, ce sera plus discret si ça vient de vous, ou de votre stagiaire, qui n'est peut-être pas si naïve… D'ailleurs comment est-elle au courant, pour le projet Icare ?

La perspective de toucher des émoluments complémentaires chatouilla les oreilles de l'inspecteur.

– Ayna est une excellente enquêtrice. Nous ferons le maximum, c'est une cause nationale.

– C'est clair, on a une troisième colonne face à nous, nos propres alliés… Ce seront des enveloppes en liquide, évidemment. Sur justificatifs.

– Évidemment.

– Tout passera par moi et personne d'autre.

– Vu.

– On appellera ça « l'opération Couleuvre », en référence au blason de Colbert. Il faut toujours un nom, pour la paperasse.

Le général Cossart tourna des talons et rentra sous la coupole de verre électrochrome pour écouter les dernières minutes du discours préfectoral.

– Gabriel, je crois que j'ai une piste.

L'inspecteur tressaillit. C'était la première fois qu'Ayna l'appelait par son prénom au lieu de lui donner du « Monsieur Thaumas », et c'était plus agréable à l'oreille que les éructations du général Cossart.

– Une piste ?

– Il est trop tôt pour vous en parler, mais si vous m'augmentez, je serai très motivée pour avancer plus vite….

Elle avait l'ouïe fine, de surcroît.

– OK, vous serez payée le double, mais à quoi donc…

– Donnez-moi deux mois d'avance, vous ne le regretterez pas. Et maintenant il faut aller au contact ! Bonne pêche, Gabriel !

Ayna tourna les talons et disparut derrière les oliviers et les arbousiers transplantés. Drôle de brin de fille. Thaumas était ragaillardi. Il respira les herbes aromatiques. « Cent cinquante espèces d'arbres et de plantes ont été plantées au sommet de la tour Cristal, triplement certifiée HQE, 35 000 m^2 de béton et 3 600 tonnes d'acier… » Un bouquet de fleurs dans un écrin de béton, on pouvait comprendre que le prince Alexandre se soit converti à l'écologie quelques semaines avant de traverser le cockpit de son avion. Ayna avait raison de donner toutes les tours de La Défense pour le Petit Trianon et ses moutons. Dieu sait ce qu'elle était en train de dire à cet homme en costume gris et aux traits fins, une coupe de champagne à la main. Une vraie *baby face* des temps modernes, à la mode parisienne… L'inspecteur Thaumas détacha avec peine son regard du joli minois de son apprentie détective, sans savoir qu'elle allait bientôt disparaître…

7

Hôtel Salé, Paris, le 11 septembre 1666

« *… proveranno anche lontani a loro eccidio gli effetti della da essi provocata pubblica indignazione… e far pesar sulla lor vita e delle sue famiglie il suo potere e la sua autorità contro sudditi, che si rendessero ribelli e contumaci…*[1] »

L'ambassadeur de Venise s'éponge le front, la canicule est insupportable, la lagune de Venise lui manque furieusement, le Marais parisien ne saurait rivaliser avec le Grand Canal, même s'il apprécie les vastes jardins qui entourent son hôtel particulier. Il sonne. Un laquais entre et lui verse de l'eau dans un tastevin en argent. Il sourit tristement en regardant l'objet. Ses verres de cristal de Venise lui manquent, mais c'est le contenu de la lettre-télégramme confidentielle reçue ce matin de la Sérénissime, qui le plonge dans une mélancolie profonde. Il poursuit sa lecture :

---

1. « Ils vont ressentir les effets de leur erreur et de leur rébellion par une humiliation publique qui saura les atteindre et peser sur eux et leurs familles… »

« Les retirer du monde par des voies extraordinaires… car ils ne méritent plus, par leur trahison, aucun appui de la charité… ce sera un exemple terrible pour les Muranais déserteurs, présents et futurs… »

La lettre est datée du 14 août 1666, elle lui a été remise en mains propres par un espion envoyé par les « dames voilées », qui désignent les inquisiteurs de l'État dans le langage codé des diplomates vénitiens. La lettre est cryptographiée à la manière de Bartholomeo Ferrari, l'espion la tenait cousue dans un ourlet de mouchoir pour plus de sûreté, c'est dire si son contenu est explosif. Récemment nommé à Paris, l'ambassadeur Marcantonio Giustinian est trop roué pour ignorer que l'ordre vient d'en haut, du Conseil des Dix, le véritable gouvernement de « Tolosa », nom de code de Venise. Il lit à nouveau et vérifie qu'il ne s'est pas trompé dans la transposition des lettres cryptées, en faisant tourner la cordelette sur le disque des correspondances : « *L'.u.s.o d. i v.i.e l. e p.i.ù s.e.c.r.e.t.e e s.e.v.e.r.e. c.a.u.t.a.m.e.n.t.e… v.i.g.o.r.o.s.a e.s.s.e.c.u.t.i.o.n.e… e.s.e.m.p.l.a.r c.a.s.t.i.g.o…*[1] » Non, le doute n'est pas permis, on lui demande bien de tuer les verriers vénitiens du faubourg Saint-Antoine, « pour raison d'État », pour « supprimer le problème à sa racine » et « faire un exemple », qui aura un retentissement dans toute l'Europe et surtout à Murano, chez tous les verriers exilés ou tentés de fuir. L'hémorragie des talents est trop forte, le secret du miroir deviendra vite un

1. « Le retour aux voies les plus secrètes et les plus sévères… avec prudence… une exécution vigoureuse… un châtiment exemplaire… »

secret de Polichinelle… Il faut rappeler à tous, de la manière la plus spectaculaire, que les miroirs et glaces de Venise sont propriété totale et exclusive de la République depuis des siècles. En somme on lui demande « simplement » de faire respecter la loi et l'article 26 de la corporation des verriers de Venise : « Si quelque ouvrier ou artiste transporte son art en pays étranger au détriment de la République, il lui sera envoyé ordre de revenir ; s'il ne revient pas, on mettra en prison les personnes qui lui touchent de plus près… » On lui demande d'occire deux personnes, Domenico Morasse et Eugenio Ponto. « Qu'ils tombent tous deux, et le système s'effondre… »

L'espion est resté dans l'antichambre, il est déguisé en moine dominicain. Sous sa tunique se cache un poignard, et le rosaire de quinze dizaines porté à la ceinture est un lacet étrangleur capable d'envoyer un pénitent *ad patres* sans confession. C'est un messager doublé d'un sicaire, précise la lettre. L'ambassadeur peut s'appuyer sur lui mais il est préférable de recourir à des Français pour cette sinistre besogne. Venise reste l'alliée de la France, une action au grand jour est déconseillée. C'est une bien curieuse amitié qui a conduit Colbert à « inviter » des Muranais à trahir leur pays, au point d'enlever toute une famille contre son gré. L'ambassadeur sait tout cela, il a ses espions à la Cour du roi. Il sait aussi que l'ordre venu de Venise est irrévocable, même s'il fait valoir qu'Eugenio Ponto est innocent. La Sérénissime est le miroir inversé de la monarchie française, la voix de l'individu ne compte pas. À Paris le roi est tout, à Venise le doge n'est rien, ne décide de rien, il ne peut ni refuser son élection, ni répondre seul à son courrier. Tous les actes sont contresignés, toutes les décisions sont collectives. La suppression de tout arbitraire individuel a permis à la République de Venise de résister à l'usure du temps pendant neuf siècles. La France de Louis XIV prend le chemin inverse et démolit tout ce qui s'oppose au pouvoir du Roi-Soleil. Ce qui les unit est l'enracinement dans le temps long de la noblesse ancienne, inscrite au livre d'or de l'Histoire depuis des siècles et des siècles. Si Venise est un poisson, c'est un cœlacanthe issu des profondeurs préhistoriques. Mais la loi de l'entropie agit partout, à Venise comme à Versailles on s'anoblit maintenant par le commerce et par l'esprit. L'absolutisme de Louis XIV finira par engendrer la Révolution et Napoléon, qui détruira la République de Venise…

L'ambassadeur Marcantonio Giustinian ne lit pas l'avenir dans les cartes mais il sait que sa piété chrétienne doit s'effacer devant la raison d'État. Il a lu Machiavel. Avant de prendre son poste il a écouté les « relations » des ambassadeurs de Venise au Conseil des Dix en tenue d'apparat. De ses prédécesseurs à Paris, il a retenu que Colbert ne recule devant rien, s'approprie les idées des autres et s'efforce sans relâche d'« acclimater en France les meilleures industries de chaque pays, et il empêche par diverses mesures les autres États d'introduire leurs produits dans ceux du roi ».

En guerre contre l'Allemagne pour Mantoue et contre les Ottomans qui menacent de la déloger de Crète, Venise a longtemps fermé les yeux sur le pillage exercé sur son industrie par sa principale alliée militaire. Colbert est devenu trop gourmand, il est temps de lui rendre la monnaie de sa pièce.

Entre sa fidélité à Dieu et sa fidélité à Venise, le moment du choix est arrivé. Marcantonio Giustinian aimerait pouvoir brûler le message et le messager : la vue de ce faux moine tueur au regard froid lui est insupportable. *Quid facere potestis ?* Que faire ? Le dilemme de Cicéron, questeur en Sicile, s'invite à son souvenir : pour l'honneur de Rome il avait refusé les ordres et dénoncé son supérieur. Aurait-il ordonné le massacre d'une famille innocente au nom de la raison d'État ? L'ambassadeur se lève et saisit l'ouvrage de Cicéron dans sa bibliothèque. Il sourit tristement en lisant le titre traduit en français : *Les Verrines*.

8

Paris, le 25 janvier 1667

Tous les jours du restant de ma vie je me réveillerai avec les mêmes images et le même cri – un cri inhumain qui ne finit pas. On peut repousser tellement loin dans la mémoire les choses les plus horribles, il faut des années pour qu'elles reviennent, et parfois elles ne reviennent pas. Moi je n'oublie rien. J'ai gardé la perception précise de tous les événements de cette journée, heure après heure, minute après minute. Je ne sais quelle est la pire des charges à porter, la charge de l'oubli ou la charge de la mémoire. Pour avancer, mieux vaut le verre que le miroir, se projeter dans le futur plutôt que réfléchir le passé. Je n'ai pas eu le choix, le miroir est mon destin. Ma mère Chiara, mon père Eugenio, mon frère Virgilio, ma sœur Francesca, eux non plus, ils n'ont pas eu le choix. Ils sont restés accrochés à ce jour présent, ce jour brisé qui se répète, nuit après nuit, sur la glace de mes cauchemars. C'est au moins ce que je leur dois, la mémoire, c'est si peu, et si lourd à porter. La seule justification à ce récit, c'est de me décharger d'une partie de ce fardeau. Dans l'espoir d'être vengé, qui sait, un jour. *La vendetta è un piatto che si mangia freddo…*

Ce matin-là je suis à mon poste à la Manufacture, rue de Reuilly, je polisse des glaces avec Menocchio. J'aime travailler avec lui, il a la même force tranquille que mon père, et il est plus causant, plus drôle aussi. Il chante comme un Napolitain, des chants populaires autant que des madrigaux de Monteverdi… Menocchio me parle d'opéra, c'est un théâtre musical d'un genre nouveau, il en écoutait au Teatro San Cassiano, près du Rialto, c'est une des choses qui lui manquent le plus à Paris. Il y a bien la *commedia dell'arte*, au Palais-Royal, mais il préfère la musique, or les Français, me dit-il, n'en pincent que pour la danse. Il veut en parler au surintendant des Bâtiments car c'est lui qui tire toutes les ficelles, c'est le maître des marionnettes. La Cour du roi de France, pour Domenico, c'est comme la République de Venise, un théâtre en costume, *sono tutti fantoccini e burratini…*

Ce matin Domenico chante *Euridice* de Jacopo Peri, et au lieu de faire la voix d'Orphée il contrefait Eurydice… pour passer brutalement à la voix d'outre-tombe de Plutone, le dieu des Enfers. Hieronimo et moi rions de bon cœur. La vérité, c'est que Menocchio est amoureux d'une Parisienne. Colbert lui a promis une belle dot, s'il épouse, trop content qu'il se fixe en France… C'est le meilleur verrier de l'équipe – avec mon père. La pâte de verre n'a pas de secret pour lui et il a le souffle d'un chanteur d'opéra… La récréation est de courte durée, il nous faut porter les glaces au contrôleur car tout est vérifié ici, le roi exige la perfection.

Quand nous revenons dans l'atelier avec Hieronimo,

le silence nous surprend, un vrai silence de mort. Menocchio est toujours là mais nous ne voyons plus sa tête. Elle est plongée dans un bain de mercure. On se précipite. C'est un colosse, Menocchio. Même à deux nous avons du mal à le relever. Comment a-t-il pu s'assommer ? Et qui a renversé le mercure ? On lui crie aux oreilles : « Menocchio ! Menocchio ! » On l'allonge par terre, on lui envoie de l'eau sur le visage. On sait que le mercure est dangereux, mortel, il faut en éviter les vapeurs. Ce n'est pas un apprenti, Domenico, c'est lui le maître miroitier, notre maître ! Vite, il faut appeler mon père. Je me précipite. Nos cris ont été entendus, tout le monde accourt, mon père bouscule les gens pour arriver jusqu'à Domenico. Il penche son oreille sur son cœur. Il met ses doigts sous son nez. Il lui donne des coups sur la poitrine, j'en ai mal pour lui. Avec deux personnes ils le retournent pour lui faire cracher ce qui l'étouffe peut-être. Rien. La grande carcasse reste immobile, inerte. Menocchio ne chantera plus, nous n'entendrons plus son rire. Il a rejoint les mânes d'Orphée et d'Eurydice, Monteverdi et Cavalli…

Mon père est terrifié. Il a compris tout de suite, à la différence des autres. Il murmure : « *Avvelenato… Avvelenato*[1]… » Puis il se tourne vers moi, affolé, et vers Hieronimo. Est-ce que nous avons mangé quelque chose ? Est-ce qu'on nous a proposé à boire ? Est-ce que nous avons vu quelqu'un entrer dans la fabrique ? Un Italien déguisé ? Un Français bizarre ? Rien, nous n'avons rien mangé, rien bu, rien vu. On s'est absentés

1. « Empoisonné… Empoisonné… »

la moitié d'une heure. Est-ce qu'on a des vertiges ? des douleurs au ventre ? L'empoisonnement au mercure, il n'y croit pas une seconde. Il sait que le vif-argent est toxique, il sait que la vie des miroitiers est brève, il est lui-même rongé par la maladie, il tousse, il crache, mais c'est une usure très lente. Si Menocchio a été empoisonné au mercure, quelqu'un lui en a fait boire de force, il fallait qu'ils soient plusieurs pour maîtriser le colosse. Ou alors c'est autre chose, un poison plus violent, de l'arsenic, on en utilise aussi pour les miroirs.

Nicolas du Noyer est arrivé. Il parle avec mon père, qui veut faire fermer la Manufacture, il faut une enquête. Je me glisse auprès d'eux.

– Domenico a été tué par des envoyés de Venise, c'est un empoisonnement, il y a des espions dans la Manufacture, des complices. Je savais que cela arriverait un jour ! Il faut un médecin et un apothicaire, il faut examiner le corps au plus vite !

– Du calme, du calme ! C'est peut-être une mort subite, ou le mercure, ou un suicide, on ne sait rien encore...

Mon père retrouve sa rage des premiers jours :

– Si ! on sait que la République de Venise ne pardonne pas aux verriers qui trahissent. Je l'ai toujours dit ! C'est le surintendant, le responsable, c'est la France, c'est vous !

Les Italiens se sont regroupés autour de nous, ils sont partagés, apeurés, consternés. Le directeur veut éviter la panique, l'émeute. Il faut remettre tout le monde au travail, et puis non :

– Rentrez dans vos quartiers ! Le travail s'arrête

aujourd'hui et reprend demain matin à la première heure. La police du roi viendra vous interroger.

Mon père ne décolère pas, il explose comme un volcan. Il en veut à ma mère, à la terre entière, il m'en veut. Mes désirs d'évasion, le rêve d'un monde meilleur… Un jour il faut se réveiller. Le monde est violent. Brutal. Sans pitié. Les pays se font la guerre. Par tous les moyens. Les règles de la corporation sont claires. Les avertissements se sont multipliés. Nous avons péché par appétit du gain, par orgueil, par bêtise.

Tandis qu'il peste et vocifère contre le monde entier, nous revenons à la maison et soudain il s'arrête net. Un détail, ou une pensée, lui a traversé l'esprit. La porte grande ouverte, peut-être, ce n'est pas habituel, mais est-ce habituel de rentrer à la maison de si bonne heure ? Quand on est à l'atelier on dîne d'un morceau de pain et d'un verre de vin rouge et on se remet à l'ouvrage. Mon père s'est précipité dans l'allée couverte qui conduit à la cour, nous habitons une maison à deux corps de logis. Je le suis et c'est dans l'allée qu'il me communique son pressentiment horrible. « *Non è possibile. Non è vero…* » Mon père s'est arrêté au seuil de la salle, comme pétrifié, je dois le pousser pour voir. C'est Virgilio que j'aperçois en premier, mon petit frère que j'ai si souvent protégé des garçons du quartier, il est par terre, prostré, à côté d'une assiette renversée. Je lui relève la tête, délicatement, elle est lourde, son petit corps est devenu si pesant. Machinalement je fais comme mon père l'a fait avec Menocchio, j'écoute son cœur, son souffle, je le fais posément, sans trembler, comme si j'étais détaché de moi-même. Virgilio ne respire plus, Virgilio n'est plus, et je lève les yeux vers mon père, qui avance lentement dans la salle, vers la cuisine. Derrière la table. Ma mère est là, au milieu des chaises renversées, elle tient Francesca dans ses bras tout contre elle, allongée, le visage blanc. C'est alors que j'entends ce cri venu de nulle part et qu'il est impossible d'associer à mon père. Ça commence comme le râle d'une bête sauvage et ça devient puissant, continu, ça ne s'arrête pas. Je cours vers lui pour l'embrasser et pour conjurer la panique qui me gagne, mais il me repousse violemment, si fort que je heurte la table et manque de perdre connaissance. Il a mis ses mains sur sa tête et c'est comme s'il essayait de l'écraser entre ses paumes. Il continue à crier, comme s'il était possédé par un démon, les yeux révulsés. Je le supplie d'arrêter. Et soudain, il part en courant, bousculant les gens qui commencent à arriver du fond de la cour, les locataires de l'autre logis. « Papa ! Papa ! Babbo ! » Je ne sais que faire. Partir à sa poursuite ? Rester avec maman, Virgilio et Francesca ? Pourquoi nous ? Brusquement, tout se dissout, tout s'évanouit dans la neige, les neiges éternelles des Alpes qui m'avaient ébloui en passant le col du Grand-Saint-Bernard. Tout est blanc et je m'effondre dans les bras de notre voisine italienne, qui murmure des *Ave Maria*.

9

C'était le dimanche des Rameaux. Gabriel Thaumas n'était pas pratiquant mais les Rameaux faisaient partie de son enfance, il aimait conserver chez lui des branches de buis béni, et il se rendait à cette messe plutôt qu'à celle de Noël, maintenant que sa fille était loin, et sa femme encore plus loin… Cette fois-ci Foumilayo l'accompagnerait. Elle croyait à Jésus-Christ, au ju-ju, au dieu serpent, au cycle des réincarnations, son temple était syncrétique et sa foi vivante. Gabriel renouait à travers elle avec son enfance, sa mère italienne. C'était aussi leur première sortie publique et elle y tenait. Sans doute serait-elle déçue de constater la très faible densité du réseau social de l'inspecteur Thaumas, qui n'était assidu à aucune paroisse et aucun cercle, à l'exception du club de tir de la police nationale, où il continuait à mettre dans le mille malgré sa myopie légendaire : en plissant les yeux, on arrive à tout.

Gabriel Thaumas ce matin-là pensait surtout à la disparition de son étrange équipière, Ayna Isak. Foumilayo aussi. Elle aimait cette petite au front volontaire, qui n'avait pas la langue dans sa poche et aimait bousculer l'inspecteur dans ses certitudes. Ayna s'était évaporée après avoir reçu une grosse avance sur son salaire, c'était troublant. Elle avait parlé d'une « piste sérieuse » relative à l'enquête, mais Foumilayo craignait l'effet du ju-ju qui frappait la Manufacture et tous ceux qui s'en approchaient. Elle priait la Sainte Vierge pour contrecarrer le mauvais sort et sauver Ayna – et aussi Sandra, sa propre fille, dont elle n'avait plus de nouvelles depuis un an. Sandra avait cédé aux lumières de l'Europe, mais le rêve des jeunes filles en fleurs de Benin City échouait surtout au bois de Boulogne ou dans les allées sombres des jardins de Rome. Foumilayo avait cru que Gabriel l'aiderait à retrouver sa fille. C'était l'argument de Jeff pour la jeter dans ses bras. Gabriel avait été chagriné d'apprendre que l'attachement de Foumilayo à sa vieille carcasse n'était pas totalement désintéressé, puis il s'était apitoyé sur elle… et sur lui-même : sa propre fille n'avait pas disparu mais il ne la voyait plus du tout, c'était presque pire. Gabriel était incapable d'aider Foumilayo, il avait perdu toute relation familiale, comme il avait perdu le fil de son enquête, et maintenant son équipière…

Le général Cossart divaguait tout autant, il évoquait désormais une manœuvre des services russes : « En matière d'empoisonnement, ce sont des experts, mieux, des esthètes. » Un groupe de hackers discrets s'était emparé de documents classifiés relatifs au projet Icare, et StoneGlass, la grande rivale de la Manufacture, avait subi des dommages équivalents. Le général Cossart était plongé dans un abîme de réflexions : « L'Amérique est notre pire ennemi industriel et notre meilleure alliée stratégique… Faut-il enterrer la hache de guerre, s'accorder avec StoneGlass et faire front commun contre les Russes ? Qu'en penses-tu, Gaby ? » Gabriel Thaumas avait prêté une oreille distraite au général, la mention du projet Icare ne le faisait même plus rêver. Son instinct le guidait ailleurs, vers l'album de famille que la veuve Obkowicz avait ouvert sous ses yeux, dans sa grande bibliothèque remplie de livres d'histoire. Ayna avait raison, c'était dans cette direction qu'il fallait diriger l'enquête, sur les origines de cette famille illustre. Écouter les signaux faibles, c'était sa grande théorie. Pourquoi le frère aîné du prince avait-il été tué d'une balle dans la tête et jeté dans la Seine avec une pierre autour du cou ? Pourquoi son deuxième frère avait-il été emporté trois ans plus tard ? Pourquoi son père avait-il été massacré quelques années plus tôt dans son appartement new-yorkais ? Pourquoi le destin s'acharnait-il sur ce rameau prestigieux des Bourbons ? Et quel rôle avait pu jouer Sixte-Henri, cet oncle carliste à moitié fou qui fascinait Alexandre ? Sans oublier Colbert, dont il se proclamait le descendant direct. Il y avait comme un acharnement du destin à l'endroit de cette famille. Pour échapper au mauvais œil qui poursuivait les Obkowicz, au ju-ju venu d'un monde lointain, il faudrait que le jeune Benoît Cozkri Kloyinbo renonce à porter le nom de son père, il faudrait qu'il vive incognito, caché du grand monde dans l'immense dédale de Makoko, en espérant qu'il n'ait pas hérité de son père le gène de l'intrépidité et son variant kamikaze.

Voilà. L'inspecteur tenait enfin le vrai coupable : le prince Alexandre était mort d'une maladie génétique, comme il est fréquent dans les dynasties consanguines. Il aurait pu être hémophile, il était casse-cou, ne craignant rien ni personne, ni la CIA, ni la mafia libano-nigériane, ni les espions russes. Il pilotait son avion seul et sans boucler sa ceinture : comment mourir autrement que de mort violente ? C'était même une chance incroyable d'avoir survécu aussi longtemps...

Non, la véritable énigme désormais, c'était la disparition de sa co-enquêtrice. Ayna Isak avait laissé un carnet de notes chez sa mère, chez qui elle résidait après une rupture violente avec son petit ami. Avec une prime de stage de 500 euros par mois, où aurait-elle pu se réfugier ailleurs que chez ses parents ? Était-ce pour s'enfuir qu'elle lui avait demandé de l'argent ? La mère savait que sa fille participait à une enquête policière diligentée par un détective « excentrique ». L'inspecteur s'était rendu chez elle, à Montfermeil. Ses espoirs allaient être déçus, une fois de plus. La jeune fille avait laissé ses carnets de notes, qui tenaient plus du journal intime que des analyses du docteur Watson. Le seul élément intéressant se rapportait à une rencontre liée à l'enquête, une jeune Italienne nommée Angélique. Elle avait aussi griffonné le mot « H.E.N.O.C.H. » en lettres capitales, puis elle l'avait calligraphié de toutes les façons possibles, y compris en grec, en araméen et dans une langue encore plus étrange. S'ensuivaient des réflexions éparses, hermétiques : « Tant de secrets liés aux arts du feu... Secrets de cuisine, secrets de cuisson. Ingrédients mystérieux, poudres, poussières de diamant. Le verre, art du feu. » Puis une citation du patriarche, à nouveau : « Le livre d'Hénoch. Genèse 5 : 24, Hénoch marcha avec Dieu ;

puis il ne fut plus, parce que Dieu le prit. » L'inspecteur reposa le carnet sur le petit bureau de l'étudiante, entre la coiffeuse et une licorne en peluche rose et bleu. Et Ayna, qui l'avait prise ?

TROISIÈME PARTIE

LUX IN TENEBRIS

« Sire, répond le fou, là-haut dans les airs, j'habite dans un palais ; il est tout en verre, magnifique et spacieux. Il comporte une chambre de cristal toute pavée de marbre, le soleil à l'aube l'illumine tout entière. »

Roman de Tristan,
Chrétien de Troyes.

1

Paris, le 6 mars 1667

Je n'ai jamais revu mon père, je pense qu'il est devenu fou. Fou de douleur, fou d'avoir eu raison contre tous, contre les autres miroitiers, contre ma mère, contre moi. Il m'a jeté un regard terrible quand j'ai voulu me serrer contre lui. Comme si j'étais la peste. La peste qui lui avait déjà ravi trois enfants. C'est pour mettre de la distance avec ce fléau et pour faire plaisir à ma mère qu'il s'était résigné à vivre à Paris, à travailler pour le roi de France. Il n'avait jamais livré ses secrets, il nous les avait transmis, à Hieronimo et à moi, mais pas aux ouvriers français, qui n'avaient pas le droit de franchir le seuil de l'atelier. Mon père a respecté le secret attaché à sa corporation, attaché à Venise, pourtant il a été éliminé de la manière la plus atroce, la seule qui pouvait réellement le briser. Sans doute les inquisiteurs espéraient-ils qu'il regagnât Murano, son art était trop précieux pour la République. Mais alors, pourquoi avoir tué Menocchio, tout aussi virtuose ? Parce qu'il avait trahi volontairement. Parce qu'il avait enrôlé les autres. Mon père était parti contre son gré, ils le savaient – ils savent tout sur nous. Il ne méritait pas la mort mais une punition sévère. Alors ils ont retourné le venin du serpent contre la femme et les enfants sortis de son sein. Mon frère et ma sœur iront au paradis mais ma mère si aimante ira en enfer pour son péché contre la Sérénissime. C'est ce que les prêtres diront dans leurs prêches, à la basilique Santi Maria e Donato et dans toutes les églises de Murano, Venise, Burano, Torcello… Travaillez, priez et repentez-vous, hors des murailles de verre de Murano il n'est point de salut pour les pécheurs, même pour celle dont le prénom signifie la lumière. Chiara, Chiaretta, jamais je n'entendrai plus ce prénom sans frissonner de douleur.

Toutes sortes de rumeurs ont circulé sur mon père. Il aurait traversé le faubourg Saint-Antoine en criant comme un possédé, il se serait jeté dans la Seine depuis le Pont-Neuf, les eaux y sont profondes et tumultueuses. Ou bien il serait reparti à Venise en traversant les Alpes, pieds nus, en mangeant des grenouilles et des rongeurs, il vivrait en ermite sur l'île de Torcello, ou il serait maintenu au secret dans la prison des Plombs. Notre famille massacrée est devenue une sinistre légende, une histoire qui se raconte dans le secret des alcôves du pouvoir, dans les tavernes et les chambrées de Murano, le soir venu, pour faire peur aux enfants et édifier les parents. La République de Venise l'utilise pour convaincre les Vénitiens exilés de rentrer sans délai à Murano et pour dissuader les autres de quitter l'île. C'est la seule raison valable de ce carnage.

J'ai maudit les assassins de ma mère, de Virgilio, Francesca, Menocchio, je les ai maudits jusqu'à la treizième génération, j'en ai pris à témoin une sorcière, qui a brûlé des cheveux de ma mère sur un bûcher en prononçant d'obscures paroles. Puis j'ai été invité à rencontrer l'ambassadeur Marcantonio Giustinian, mon bourreau en quelque sorte. Un laquais est venu me porter un carton doré et signé de sa main. Malgré moi je fais partie de la légende, les gens veulent me voir, je suis le seul rescapé du massacre, je suis « l'orphelin de Venise ». Le sentiment de culpabilité – atroce – ne m'a pas rendu fou. Je me suis simplement détaché de moi-même. D'une certaine façon je suis mort, aussi mort que mon frère, ma sœur, ma mère et mon père. Être adulte, c'est faire le deuil de l'enfance. À seize ans il était temps. Le petit Gianni est reparti dans les limbes, il construit quelque part des bateaux à voile avec son frère Virgilio, pour s'évader un jour de Murano et conquérir le monde…

J'ai hésité à répondre à l'invitation, puis j'y suis allé, crânement. L'ambassadeur de Venise me reçoit dans un hôtel digne d'un palais vénitien, l'hôtel Salé. Il doit sa résidence à une saisie opérée par Colbert sur les biens d'un obligé de Fouquet. Il essaie de me convaincre que la République n'est pour rien dans la mort de mes parents. Ce sont des Français jaloux qui ont voulu nuire à ma famille. Je ne bronche pas, je ne dis pas un mot, mais il me vient l'idée subite de l'assassiner sur place. On peut être dur et cruel avec moi, mais il ne faut pas me prendre pour un imbécile. Je jette des regards à droite et à gauche pour voir quel objet me permettrait d'assouvir ma vengeance. Il y a cette magnifique glace de Venise posée sur la table. Quel symbole ce serait de lui percer la gorge avec un fragment de miroir brisé ! La légende familiale en serait encore rehaussée. L'ambassadeur a perçu le danger. Il sonne une cloche et un serviteur apparaît. Il veut m'offrir à boire quelque chose. Je décline sans un mot, en serrant les dents. Giustinian est un dur à cuire, il est trapu, le visage sec, mais je sens une fêlure en lui. Comment peut-il m'accueillir, après ce qu'il a fait à ma famille ? Je serais capable d'égorger aussi son serviteur, j'ai en moi la force de mon père et celle de Menocchio, je veux laver mon honneur dans le sang de ce noble parmi les nobles, dont la tête mérite de rouler dans la fange des rues de Paris.

– Pour te prouver ma bonne foi, je vais te donner un nom, que tu garderas pour toi. Celui de Pierre Jousset. C'est à cause de ce Français que ta famille a été attaquée. C'est un importateur de glaces de Venise, dont le commerce a été perturbé par la création de la Manufacture. Il faut que je t'explique un peu mieux les choses. Vois-tu, ce qui gêne Colbert, ce n'est pas que les glaces viennent de Murano, c'est leur prix ! Or le prix est fixé par les importateurs français, qui veulent s'enrichir le plus possible… En fabriquant à Paris des glaces françaises selon la mode italienne, avec des artisans vénitiens comme ton père, le prix de la glace vénitienne a commencé à chuter. Je ne sais pas si tu comprends ce langage, c'est un peu compliqué…

– Non c'est simple…

Je n'ai pu m'empêcher d'entrer dans son jeu. Ce diplomate est retors.

– Soit. Tu apprends vite. Pierre Jousset a vu son profit fondre, parce que des artisans vénitiens avaient été enlevés sur ordre de Monsieur Jean-Baptiste Colbert, qui est à la fois contrôleur général des Finances et surintendant des Bâtiments. Il est donc doublement intéressé à interdire l'importation des glaces de Venise, selon une logique mercantile : l'importation appauvrit un pays et l'exportation enrichit, tu as raison c'est assez simple… Là où les choses deviennent plus compliquées, c'est quand un Français dénonce les agissements de son propre pays à une puissance étrangère. Car figure-toi que ce Pierre Jousset a dénoncé les enlèvements de nos miroitiers… aux inquisiteurs de Venise ! Vois comme les Français sont patriotes… et courageux, car évidemment il a envoyé des lettres anonymes. Pour plus d'efficacité il est venu me voir à visage découvert. Ce traître à sa patrie a osé me demander de punir des traîtres à Venise, qui n'avaient trahi qu'en raison des agissements de son propre gouvernement !

– Mon père n'a pas trahi !

– Je sais, il a été enlevé…

– Il n'a pas livré ses secrets aux Français !

L'ambassadeur me regarde dans les yeux.

– Je vous dis qu'il n'a pas trahi ! Il n'a livré ses secrets qu'à moi et Hieronimo !

Je me mords la langue. Moi qui m'étais juré de l'écouter sans dire un mot, je viens de lâcher une énormité. C'est maintenant moi qu'ils vont assassiner. Et Hieronimo.

– Soit. Je m'en réjouis. Comme je te l'ai déjà dit, j'ai refusé de faire ce que ce Français me demandait. Par noblesse d'âme et par charité chrétienne. Et aussi parce que nous restons l'allié de la France, malgré ce coup de poignard dans le dos.

– Parce que c'est votre intérêt !

– Voilà. Tu ferais un bon diplomate, Giovanni. J'ai donc éconduit poliment ce M. Jousset, et je pense hélas qu'il n'en est pas resté là…

L'ambassadeur s'interrompt, le serviteur vient d'apporter deux verres de cristal et un drôle de récipient.

– Regarde ce verre, Giovanni, ce cristal vient de chez nous, il est arrivé hier, je ne pouvais plus boire dans ces gobelets en étain que les Français affectionnent. Ton père faisait la fierté de Baroso, tu le sais, il produisait le verre le plus pur, son talent était exceptionnel. J'aimerais que tu me dises où est ton père, Gianni, il est trop précieux pour que nous le perdions.

– Vous l'avez tué, mon père ! Il est devenu fou ! Je ne sais pas où il est, je pensais que vous alliez me le dire !

J'ai été sensible à sa familiarité affectueuse, plus personne ne m'appelle « Gianni ». Mais la rage me revient aussi vite qu'elle était partie : ses révélations ne visent qu'à semer le trouble. Tout sonne faux ici, tout sauf le verre de Baroso. Les larmes me viennent aux yeux, il ne manquerait plus que ça, que je pleure devant lui, cette chattemite qui sait bien que ma vie est restée à Murano, chez Baroso…

– Calme-toi, petit, tu pourras vérifier tout ce que je dis. Et sais-tu le plus beau de l'histoire ? Colbert n'est pas dupe des agissements de Pierre Jousset, le félon. Il sait que c'est lui qui est responsable de la mort de ses ouvriers italiens, il le sait, parce qu'il est aussi bien informé que nous. Je crois même que nous avons des espions en commun. Et c'est bien commode parfois… Tu vois, je te dis beaucoup de choses, c'est pour te prouver ma bonne foi. Ton père était droit et tu es comme lui, Giovanni.

– Mon père est mort et je suis mort avec lui. Giovanni n'est plus.

– Je sais ce que tu ressens, mais écoute la suite, c'est important. Colbert vient de proposer à Pierre Jousset d'entrer au capital de la Manufacture. C'est une manière cynique et non dénuée d'élégance de supprimer cet adversaire, en le faisant boire à son sein. C'est un peu répugnant n'est-ce pas ? C'est la politique, ils ne seront pas amis pour autant, c'est une conjugaison d'intérêts, Jousset va désormais distribuer des glaces françaises…

– Mais les ouvriers vénitiens n'ont pas livré leurs secrets ! Et ils ne vont plus venir à Paris après ce qui s'est passé !

– Tu es bien naïf, Giovanni. Les Français ont tout observé, tout vu, tout noté. Le jour, la nuit. Ils ont vu ton père travailler, ils ont vu Cimegotto, Morasse, Barbin… je peux te donner la liste. Vois ce document, c'est écrit en français, ça parle de toi, de ce que tu faisais le matin, l'après-midi. Quand les Français n'auront plus besoin des Muranais, ils interdiront l'importation des miroirs vénitiens, puis ils inonderont l'Europe avec les glaces françaises.

– C'est criminel ! Et vous dites que ce sont nos alliés !

– C'est Giovanni, la raison d'État ! Les États n'ont pas d'amis et le commerce est « une guerre perpétuelle et paisible d'esprit et d'industrie entre toutes les nations », c'est une phrase de Colbert.

– Pourquoi me dites-vous tout cela ?

– Parce que c'est grâce à des gens comme toi que nous en avons connaissance.

– Comment ?

L'ambassadeur s'interrompt pour saisir un instrument étrange et verser un liquide noirâtre dans les deux verres. Je tressaille : et si c'était du poison ? Et si mon verre était empoisonné ? Et s'il avait absorbé un antidote juste avant de me voir ?

– Je sais à quoi tu penses. Mais si je prends la peine de t'inviter pour te proposer mon aide, ce n'est pas pour t'empoisonner. Choisis ton verre, ce café a été puisé au même récipient. Oui c'est du café, ce liquide étrange et noir. Celui-ci vient de Constantinople, nous en importons aussi d'Égypte. Tu verras que le roi de France en boira bientôt et sa Cour l'adoptera. Il n'est pas de breuvage plus délicieux crois-moi, chaque gorgée t'apporte l'énergie et l'amertume tout à la fois, c'est la boisson du pouvoir…

Je vois mon reflet dans le noir du café. Jamais je n'ai entendu parler de ce breuvage. C'est peut-être ce poison qui a tué Menocchio et détruit ma famille. Il a la couleur des hommes masqués qui sont venus démarcher mon père il y a un an, la couleur des vêtements de Colbert, la couleur du manteau de cet étrange moine dominicain venu nous rendre visite peu avant la destruction de ma famille, et la couleur du deuil que je porte aujourd'hui. Qu'ai-je à perdre ? Je ne tiens plus à la vie, partir serait une délivrance. L'ambassadeur le sait. Je prends le verre le plus proche de moi et le vide d'un trait. Il a raison, c'est chaud et amer, comme la vie, comme la mort. J'en redemande, bravache. Une sensation de bien-être m'envahit. Ma tête respire mieux, mon cœur aussi, mes idées circulent vite, je suis plus fort. Ce café me rappelle le tabac que Stefano me donnait à chiquer sur le bateau. Si je reviens un jour à Murano, je chiquerai du tabac et je boirai du café… – mieux que ça, j'en ferai commerce…

– Je ne te propose pas de rentrer à Murano, Giovanni.

Ai-je bien entendu ? Mais alors, pourquoi toute cette mise en scène ?

– Dans quelques jours, si ce n'est déjà fait, Colbert va t'inviter, il va te recevoir avec beaucoup d'égards. Il le fera par charité chrétienne et pour en témoigner publiquement, conscient de l'émoi causé par cette histoire atroce…, une histoire provoquée, comme je te l'ai dit, par un Français qu'il associe désormais au succès de la Manufacture. Il va certainement te proposer une famille d'adoption, de l'argent. Il va surtout te persuader de continuer à travailler à la Manufacture. Colbert ne peut pas encore se passer totalement des ouvriers muranais. Hieronimo et toi, vous valez de l'or, et puis vous êtes jeunes et sans famille…

– *Meglio soli che male accompagnati*[1] !

– Vous n'êtes pas seuls, Giovanni… La République de Venise ne se désintéressera pas du sort de ses fils. Nous savons toi et moi que ton père n'est pas un traître mais un héros, à sa manière. Son honneur sera rétabli un jour, le fils relèvera le père. Pour cela il te faut travailler un peu…

– Au service du roi de la France ?

– Au service de la Sérénissime, au sein de la Manu-

1. « Mieux vaut être seul que mal accompagné. »

facture, et, si tu sais t'y prendre, introduit auprès du ministre d'État de la France et pourquoi pas de Louis le Grand, qui aime et jalouse l'Italie autant qu'Henri IV, roi de Navarre : n'oublie pas que le sang italien des Médicis coule dans ses veines comme il coulait dans les veines de son père Louis XIII… Quant à Colbert, c'est simple, il dit à ses ambassadeurs : « Envoyez-moi tout ce qu'il y a de beau en Italie. » Avec toi, nous lui offrons le meilleur…

C'est donc ça. Il me demande de devenir son espion. Introduit à la Manufacture.

– La vengeance est un plat qui se mange froid, et pour l'accomplir tu dois être au plus proche de ton ennemi. Ton ennemi, c'est la France. C'est la France qui a déporté ta famille à Paris. C'est la France qui t'a dénoncé à ta vraie patrie. Son instrument porte un seul nom : Jean-Baptiste Colbert. Les autres sont des exécutants. Même Pierre Jousset, un vulgaire commerçant. Cupide…

– … commerçant et cupide comme un Vénitien.

– Nous sommes tous pécheurs, Giovanni, le péché est universel…

Je commence à me sentir attiré par cet ambassadeur, c'est peut-être l'effet de ce breuvage inconnu, le café. Je me sens renaître un peu. Il faut que je sois sur mes gardes.

– Qu'attendez-vous de moi exactement ?

– Rien… Vraiment rien. Je me sentais redevable de la vérité envers toi. Il fallait que tu saches la vérité car tu es vénitien, comme moi.

Marcantonio Giustinian n'a pas de descendant, il a

fait vœu de chasteté, je l'apprendrai un peu plus tard, je me surprendrai parfois à penser qu'il me considère un peu comme le fils qu'il n'a pas eu…

– Tu dois venger ton père et, à travers lui, la République de Venise. Cherche à devenir le meilleur ami de ton meilleur ennemi. Si tu sais y faire – et je pense que tu sauras y faire –, Colbert te prendra en sympathie, alors tu procéderas comme il a procédé avec le cardinal Mazarin, tu le seconderas en tout. Comme prénom, je te suggère Daniel.

– Comment ?

– Tu m'as dit que Gianni est mort avec le reste de sa famille. Je comprends ce besoin que tu as de renaître, aussi, quand Colbert te proposera une famille d'accueil, dis-lui que tu veux changer de prénom pour devenir français. Daniel est le nom du prophète qui est né et mort deux fois. Le livre de Daniel décrit la prophétie du bélier et du bouc. Je vais te lire un passage.

L'ambassadeur saisit sa bible et donne lecture :

– « À la fin de leur domination, lorsque les pécheurs seront consumés, il s'élèvera un roi impudent et artificieux. Sa puissance s'accroîtra, il fera d'incroyables ravages, il réussira dans ses entreprises, il détruira les puissants et le peuple des saints. À cause du succès de ses ruses, il aura de l'arrogance dans le cœur, il fera périr beaucoup d'hommes et il s'élèvera contre le chef des chefs ; mais il sera brisé, sans l'effort d'aucune main. Pour toi, tiens secrète cette vision, car elle se rapporte à des temps éloignés. »

Il repose le livre, satisfait.

– Vois comme cette description s'accorde à Louis le

Grand, qui pourrait bien vouloir un jour écraser notre République dans le feu et le sang et non seulement par le commerce… Pour l'instant nous sommes alliés, je te le répète. Nous avons besoin de la France à Mantoue, nous en avons besoin plus encore pour combattre les Ottomans et conserver la Crète. Si Candie passe durablement aux mains des Turcs, c'en est fini aussi de la puissance de Venise. Nos ennemis peuvent nous vaincre sur le moment mais ils seront brisés dans le lointain, comme dans la prophétie. Nous sommes protégés par la relique de saint Marc et surtout par notre audace et notre travail. Nous sommes le seul peuple du monde à construire une cité sur l'eau, une cité d'hommes libres, une République. Nous sommes héritiers de Rome et de Jérusalem, nous transformons le sable en un cristal qui vaut plus que l'or. Car le vrai prodige, c'est la lumière qui traverse le verre sans effort et sans le briser, cette lumière est celle de Dieu, qui se reflète sur tes glaces pour mieux contempler Ses œuvres. Qui sait si le sort de Venise n'est pas entre tes mains habiles de maître miroitier. À cœur vaillant rien d'impossible. Voilà de quoi te faire… réfléchir.

L'ambassadeur se lève, une manière de dire que l'entretien est terminé, mais il me fait signe de rester assis en même temps qu'il sort de la pièce. Et dire que je voulais le tuer en arrivant, maintenant je ne sais plus que penser… Jamais le fils d'un miroitier de Murano n'aurait dû croiser la route du roi de France Louis le Grand ni celle de son ministre d'État. Et maintenant un ambassadeur de la République de Venise me demande de m'introduire pour lui à la Cour du roi de France en profitant de ce que je suis orphelin ? Non, le cauchemar que je vis ne peut pas se transformer en une telle fantaisie : je suis mort avec mon frère, ma sœur, ma mère et mon père, je suis sous la tombe et tout est achevé.

L'ambassadeur est de retour, avec un petit sachet de toile entre les mains.

– Quand tu rencontreras Colbert, si tout se passe bien, tu lui offriras ceci en disant que c'est un marchand vénitien qui l'a donné à ton père avant de quitter Murano. Et que tu penses que cela pourrait l'intéresser.

– Mais… qu'est-ce ?

– Du café.

2

De drôles de méduses filaient le long du vaporetto, des sacs plastiques gonflés d'eau, une eau chaude car tout était chaud désormais sur la terre, et le plastique régnait sur les flots. L'inspecteur Thaumas se moucha bruyamment, ce qui fit perler des gouttes de sueur à l'endroit du front. Ça n'avait aucun sens, attraper un rhume en cette saison. La faute à l'air conditionné dans l'avion. Il s'accouda au bastingage, aussi poisseux que l'air chargé de mer salée. La transpiration coulait comme un ruisseau dans le sillon du dos. Aucun sens non plus, ce brouillard en plein été. Quant à cette enquête... tout partait à vau-l'eau, son équipière avait disparu et il ne lui restait plus qu'un vieux patriarche pour tenter d'y voir clair, un livre de l'Ancien Testament apocryphe ou hérétique.

Il tenta d'allumer une cigarette. Son briquet était humide et grippé, pas moyen de lui arracher une étincelle... Et ces goélands... dire qu'il avait aimé leurs cris... c'était un autre temps – l'enfance lointaine, la mer tranquille où se reflètent un soleil joyeux, un ciel sans nuages, le rire des enfants dans les vagues...

Ces volatiles étaient désormais associés à l'enfer et à son odeur pestilentielle, une décharge à ciel ouvert, le cadavre d'une petite fille en putréfaction, un meurtrier évaporé dans la nature, des goélands qui farfouillent, le bec couvert de sang – le plus gros échec de sa carrière de flic. Saleté de goélands. Les corbeaux sont plus honnêtes, ils annoncent la couleur.

L'inspecteur remisa la cigarette dans le paquet qu'il avait acheté machinalement à l'aéroport, sa pipe électronique étant restée à Paris. Ayna trouvait sa manière de vapoter ridicule, voire indécente. C'était quand même une drôle de fille, Ayna Isak… Foumilayo aussi… Leur présence lui manquait, sa fille tout autant. Pourquoi s'isolait-il de ses semblables ? Pourquoi ces accès de mélancolie, qui le prenaient comme des crises de goutte ? Pourquoi cette tristesse venue du fond des âges ? *La prima acqua è quella che bagna.* Il se pencha sur l'eau verte et boueuse, des proverbes remontaient des profondeurs de l'enfance, c'est ainsi que sa mère lui enseignait l'italien. De son père il n'avait aucun souvenir, il était parti quand il avait trois ans. Sa mère l'avait rencontré sur le port de Marseille, elle venait de Naples avec sa famille, il était métallo et travaillait la tôle entre sa Lorraine natale et les chantiers navals, il avait la bougeotte. Il lui avait fait un enfant et les avait plantés là. Ils avaient vécu en banlieue parisienne chez une cousine, sa mère avait trouvé du travail dans l'ameublement, elle n'était jamais revenue en Italie, lui non plus, il n'en avait pas ressenti la nécessité… Et voilà qu'il se retrouvait à Venise, avec pour seul bagage linguistique les proverbes italiens. Ils venaient de passer la Douane de mer, la Salute s'éloignait dans le sillage… Le doge de Venise célébrait ici les noces de Venise avec la mer, du haut de son Bucentaure il jetait dans la lagune un anneau d'or… Gabriel Thaumas repensait au couronnement du roi Jukun, qui régnait sur Kororofa comme au temps de Louis XIV, comme au temps d'Hénoch, qui sait, l'arrière-grand-père de Noé, l'homme de l'Arche, survivant d'un monde englouti…

Qu'allait-il donc faire à Venise ? L'invitation était arrivée par SMS sur son téléphone portable, un troisième mystère qui promettait d'éclairer sa lanterne sur les deux autres : « Si vous voulez tout savoir sur la mort d'Alexandre Obkowicz et la disparition d'Ayna Isak, rendez-vous à Venise le 14 août à Fondamenta Nove ; prenez le vaporetto de la ligne 12 en direction de Torcello, à 7 h 30 précises. » Le message était signé *« A Lume Spento »*, ce qui voulait dire « toutes lumières éteintes » – une bonne description de son état intérieur. Allait-il enfin retrouver le fil de son enquête ? Il avait dû prendre un avion la veille, il avait erré seul dans une ville fantôme, sans Jeff ni cérémonie de couronnement pour le divertir. Pour un peu il regrettait la Venise noire – oui, à tout prendre il préférait la foule des enfants exubérants et le vacarme des ponts autoroutiers de Lagos à ces grappes de touristes agrippées comme des essaims d'abeilles autour du pont des Soupirs et du pont du Rialto, au milieu de ce grand cimetière de pierre qu'était devenue Venise et dont l'île de San Michele, où il faisait maintenant escale, n'était que la réplique en miniature…

I have tried to write Paradise
Do not move
Let the wind speak[1]...

Ce deuxième SMS lui était parvenu au moment où il mettait le pied sur cet îlot situé entre Venise et Murano, avec l'indication des coordonnées précises de la tombe d'Ezra Pound. La rencontre aurait-elle lieu ici ? Faudrait-il se cogner la lecture de tous les *cantos* du poète de Confucius et de Mussolini, célébré par Hemingway, qui avait fini dans une cage à Pise ?

Non, l'inspecteur Thaumas devait maintenant reprendre son odyssée jusqu'au terminus, c'est là qu'il rencontrerait son Cyclope ou sa Circé selon la dernière instruction reçue : « La vérité apparaîtra au Jugement dernier, *lux in tenebris.* »

Le bord avant du vaporetto heurta bientôt le caoutchouc du plat-bord de la station Torcello. Et toujours ce voile épais dans le ciel, comme un grand sac plastique refermé sur une terre croupissante, sur une lagune de plomb, de mercure et d'étain. Que venait-il faire ici ? Les derniers touristes avaient débarqué à Burano, village de pêcheurs aux maisons peinturlurées, un Disneyland vénitien. À Torcello il n'y avait rien, que des herbes folles et un chemin pavé sur lequel il avançait avec difficulté. Sa hanche lui donnait des élancements, l'humidité de l'air énervait sa sciatique au dernier degré. Les eaux glauques puaient la mort quand celles de Lagos

1. « Le Paradis, voilà quoi j'ai tenté d'écrire / Ne bougez pas / Laissez parler le vent... », *Canto CXX*, Ezra Pound.

grouillaient de vie. Venise, c'est Lagos sans le pétrole. Il contempla un instant son reflet dans l'eau virant au bronze et au vert-de-gris. Quelques habitations tenaient encore debout, comme pour mieux souligner la désolation, protégées par un dernier quarteron d'arbres. Un majestueux campanile apparaissait, insolite, à l'horizon, puis un pont sans parapet au-dessus du canal. « Il Ponte del Diavolo », indiquait une pierre gravée, le pont du Diable. Pas très engageant. Une plaque rappelait qu'à cet endroit une jeune fille avait fait un pacte avec une sorcière pour obtenir le retour de son amoureux d'entre les morts, un officier autrichien assassiné par les villageois. La jeune femme s'étant bien gardée de remplir sa part de la promesse, le diable revenait chaque année à Torcello, le soir de Noël, sous la forme d'un chat noir, pour récupérer son tribut : les âmes de sept nouveau-nés.

On n'était pas très loin du livre d'Hénoch, des mouvements occultistes et satanistes qui en découlaient, Ayna les avait collationnés dans ses carnets. Il y avait cette légende de l'aristocratie noire : un agent des services secrets britanniques avait tenté de démontrer l'existence d'une « *nobiltà nera* » à l'origine du nazisme autant que du fascisme italien, et tout serait parti d'ici, à Venise. Le prince Obkowicz aurait-il appartenu à cette ligue secrète ? Il y avait aussi ce John Dee, auteur d'un système de cryptographie connu des Vénitiens, personnalité double, mathématicien et sage, mage et charlatan. Il avait popularisé le langage hénochéen comme langage des anges et il lisait l'avenir dans une boule de cristal et un miroir d'obsidienne aztèque.

L'inspecteur Thaumas franchit le pont du Diable et

marcha sur l'église avec son cortège de pensées. Où se cachait cette sorcière blanche dont lui avait parlé le marabout Eke, censée le protéger ?

La langue adamique était aussi utilisée par la fraternité de la Rose-Croix, proche des loges maçonniques, or un grand nombre de dirigeants de la Manufacture étaient francs-maçons, à commencer par Charles Marlec, le régent. N'avait-il pas vu le symbole des Rose-Croix dans la bibliothèque des Obkowicz, Villa Montmorency ? Ezra Pound et Gabriele D'Annunzio en étaient membres.

L'inspecteur cheminait ainsi dans une forêt de symboles de plus en plus obscurs, qui se dédoublaient à l'infini. L'issue à ce labyrinthe était signalée par des coordonnées précises : 45° 29′ 54″ N, 12° 25′ 09″ E. C'est là que se ferait la lumière. À ceci près que même les églises se dédoublaient dans cette histoire : l'inspecteur se retrouva avec la cathédrale Santa Maria Assunta à sa gauche, blanche, majestueuse et imposante, et l'église Santa Fosca à sa droite, rouge, ronde et trapue. Son instinct le fit passer sous les colonnades de l'église byzantine pour rejoindre la cathédrale correspondant au point indiqué. La porte était close, et bien close.

Un grand trône en marbre blanc le défiait, de l'autre côté de la petite place. D'après le *Guide du routard*, c'était le trône d'Attila, fin politique et boucher sanguinaire. Venise lui devait en partie son existence car il en avait fallu, de la barbarie et de l'horreur, des Huns et des autres – les Lombards surtout –, pour convaincre les villageois de quitter leurs terres opulentes pour édifier une ville au milieu des marécages insalubres, où ils se feraient dévorer par les moustiques, le paludisme et la peste… À Torcello étaient venus les habitants d'Altino, à Rialto ceux de Trévise, Padoue avait migré à Chioggia et Oderzo à Cittanova – un exode immense des cités de terre ferme vers les plaines liquides, où se construisit bientôt une cité aux murailles faites d'eau salée. Un dossier en marbre légèrement incliné, c'est ce que réclamait son dos fêlé de vieux détective en mal de succès. Pour passer le temps, il ouvrit le livre d'Hénoch, qui avait vécu trois cent soixante ans, de quoi vous couler un régime de retraite par répartition :

> « Hénoch prit donc la parole […] : J'ai tout appris des anges et j'ai compris, moi, ce que je voyais ; et ce n'est point pour cette génération, mais pour celle qui vient, lointaine. Il sortira de sa demeure, le Saint et le Grand. Et tous seront dans l'épouvante, et les veilleurs trembleront, jusqu'aux extrémités de la terre. Les hautes montagnes seront ébranlées, et les collines élevées seront abaissées, et elles fondront comme la cire devant la flamme. Et alors aura lieu un jugement sur toutes choses. Aux justes le Seigneur donnera la paix, et il gardera les élus. Et il anéantira les impies, et il châtiera tout ce qui est chair. »

Greta Thunberg n'aurait pas dit mieux. Les luminaires du ciel s'entrechoquaient, des anges désiraient des femmes et engendraient des géants, déclenchant terreur et mort, chaos et destruction. Pour que tout rentrât dans l'ordre, il fallait que s'abattît le châtiment divin. L'Ancien Testament, c'était la vraie trinité : la loi, le crime et le châtiment. Jésus et les Évangiles avaient tout compliqué inutilement avec cette manie de mettre l'amour du prochain au-dessus des lois. « Désormais ils ne seront ni forts, ni élevés, ceux qui possèdent la terre… Les rois et les puissants périront et seront livrés aux mains des justes et des saints. »

Le prince Alexandre faisait partie des « rois et des puissants », il avait péché à plus d'un titre, par action et par obligation, corruption et fornication, même si c'était globalement ce que lui demandaient ses actionnaires. Serait-il passé le premier au rôtissoir du Jugement dernier, avec sa manie de griller les étapes ? De fait, le jet privé le plus rapide du monde n'avait pas résisté à la chute d'Icare. « Et Hénoch dit : N'approchez pas de la vérité avec un cœur double, ne vous associez pas avec ceux qui ont un cœur double, mais marchez dans la justice. » Cœur double, église double, Venise double, veuve double… Même Hénoch était double, dans le Coran il se nommait Idris et vivait deux vies et deux ascensions. Même lui, Gabriel, devenait Djibril. Même Lagos était double car le vrai Lagos était au Portugal…

Gabriel Thaumas ferma les yeux et s'assoupit. Il nageait bientôt dans un fleuve de sang, poursuivi par un requin à deux têtes pour trouver refuge sous une cloche en verre… Il ressentit alors un souffle léger et une présence céleste : un homme en chasuble venait de passer devant lui pour s'introduire dans la basilique par une petite porte dérobée. L'inspecteur se précipita à sa suite, cheminant de portique en portique dans une nef obscure en direction de l'autel, aimanté par une lumière qui se renforçait à mesure qu'il s'approchait de l'abside. Le vieil homme avait disparu. Malgré ses demi-racines apostoliques italiennes, l'inspecteur Thaumas restait agnostique et laïcard. Un petit paquet d'os, voilà ce qui nous attendait, qu'on soit « juste » ou « pécheur », et ce n'étaient pas les délires d'Hénoch qui allaient lui monter à la tête.

Un bruit le fit sursauter, comme un pupitre qui claque sur un vieux bois. C'est alors qu'il découvrit tout, ensemble, en se retournant brusquement :

Ma… gni… ficat… Ma… gni… ficat…

Musique – lumière – Jugement dernier, il vit et reçut tout en même temps. Des hommes dévorés par les monstres apparurent devant ses yeux, des têtes et des mains coupées, des visages tordus dans les flammes.

Ma… gni… ficat… Ma… gni… ficat…

Un chœur d'anges et une lumière intense, des milliers de mosaïques de verre, le Jugement dernier en pixels d'or sur toute la contre-façade de la basilique.

Anima mea Dominum…

Une voix d'enfant, pure comme la première neige, tombait en flocons légers depuis les voussures de l'abside.

Et exultavit… Et exultavit… spiritus… meus…

La tempête maintenant : voilà que des voix et des trompettes sortaient de toute part, pareilles à ces affreux petits vers jaillis des crânes des suppliciés, la cathédrale était zébrée d'éclats de voix rebondissant sur les parois.

L'inspecteur Thaumas essaya de localiser les chanteurs mais ils étaient dispersés dans l'obscurité. Il discerna l'éclat doré des cuivres sur sa gauche, qui répondaient aux trompettes des anges sur la fresque. Il eut un étourdissement, la fièvre le prenait, ses jambes étaient cotonneuses.

Omnes... generationes...

La musique venait aussi de l'abside, elle venait de partout, en tournoyant, les vocalises formaient des spirales dans sa tête et faisaient frissonner sa colonne vertébrale...

Audi cœlum...

Hermétique à la religion, Thaumas l'était aussi à la grande musique, c'était un univers lointain, un élément décoratif qu'il tolérait du bout des oreilles quand il n'avait pas le choix. Il se surprit à murmurer : « Mais ceci n'est pas de la musique. »

Au... di... o...

« Et ceci est plus que de la lumière », ajouta-t-il en observant avec stupeur les rayons traversant les vitraux chamarrés de la basilique, qui lui apparaissaient comme une matière liquide, lui-même se sentait transpercé, immergé, sa peau était devenue perméable. « Je sais un autre mystère : les livres seront donnés aux justes et aux sages pour leur communiquer la joie et la vérité et une grande sagesse. » Un nouveau vertige le saisit et une avalanche de blancheur lui tomba sur les yeux.

Glo... ri... a... Pa... tri...

À nouveau des voix se répondaient, des vocalises s'enchevêtraient autour d'un fil blanc d'une pureté extrême, tendu par un petit enfant en aube. Un enfant ou un vieillard à la barbe blanche, on ne savait plus, et ce n'était qu'un détail dans une fresque gigantesque faite de milliers de couches de voix superposées, les voix de toute l'humanité qui avançait dans l'eau et le sang mélangés, sur des kilomètres. « Et de votre cri, criez justice et elle vous apparaîtra, car toute votre affliction sera recherchée sur les princes et sur tous ceux qui ont aidé ceux qui vous dépouillent. » Le temps s'était longtemps écrit en dehors de lui, il s'imprimait désormais en lui, les trois temps fusionnaient. Vêtu d'une longue aube blanche, un marabout siégait au milieu des anges et lui souriait.

Sicut erat in principio et nunc et semper et in saecula saeculorum…

L'inspecteur Thaumas flottait au-dessus d'un tissu de voix entremêlées déclamant une histoire pleine de bruit et de fureur, insensée comme toute cette enquête, parce qu'il n'avait pas pris la peine de la surplomber.

Alors les justes surgiront de leur sommeil, la sagesse aussi se lèvera et leur sera donnée.

A… men…

L'inspecteur sentit qu'on lui tapotait l'épaule, c'était son père disparu qui chantait sous sa casquette. « Papa ? » Il ouvrit les yeux et une vision d'horreur le fit partir en arrière, trébucher, puis ce fut un voile noir.

« *… and the light became so bright and so blindin' in this layer of paradise,*
that the mind of the man was bewildered[1]. »

---

1. « … et la lumière devint si brillante et si aveugle / dans cette couche du paradis, / que l'esprit de l'homme en fut stupéfait », *Canto XXXVIII*, Ezra Pound.

3

Paris, le 12 avril 1667

L'ambassadeur Giustinian ne s'est pas trompé dans ses prédictions, aidé sans doute par son réseau d'informateurs. Je suis bientôt reçu par Jean-Baptiste Colbert dans son hôtel particulier de la rue des Petits-Champs où il vient d'emménager. Il y a des caisses de livres un peu partout. C'est bien encombré, mais quel espace et quelle opulence ! On dirait un *palazzo* du Canal Grande. Colbert se dit épouvanté et affligé par ce qui est arrivé à ma famille. Pour un peu il s'arracherait les cheveux et la chemise. Il veut porter le deuil avec moi, d'ailleurs il est tout de noir vêtu mais je sais qu'il s'habille toujours en noir : même l'étoffe qui recouvre son bureau est noire. Il m'assure de l'innocence absolue de la France, qui a tout fait pour nous protéger, il met tout sur le compte de la République de Venise et de ses sicaires. « Et pourtant nous sommes les alliés de Venise dans la guerre contre l'Allemagne, contre les Turcs ! » J'écoute sans sourciller, jusqu'ici mon ambassadeur a vu juste. Les lèvres me brûlent de jeter le nom de Pierre Jousset dans la conversation, mais je me retiens. Colbert me demande ce que je compte faire, si je veux repartir pour Murano.

Je lui réponds que ma famille a été entièrement anéantie, par la peste d'abord, par la France ensuite. Il réitère la démonstration de son innocence, il aimait mon père et il aimait Domenico Morasse. Colbert accuse à nouveau la République de Venise. Je l'écoute patiemment, puis je sors de mon gilet le petit sachet de toile avec les grains de café. Je lui dis que c'est tout ce qu'il me reste de Venise, que ça vient même de Constantinople, c'est la nouvelle boisson « à la mode », c'est très précieux, pourtant je le lui donne, je veux savoir ce qu'il est advenu de mon père. Colbert me répond que mon père a disparu, sa trace est perdue, il en est désolé. Le ministre d'État est très intéressé par ces graines, il me demande comment préparer le café. Je propose de lui montrer, nous allons en cuisine. Une idée me traverse l'esprit : et si Giustinian avait déposé du poison sur ces graines ? Colbert goûte le café, il est séduit, il veut savoir à quoi ressemble la plante, comment la cultiver, il veut m'envoyer au Jardin royal des plantes, il est excité comme un enfant.

Il me dit ensuite que la France veut m'adopter, puisque je n'ai plus de famille. J'accepte. Il est surpris de la rapidité de ma décision. J'ajoute :

– Giovanni est mort, je voudrais porter un prénom français, je voudrais m'appeler Daniel.

Colbert évoque ses projets pour la Manufacture, pour Paris et surtout Versailles. Le roi veut des grandes glaces, il veut transformer le château de son père en un vrai palais, en faire l'égal du Louvre, de Fontainebleau, de Saint-Germain, un palais de lumière entouré d'un grand jardin d'Éden. C'est une « douce folie » mais « Sa Majesté a ses raisons que la raison ignore… ».

Avec mon père j'ai pris l'habitude d'apprendre par cœur ses mots et ses gestes, tout ce qui fait le bon verrier. Je reporte cette habitude dans cette nouvelle vie étrange, cette double vie où je vais continuer à faire du verre et des miroirs, où je mémoriserai tout ce que me diront les Français, en singeant leurs attitudes, en portant mes glaces de plus en plus haut dans la société, jusqu'au roi de France, qui a déjà posé la main sur ma tête lors de sa visite de la Manufacture. L'ambassadeur de Venise était présent ce jour-là, Louis le Grand ne craignait pas de lui montrer comment il pillait les talents et les savoir-faire de son alliée fidèle, peut-être y voyait-il une forme d'hommage… Marcantonio Giustinian avait fait un rapport assassin sur cette journée aux inquisiteurs de Venise. C'est cela aussi qui a déclenché le châtiment de Venise, je ne suis pas dupe de cette duplicité, tout le monde ment dans cette histoire…

À présent je dois noter les propos des représentants de la France pour en faire un rapport fidèle à l'ambassadeur dans l'espoir de rétablir l'honneur de ma famille auprès de la Sérénissime. À chaque entretien il me donne de nouveaux conseils et de nouvelles techniques pour dissimuler des messages, les coudre dans un ourlet, écrire avec du fiel et du citron, et je lui réponds avec constance : je préfère tout garder dans ma tête et vous le dire au fur et à mesure. Je finirai par lui avouer que je sais à peine lire et écrire. « Comment n'y ai-je pas pensé ! Tu dois savoir tes lettres à la perfection pour avoir de l'esprit à la Cour et pour retranscrire tout avec fidélité ! »

Deux mois plus tard j'assiste au départ de mes compagnons pour Venise. L'ambassadeur a négocié avec eux, ils seront pardonnés et pourront reprendre leur activité à Murano. C'est un déchirement de les quitter, de les perdre, je sais que je ne les reverrai jamais, je suis maintenant sans famille et sans patrie, quoi qu'en dise Marcantonio Giustinian. Il veille sur moi tout en m'empêchant de nouer des amitiés trop fortes avec les Français, car je dois observer le secret en toute circonstance, même si je rencontre un ami ou une femme. La foi catholique interdit le mensonge mais la raison d'État l'impose. Il faut vivre avec cette duplicité, il faut compartimenter son âme, ce que je fais déjà puisqu'une partie de moi est morte. À partir de maintenant on ne se verra plus à l'hôtel Salé, l'ambassadeur se sait espionné, lui aussi, Colbert s'est inspiré de l'organisation du secret à Venise, l'Allemagne également, tout le monde s'espionne au fond et depuis toujours. Alors je retrouve Marcantonio dans les tavernes, les venelles obscures, nous communiquons par des objets déposés sous ma fenêtre, des rayures sur les murs, des messages dissimulés… C'est une relation étrange, intéressée, mais je n'ai plus de père pour m'instruire, c'est mon dernier lien avec mon passé. Sans père et sans patrie mais avec la même soif de vengeance, qui s'accroche et s'enflamme comme une limaille de verre au fond de la gorge. Chaque jour au lever je maudis Colbert jusqu'à la treizième génération, et chaque jour me rapproche de lui.

4

L'inspecteur Thaumas était étalé de tout son long entre les travées de la basilique. Ayna éclata de rire en dévoilant son visage. Elle ne pensait pas l'épouvanter à ce point avec ce masque de peste acheté dans une boutique de la place Saint-Marc. Il voulut déverser sur elle un torrent d'injures mais il était trop soulagé de la retrouver en bonne santé, même si sa nouvelle coupe de cheveux achevait de le désarçonner : pourquoi avoir sacrifié sa belle crinière brune ?

– Bon sang, mais qu'est-ce que vous fabriquez ? Je croyais qu'on vous avait enlevée ! Quelle idée de partir sans téléphone ! et sans prévenir personne ! Même pas votre mère ! Vous êtes folle ? Et qu'est-ce que c'est que cette mise en scène ? Ces SMS ? Et… cette nouvelle coiffure ?

Une voix venue du ciel lui répondit :

– *Per piacere, stiamo provando ! Un po'di calmo*[1] *!*

C'était le maître de chœur, dont il venait de troubler la répétition. Il s'excusa platement.

---

1. « S'il vous plaît, nous répétons pour le concert, un peu de calme. »

– C'est une coupe *pixie* si vous voulez tout savoir, lui murmura Ayna à l'oreille, c'est très stylé… Mais j'ai quelque chose de plus intéressant à vous montrer, venez…

Elle l'entraîna vers la porte qui conduisait au campanile.

– Mais est-ce que vous allez me dire…

– Chut, laissez-vous faire à la fin !

Ils gravissaient bientôt les étages conduisant au sommet du campanile, ou plutôt elle glissait sur les marches et lui se traînait derrière, comme une parabole de la conduite de cette enquête… C'était humiliant au dernier degré et on ne l'y reprendrait plus, à recourir aux services d'une stagiaire qui ne trouvait rien de mieux à faire que de s'autokidnapper pour réapparaître subitement, à Venise s'il vous plaît… en garçonne… pour le mener en bateau avec des messages ésotériques, en claquant l'argent de la caisse noire de la Manufacture par-dessus le marché…

– Regardez !

L'inspecteur écarquilla ses yeux de myope pour les plisser aussitôt sur son cristallin luxé, tentant d'y voir clair et net dans un entrelacs de terre et de mer qui ressemblait furieusement au paysage de son enquête – noyée dans les sables, emmêlée dans les algues.

– Quoi ! Qu'est-ce que je dois voir ?

– Tout ! Torcello d'abord, savez-vous que cette île a rivalisé avec Venise autrefois ?

– Oui j'ai lu mon *Guide du routard*, sauf qu'il n'y a plus rien ici, à part cette église !

– Une basilique ! Il y avait dix mille habitants ici, dix églises et plusieurs couvents, c'était l'île la plus puissante et la plus riche de la lagune au Xe siècle… et il n'en reste rien. Ni éruption volcanique ni raz-de-marée, juste le travail du temps, l'envasement, la malaria… Tout a été englouti et il ne reste que cette fresque incroyable du Jugement dernier et cette tradition bien établie des *Vêpres* de Monteverdi, qui sont données tous les ans, le 15 août, jour de l'Assomption de la Vierge. Ce matin c'est la répétition générale, j'ai voulu vous y inviter, vous réserver cette surprise…

– C'est charmant. C'est donc pour ça que j'ai fait ce voyage jusqu'ici ? Pour faire un jeu de piste ? assister à une répétition d'orchestre ? Pourquoi m'avoir laissé sans nouvelles ? Et votre mère, vous y avez pensé ?

– C'était pour éviter que mon ex me retrouve, car le mec est malin. Et violent. J'en ai assez de ses embrouilles.

– Vous auriez dû m'en parler. Et à quoi ça rime ce jeu de piste, ces SMS mystérieux ?

– Si je vous avais dit au téléphone ce que j'ai trouvé ici, vous ne seriez jamais venu… Il fallait que j'invente un stratagème pour exciter votre curiosité.

– Ben voyons !

– Gabriel, et si je vous disais que l'assassinat d'Alexandre Obkowicz est lié aux agissements des Hénokiens, et qu'ils seront ici demain…

– Quoi ? Les disciples d'Hénoch ? Le père de Mathusalem ? Le grand-père de Noé ? Qu'est-ce que c'est que ce délire ?

– Voyez ! Il fallait que je trouve autre chose pour vous faire venir…

– Il va falloir surtout cesser de me monter un bateau…

– Alors il faut que je vous explique tout depuis le commencement… depuis ma discussion avec Karolyn Obkowicz, à son domicile.

– Sans moi ?!!

– Oui, sans vous… Nous avons pris le thé…

– Quel thé ?

– Un thé chaï je crois, aux épices d'Orient… Si vous m'interrompez pour ce genre de détail, on n'est pas près d'arriver…

Ayna voulait comprendre pourquoi la veuve du prince avait fait appel aux services de Gabriel Thaumas plutôt qu'à un « vrai » détective, ça l'étonnait. La réponse devait l'intriguer encore plus. Cela s'était passé après la messe d'enterrement du prince, au cimetière du Montparnasse, où la famille Obkowicz avait son caveau familial. Une jeune femme l'avait approchée, elle portait une mantille noire en dentelle et parlait avec un accent italien, elle était jeune et semblait bien connaître la vie du prince, y compris sa double vie. Elle voulait lui recommander un détective très fiable, qui pourrait mener très adroitement une contre-enquête, un ancien policier qui répondait au nom de Gabriel Thaumas…

– Quoi ? C'est pas possible….

– Je vous le jure… Et elle lui a laissé votre numéro de téléphone.

– J'en tombe de ma chaise…

– Vous n'arrêtez pas de tomber, pourtant vous avez le dos fragile. Si vous aviez bien fait votre travail, votre premier réflexe aurait été d'interroger la veuve…

– J'étais persuadé que c'était votre tante commissaire

qui l'avait orientée vers moi, puisqu'elle venait de l'interroger au titre de l'enquête officielle ! Comment deviner…

– Vous auriez pu le vérifier auprès de Karolyn…

– C'est elle qui posait les questions au téléphone, c'était ma première mission et j'étais dans mes petits souliers… J'étais surtout soucieux de montrer que je connaissais du monde.

– Vous l'avez baratinée et elle a oublié de vous dire l'essentiel. Heureusement j'ai fait le boulot et je l'ai questionnée sur la jeune femme au cimetière. Elle n'avait laissé ni nom ni adresse mais une bible, en disant à Karolyn que cela l'aiderait.

– Une bible ? Ah mais oui ! C'est vrai ! Karolyn m'en a parlé. On évoquait une gravure vénitienne, un cadeau d'entreprise… et elle s'est souvenue de la bible qu'on lui avait offerte au cimetière…

– Vous voyez !

L'inspecteur enrageait. Dire qu'il voulait fouiller cette bibliothèque… et la veuve lui avait désigné l'objet en plus ! Une bible !

– Mais qu'avait-elle de spécial, cette bible ? Le livre d'Hénoch ?

– Exactement, le marque-page était placé à cet endroit, c'était une image pieuse à l'effigie de saint Nicolas, elle marquait le livre d'Hénoch, qui figure rarement dans les textes de la Bible car il a été jugé apocryphe et hérétique, jusqu'à ce qu'on retrouve les fameux manuscrits de la mer Morte. Bref, ce n'était pas une bible comme une autre… En ouvrant le livre j'ai vu que certains mots étaient soulignés au crayon de bois, en particulier cette phrase : « Je regardai, et je vis dans cette maison un trône élevé dont l'aspect était celui du cristal et dont le pourtour était comme le soleil brillant. La grande gloire siégeait sur ce trône et son vêtement était plus brillant que le soleil et plus éclatant que le cristal », et ainsi de suite…

– Le Jugement dernier…

– … oui, comme dans le livre de Daniel, les exégètes rapprochent toujours les deux textes.

– Mais quel lien avec notre histoire ? On est aussi loin de Lagos que de Caracas !

– Il fallait passer par Venise. Regardez, il y a dans cette basilique l'une des plus belles représentations du Jugement dernier. Et elle est faite en mosaïque de verre, le verre de Murano. C'est aussi ce que vend la Manufacture ! Bon, le lien est mince je vous l'accorde, sauf qu'il y avait une phrase ajoutée à la main en marge du fameux livre : « Hénokéens/Hénokiens, même combat contre l'injustice, jusqu'au Jugement. » J'ai alors cherché du côté des Hénokéens et de tous les mouvements ésotériques que vous connaissez maintenant, puis j'ai fait la même chose avec les Hénokiens et je suis tombée sur cette information bien plus intéressante : leur cercle se réunissait bientôt à Venise pour assister au concert des *Vêpres* de Monteverdi, ici même, dans cette basilique.

– Les *Vêpres*… mais de quel cercle parlez-vous ?

– Les Hénokiens ! Le voici, le lien utile avec le livre d'Hénoch ! J'ai tout consigné dans un deuxième carnet que j'ai emmené avec moi à Venise, vous n'avez lu que le premier…

L'inspecteur Thaumas était perdu, il était trop vieux pour tout ça, il devait rendre son tablier, prendre une vraie retraite et soigner son cancer car il avait sûrement un cancer du poumon, il fallait rentrer à Paris, récupérer les résultats de ses examens médicaux et se réfugier à Douarnenez… ou à Lagos. Ayna sentit son désarroi.

– Venez, poursuivons cette discussion sur le Lido, on meurt de chaud, c'est le temps rêvé pour une baignade, n'est-ce pas ? Et puis je vais vous présenter quelqu'un.

Ils reprirent le vaporetto en sens inverse en passant par les îles de Burano et de Murano. Thaumas avait déclaré forfait, il regardait les pêcheurs au milieu des touristes qui avaient repris possession de Venise. C'était peut-être ici qu'il fallait se mettre à la pêche, il se sentait chez lui, ici… Murano… Makoko… Foumilayo, il fallait la faire venir à Venise… Après tout c'était le rêve d'Alexandre, emmener Awa et son village à Venise, relier le passé et le futur du monde, comme dans cette musique de Monteverdi.

– Regardez bien ce canal, Gabriel, c'est le Rio dei Vetrai, le canal des verriers, avec les fabriques de verre les plus anciennes du monde : Baroso, Schiavon, Venini… ils ont tous leurs fours ici, et juste en face vous avez le Palazzo Gustiniani transformé en musée du verre. Marcantonio Giustinian a été doge de Venise après avoir été ambassadeur de Venise en France, sous le règne de Louis XIV.

– Mais d'où savez-vous tout cela ?

– Vous allez voir !

L'inspecteur Thaumas se tassa sur son siège en plastique. Toutes ces cachoteries, c'était humiliant quand même. Au Lido le vaporetto cogna durement le rebord de l'embarcadère, des touristes manquèrent de tomber la tête la première. Ayna était déjà sur la jetée, traînant l'inspecteur par le bras.

– Dépêchez-vous, on est en retard, nous avons rendez-vous au numéro 23, en deuxième file.

Ils déambulaient bientôt entre les cabanons de la plage du Grand Hôtel des Bains, ce palace à la dérive qui avait connu Thomas Mann, Visconti, les fêtes légendaires de la Mostra, ce n'était plus *Mort à Venise* mais la Mort de Venise… Des divisions d'*ombrelloni* et de *lettini*[1] ordonnançaient encore la plage de sable, le même sable fin dont Murano avait fait ses chefs-d'œuvre de cristal. Elle les vit arriver de loin car l'inspecteur Thaumas détonnait dans le paysage, avec son costume froissé *cheap* et ses mocassins vieillots. Il se retrouva devant une « apparition » posée sur son transat comme Joséphine de Beauharnais sur sa méridienne, qui le dévisageait sous des lunettes de soleil fantasques et une chevelure de feu.

– Gabriel, je vous présente Angélique…

– Vous êtes la fille à la mantille, la fille du cimetière.

Thaumas avait besoin de regagner en crédibilité auprès d'Ayna.

– Monsieur se dit détective… mais vous avez mis beaucoup de temps à me détecter…

– Sherlock Holmes n'est rien sans son docteur Watson…

– Oui enfin c'est plutôt l'inverse, sans vouloir vous vexer, Gabriel… Angélique va tout vous raconter, moi je vais me baigner, il fait beaucoup trop chaud.

1. Parasols et lits.

L'inspecteur suait à grosses gouttes sous sa veste, toute cette enquête se déroulait à une température très déraisonnable. Angélique était en maillot de bain, elle n'avait pas vingt-cinq ans et il était impossible de ne pas être attiré par les reflets blond vénitien de sa longue chevelure bouclée. D'autres attributs lui rappelaient sa chère Foumilayo. Elle dut sentir le regard intéressé quoique myope du détective et se leva d'un bond.

– Ayna a raison, c'est l'heure du bain, et d'ailleurs je n'ai rien à vous dire.

Elle marcha vers la lagune d'un pas rapide, souverain, confirmant la règle selon laquelle plus l'époque est prude et puritaine, plus les étoffes des bikinis rétrécissent, et sur ce terrain le Brésil n'avait pas nécessairement gagné la partie. L'inspecteur s'assit sur le transat, seul, livré au mystère qui ne faisait que s'épaissir. Et son téléphone sonna pour la troisième fois. C'était le général Cossart.

– Ah quand même ! Je me demandais si vous aviez disparu vous aussi... déjà que vous avez perdu votre stagiaire...

– Je l'ai retrouvée justement ! À Venise, elle est sur une piste sérieuse !

– À Venise ??? Vous déconnez mon vieux ! Bon, vous savez qu'on avait parlé du scénario du pire, qui n'est jamais sûr. Eh bien, il se réalise : StoneGlass est parvenu à monter au capital de la Manufacture par une série de faux nez et de participations multiples, et il y a maintenant un groupe chinois qui s'invite à la table et fait monter les enchères, donc quoi qu'il arrive, la France est baisée, la Manufacture battra bientôt pavillon étranger. J'ai remis ma démission mais le régent la bloque, pas pour me faire plaisir mais pour étouffer l'affaire, il veut transiger au plus vite et quitter le navire avec son chèque. Bon, ce n'est pas très prudent d'évoquer tout ça au téléphone, où en êtes-vous de votre côté ?

Le général voulait du résultat maintenant, tout de suite, faute de quoi il allait couper les vivres. S'il pouvait seulement imaginer l'inspecteur Thaumas sur son transat, en train de contempler deux naïades batifolant dans l'écume… Et si c'était elle, Angélique, la tueuse ? la sorcière blanche ? Au Moyen Âge on brûlait les femmes rousses, leur chevelure de feu était associée au démon. On tuait les albinos en Afrique pour les mêmes raisons, parfois on les démembrait, on buvait leur sang, on pêchait avec leur bras pour attraper plus de poissons.

– Thaumas, vous êtes là ?

– Affirmatif, mon général. Reparlons-nous demain, j'aurai peut-être trouvé la clé de l'énigme.

– Comment ça ? De quoi parlez-vous ?

– *Tempus loquendi, tempus tacendi…*

– Quoi ?

– C'est dans l'Ecclésiaste, repris par Ezra Pound, qui a dit aussi : « Si nous n'écrivons rien d'incompréhensible, le domaine de la compréhension ne s'étendra jamais. » Je veux dire que c'est trop tôt pour en parler, ça dépend d'une rencontre que je viens de faire… enfin, que je vais faire, très prochainement.

Il y eut un bref silence. Le général Cossart ignorait donc l'existence d'Ezra Pound.

– Il y a autre chose. Les deux malabars nigérians que vous m'avez demandé de surveiller, eh bien ça n'a rien à voir avec notre affaire, ils sont liés à un réseau de proxénétisme, avec des filles de Benin City. Il y a une certaine Foumilayo qui vient de porter plainte, elle est venue à Paris pour retrouver sa fille qui a été enlevée par le réseau en question. Ça ne vous dit rien ? Il paraît qu'elle habite chez vous... Ça fait aussi partie de la beauté des choses incompréhensibles ? La veuve Obkowicz se demande ce que vous foutez. Imaginez un peu, si je lui dis que vous êtes à Venise, avec votre stagiaire... Vous n'êtes quand même pas à la plage ? J'entends des bruits suspects.

– Dès demain, vous aurez des résultats. Et rappelez-vous le syndrome de Pise...

– Quoi ?

– Le monde entier vient se faire photographier à côté d'une tour qui penche, alors que ce qu'il faut voir, le vrai chef-d'œuvre de Pise, c'est le cimetière du Campo-santo, c'est la grande fresque de Buffalmacco, la seule épargnée par le grand incendie de 1944, le Jugement dernier, *L'Enfer*... Personne ne veut voir l'éléphant dans la pièce et personne ne veut regarder le diable en face, qui n'est ni américain, ni chinois, ni russe...

Le général avait raccroché, par dépit ou une panne de batterie. L'inspecteur Thaumas s'épongea le front. Il serait mieux dans l'eau, avec Ayna et Angélique. La lagune miroitait au soleil, c'était éblouissant. Une rousse et une brune, une veuve blanche et une veuve noire, le marabout et la sorcière, Awa et Foumilayo, tout allait par deux, même le hacking et le cybercrime, à coups de 0 et de 1, sans oublier les deux Lagos, les deux Venise, les deux fresques et les deux carabinieri... car il y avait deux gendarmes italiens postés à l'entrée de la plage, qui semblaient attendre Godot ou l'arrivée des barbares. En tout cas ils dévisageaient l'inspecteur avec insistance, sans nécessairement mesurer la tempête qui s'agitait sous son crâne.

Le prince Obkowicz était mort sans descendance, tout le monde rêvait de dépecer la Manufacture, c'était manifeste… mais c'était une *conséquence* de sa mort et non sa cause. Il fallait remonter à la racine et trouver la solution ici, à Venise, c'était la seule issue possible. Il y avait une communication discrète entre les deux lagunes, un passage secret entre Lagos et Murano. Ayna avait remonté la source et retrouvé la fille à la mantille, une jeune rousse sculpturale, il fallait maintenant lui faire cracher le morceau.

Thaumas avait enlevé ses chaussures pour se tremper les pieds dans l'eau trouble et chaude. Venise ne coulait pas, elle fondait sur pied, comme du verre dans un four. De retour dans la cabine, il tomba sur un journal vénitien qui évoquait les retards du projet MOSE. Il le lut par curiosité. Il s'agissait de construire des digues gigantesques pour prévenir les *aque alte* qui inondaient régulièrement les rues de Venise et menaçaient toujours plus d'en saper les fondations. Le projet s'était enlisé, comme Eko Atlantic… Le journaliste faisait le procès de l'État et de la ville, un procès en incompétence et en corruption. À Murano, on achetait désormais des verroteries *made in China*, qui arrivaient à Venise dans des porte-conteneurs. La grande merveille de jade et d'or, de cassidoine et d'albastre, les grands palais chargés d'Histoire, la Piazza San Marco, le Rialto, tout cela constituait un joli décor de théâtre, mais la place du commerce était partie en Chine sur les traces de Marco Polo, Venise disparaissait comme Torcello avait disparu à tout jamais en laissant aux siècles la grande fresque du Jugement dernier, avertissement que personne ne voulait lire alors qu'il était aussi clair que la fresque du Campo-santo de Pise : les empires industriels s'effondraient, le climat se déréglait, des vers sortiraient bientôt des yeux de la Manufacture, n'en déplaise au général Cossart.

Pourquoi Thaumas était-il si triste ? Les familles, les parasols, les jeux d'enfants, Makoko, Awa et Foumilayo, Ayna et Angélique au bord de l'eau, tout le renvoyait à sa solitude, sa mère italienne, sa femme disparue, sa fille lointaine, son père inconnu, la disparition des Olmèques, les moai de l'île de Pâques, Athènes, Rome, la mort d'Alexandre le Grand. Il ne manquait que l'adagietto de Gustav Mahler pour que la fête fût complète.

5

Paris, le 2 février 1668

Je n'ai pas parlé de ma nouvelle famille d'accueil. Ce sont des marchands bourguignons. Ils ont une maison à deux corps de logis. J'ai ma propre chambre, au fond de la cour, au deuxième étage. Ils ont quatre enfants. J'ai du mal à me lier aux garçons, ils sont trop jeunes pour moi. Et puis j'ai trop de souvenirs douloureux, j'essaie de ne plus penser à Virgilio, à Francesca… Ils ont aussi une fille, Aurélia. Elle a quinze ans comme moi, mais je fais bien plus vieux : quand on travaille le verre, on vieillit vite. Sa chambre est de l'autre côté de la cour, avec ses parents, et je la vois par une petite fenêtre. Elle aussi me voit. Ça commence comme ça, des œillades à distance, parce qu'on n'ose pas se regarder en face, on s'évite sans cesse. L'attirance est trop forte, et puis il y a ses parents, ses frères… Je suis bien trop timide pour lui adresser la parole, et mon français est trop maladroit. Aurélia travaille le jour avec sa mère au comptoir de la boutique qui est au rez-de-chaussée, on y vend du vin de Bourgogne, du vin jeune et du vin vieux. Son père se déplace tout le temps, il fait le va-et-vient avec les producteurs et les commerçants, c'est un négociant. Il est bourru et ne sait pas comment me prendre. C'est Nicolas du Noyer, le directeur de la Manufacture, qui m'a confié à lui, ils sont en relation d'affaires, ils ont pour consigne de bien me traiter. Ça crée une forme de distance, c'est aussi bien. Sauf quand il s'agit d'Aurélia. Ne pas se parler en se frôlant sans cesse est sans doute le meilleur moyen de précipiter l'embrasement.

C'est elle qui prend l'initiative. Un jour où toute la famille est partie à la messe, elle prétexte de se trouver mal pour faire demi-tour. Depuis l'enterrement de ma mère et de Virgilio et Francesca, je ne vais plus à l'église, c'est trop douloureux, je crois que j'ai perdu la foi. Ma famille d'accueil n'a pas insisté. Aurélia sait que je suis dans la chambre à me morfondre, comme si souvent. Elle frappe à ma porte. J'ouvre. Elle me tend une bouteille de vin vieux : « Ce n'est pas du vin de messe, tu veux essayer ? »

Elle sait que j'aime boire et que j'ai le vin léger. On boit tous les deux, sans rien dire. Un verre, puis deux. « Tu n'es pas causant. » Je ne sais pas ce que ça veut dire, « causant ». J'ouvre la bouche et elle me la ferme de sa main parfumée, d'autorité. Je sens son haleine et son odeur, si familière déjà, mêlée ce matin à du romarin, de l'amande, des herbes – pour moi elle s'est apprêtée. Je retire délicatement sa main, et puis je ne sais plus. On s'embrasse violemment. Elle met sa langue dans ma bouche, c'est inattendu, que je suis niais encore ! Je m'égare sous sa chemise, j'ai tant rêvé de lui caresser les seins, et tous les endroits interdits. Elle me guide, mes doigts sont si habiles à biseauter et polir le verre, et si maladroits sur cette matière nouvelle, ce corps féminin que je découvre blanc et chaud et tendre et ferme et humide, tout cela en même temps. Une forme d'urgence nous saisit, la messe ne dure pas infiniment, nous sommes doublement pécheurs en ce jour du Seigneur… C'est d'autant plus excitant… et douloureux. Je me libère de mes chausses et Aurélia saisit elle-même l'objet de ma douleur. Elle l'attire à elle, s'étant déjà délivrée de ses vêtements. Me voici bientôt sur elle et en elle, une sensation que je n'aurais jamais crue possible. « Viens, viens ! me dit-elle. Plus fort, plus fort. »

Me voilà apprenti de nouveau, dans une discipline inconnue, et personne pour m'instruire, sinon Aurélia elle-même. Presque aussitôt je viens, plus vite qu'elle ne l'aurait souhaité. « Encore ! Encore ! » Je m'effondre sur elle, en pleurs. Elle me caresse les cheveux. « Tout va bien, Daniel… Daniel Giovanni… »

Elle sourit. Je l'étreins de toutes mes forces. Ma vraie renaissance est à dater de ce dimanche matin, où je perds ma virginité, pendant la messe…

6

Il faisait nuit à présent sur Venise, cependant tout commençait à s'éclaircir au Caffè Florian de la place Saint-Marc, au-dessus d'une forêt immergée car telle était aussi Venise, un château de pierres posé sur une forêt de pieux enfoncés dans la vase par le travail des générations. Autour d'un verre de spritz, l'inspecteur Thaumas tentait de cerner la personnalité d'Angélique, qui « n'avait rien à lui dire » mais devenait intarissable quand on la branchait sur sa passion exclusive et dévorante : la généalogie. Ayna venait de lui faire le portrait de la jeune femme, en aparté. Sa mère venait du Frioul et son père de Brest, elle était ombrageuse, têtue comme une pioche, rousse comme si elle sortait du four d'un verrier muranais, et elle avait de toute évidence un pète au casque, une histoire d'enfance pas claire, un problème pas résolu. Sa vie tout entière tournait autour de ce qu'on réserve habituellement à ses vieux jours, quand il n'y a plus rien d'autre à faire qu'à préparer son propre effacement, en espérant lui survivre par l'inscription d'une ligne dans un arbre généalogique. Angélique avait étudié à l'université Ca' Foscari, classée troisième du pays pour l'excellence de ses recherches. En étudiant le parcours des familles de verriers de Murano, elle s'était intéressée à la famille Baroso au point de lui consacrer une thèse. La fabrique Baroso, devenue Baroso & Tovier après une association avec les frères Tovier, avait été créée par Jacobello Baroso en 1295. Le flambeau s'était transmis de père en fils, de génération en génération, sans interruption jusqu'à maintenant. Même les rois de France n'avaient pas réussi à susciter une lignée directe aussi longue… Angélique entrait en extase en énumérant ces statistiques, en décrivant ce cheminement de branche en branche, au fil des siècles. Sa peau s'empourprait au point de noyer ses taches de rousseur dans un flot de vitalité qui se ramifiait jusqu'à la pointe des oreilles. Elle devenait belle, désirable, irrésistible même. L'invention du cristal de Murano, c'était Baroso, en 1450. Les plus beaux miroirs de Murano, c'était Baroso, qui fournissait la Cour de Louis XIV aussi bien que celle du Grand Moghol sur les rives de l'Indus. Les plus beaux et plus grands lustres du monde, les fameux *ciocca* qui illuminaient les ryads des princes d'Arabie et les grands palaces de Shanghai, c'était encore Baroso, qui n'avait pas peur de faire aussi dans le bling-bling…

Du haut de ses cent trois printemps, Daphné Baroso était la survivancière d'une dynastie étendant son empire sur plus de huit siècles. Présidente de l'entreprise pendant trente ans, elle appartenait à l'une des principales familles fondatrices du fameux cercle des Hénokiens. Loin d'être une secte ou un mouvement cryptique se revendiquant du prophète banni de la Bible, les Hénokiens réunissaient des chefs d'entreprise, tout simplement… mais c'était un cercle singulièrement fermé : les entreprises éligibles devaient être vieilles de plus de deux siècles et leur actionnariat devait rester familial d'un bout à l'autre. Lorsque les familles fondatrices n'étaient plus totalement propriétaires, elles devaient encore en détenir « directement ou indirectement la majorité ou le contrôle, et avoir à leur tête un descendant du fondateur », selon les statuts rédigés par un Français, car il fallait être français pour imaginer pareille étiquette ! Le cercle prestigieux comptait une cinquantaine de membres, issus de tous les continents. L'Europe était bien représentée mais sévèrement talonnée par l'Asie. Tous les ans de nouvelles entreprises bicentenaires rejoignaient le club, tandis que d'autres étaient rayées de la carte, suite à une faillite, une vente, une introduction en Bourse.

Baroso était la plus vieille d'entreprise familiale d'Europe recensée à ce jour, et l'une des plus vieilles au monde. Seul le Japon pouvait lui contester la primeur de l'âge : sur les flancs du mont Hakusan, le ryokan Hoshi avait vu le jour en 718 et l'auberge s'était maintenue depuis mille trois cents ans, de père en fils, c'était le membre le plus ancien du cercle des Hénokiens…

Angélique pouvait réciter par cœur le bottin du cercle, elle y avait travaillé pendant trois ans, lorsque Mme Daphné Baroso en assurait la présidence tournante. Ce n'était ni une confrérie, ni un club d'affaires, car « les Hénokiens n'échangent pas de services, ils n'échangent que des idées ». Angélique avait rédigé de sa plume la plupart des documents de communication de l'association, après quoi elle avait continué à travailler comme assistante particulière de la « dame de glace », car c'est ainsi que les financiers surnommaient l'héritière du groupe Baroso.

Daphné et Angélique formaient un couple d'enfer, l'union du feu et de la glace, que l'écart d'âge – quatre-vingts ans – rapprochait, puisque le temps long était leur passion. À tous les experts chenus qui s'avisaient de lui prodiguer le moindre conseil, Daphné répondait invariablement : « Mon ami, *you are still a child.* » Avec des principes aussi arrêtés, Baroso & Tovier aurait dû aller droit à la catastrophe et tous les analystes sérieux spéculaient en ce sens, sauf que l'entreprise gardait le tonus de sa présidente. Au cours de sa tumultueuse histoire, Baroso & Tovier avait résisté à la prédation colbertiste, survécu à l'invasion napoléonienne et à la ruine de la Sérénissime, surmonté deux guerres mondiales, deux crises pétrolières et une mondialisation éreintante pour la vieille industrie européenne. Rigide dans ses principes, Daphné Baroso avait dans leur application la souplesse du verre… quand il est porté à très haute température. « Pour ne pas être tué, il faut se tuer soi-même, il faut se réinventer », avait-elle l'habitude de dire. Ou bien : « Contre le poison, il n'y a qu'un remède : *un po' di veleno ogni giorno*[1]. » Psychorigide et pragmatique, telle était Daphné Baroso, une véritable énigme pour la psychologie.

Hélas les plus belles histoires familiales finissent mal en général, Venise le savait autant que Versailles. La reine mère de Baroso & Tovier devait être vaincue par un ennemi venu de l'intérieur, qui avait frappé bien

1. Un peu de poison chaque jour.

des reines avant elle, la stérilité. C'était son drame : la lignée des Baroso allait s'éteindre avec elle. Elle avait tué trois maris à la tâche, qui avaient eu à cœur de prouver que ce problème n'était pas de leur fait. Selon la légende, elle avait eu autant d'enfants « dans le dos » qu'il y avait de murrines de verre mêlées aux perles du collier de famille qui ne quittait plus son cou. Ne pouvant se dédoubler, Daphné Baroso était condamnée à l'immortalité… D'après les règles de l'entreprise, aussi complexes que celles de l'élection du doge de Venise, c'était Carlo Baroso, le fils aîné de son frère cadet, qui devait reprendre le flambeau. Ce neveu rongeait son frein, attendant son heure, on le surnommait déjà le prince Charles. Il avait pourtant fait de bonnes études, mais son passage dans l'entreprise familiale s'était mal passé, de l'avis de Mme Baroso. Le plus grand crime à ses yeux était son inculture profonde, son mépris de l'Histoire et le peu de cas qu'il faisait des traditions. Ce n'étaient pour lui que des mots creux quand ils touchaient pour Daphné au cœur du sacré, à ce qui la reliait intimement et organiquement à ses aïeux et à la grande Histoire de Venise. « Quel sens trouver à l'existence, sinon dans le passage des générations aux générations, jusqu'à la nuit des temps ? » L'art du verre était lui-même un art du temps, de la température et du tempérament. Seule une poignée d'élus pouvait se hisser au niveau de perfection requis. Une seule personne partageait avec elle ce sens de l'Histoire et de la perpétuation à travers les siècles : Angélique.

Alors Daphné Baroso s'était inspirée d'un précédent japonais au sein même du cercle des Hénokiens : elle avait tenté d'adopter Angélique, une adoption pleine et entière destinée à lui faire occuper le trône après sa mort. « *Angélique è mia figlia !* » La famille s'y était vigoureusement opposée, allant jusqu'à demander une expertise psychiatrique et une mise sous curatelle. « L'ultime folie de la vieille » – le neveu n'avait pas de mots assez violents à son endroit. C'est à ce moment de l'histoire que la destinée de Baroso avait croisé celle du prince de la Manufacture. Angélique s'interrompit à ce stade du récit. Elle avait parlé d'une traite, sans reprendre son souffle.

L'inspecteur commençait à s'évader de la discussion, sensible à l'harmonie secrète reliant le reflet du soleil rougeoyant sur les mosaïques de la basilique Saint-Marc, la chevelure de feu d'Angélique et le rouge du Campari dans son verre. L'air était doux et parfumé, il était entouré de deux belles jeunes filles… Angélique en cet instant était aussi belle et désirable que Julianne Moore lorsqu'elle tentait d'échapper à un zombie en lui jetant des chrysanthèmes, une scène assez gore des *Contes du côté obscur*… Elle ressemblait aussi… à qui déjà ? L'inspecteur farfouillait en vain dans sa mémoire.

– C'est ici que vous entrez dans l'histoire, Gabriel Thaumas.

Il sursauta. Angélique avait détaché chaque syllabe de son nom. Une image fugitive et floue se précisa alors dans son cerveau alcoolisé.

– Angélique… je pense que je vous ai déjà vue quelque part, mais je ne me souviens plus de l'endroit…

La jeune fille se raidit.

– Il faut partir, inspecteur Thaumas, il faut travailler maintenant. Ayna nous rejoindra plus tard.

Elle se leva brutalement et lui fit signe de le suivre. Il la regarda avec stupéfaction.

– Allons viens ! Il faut un lieu tranquille.

Ayna avait un sourire aux lèvres, elles étaient de mèche, c'était évident. Oui, il était sûr de l'avoir déjà croisée quelque part, elle portait une cape, il se souvenait de ses yeux et de sa chevelure, des cheveux fauves, mais où ? Était-elle cannibale ? Avait-elle tué le prince Alexandre ? le prince Charles ? Pourquoi devenait-elle si quelconque lorsque son visage se fermait ?

7

Versailles, le 15 juin 1672

Le temps a passé. Le visage de ma mère me revient souvent en rêve, elle est penchée sur mon lit et me souhaite un bon voyage, sa lumière éclaire les ténèbres, la longue nuit sans espérance. Je vois aussi mon père qui erre et qui fuit, mon frère et ma sœur qui jouent avec le sable sur un rivage inconnu, je suis séparé d'eux par une grande glace transparente et épaisse, aucun son ne résonne quand j'y cogne mes poings, quand je crie, rien, mais ils sont ensemble, avec ma petite sœur Eugenia et mes deux frères morts de la peste, qui n'ont pas grandi, ils sont ensemble et cela me réjouit, tristement.

Je me lève alors et je vais à la fenêtre au milieu de la nuit, je repense à la lucarne de la chambre d'Aurelia, à son visage éclairé à la bougie, à la chaleur de son corps blotti. Nous nous sommes aimés si souvent. Ses parents ont fini par le découvrir, nous étions bien imprudents. Le président de la Manufacture m'a sauvé de leurs griffes, j'étais prêt à l'épouser mais ce n'était pas concevable, l'ambassadeur de Venise n'était pas d'accord non plus, ce n'était pas dans ses plans, que je me marie avec la fille d'un négociant bourguignon, il me voyait à la Cour du roi. Alors je suis parti quelque temps à Tourlaville, en Normandie, dans la nouvelle fabrique de verre créée par Nicolas du Noyer et Louis Lucas de Nehou, avant d'être rappelé à Versailles.

Louis le Grand est de plus en plus attaché à son château et à ses jardins, il veut y mettre des glaces partout, et bien grandes. Le soufflage du verre ne permet pas de créer des grandes glaces alors il faut faire autrement, il faut apprendre à couler le verre sur des plaques. Nous y consacrons toute notre énergie. Je ne peux ici livrer les secrets de sa fabrication, ils appartiennent désormais à la Manufacture, à la France… et à Venise, car j'espionne de plus belle pour le compte de « M. », c'est ainsi que je désigne désormais l'ambassadeur Marcantonio Giustinian dans mes écrits. Oui, j'écris à présent, pour lui et pour moi. Grâce à mes notes secrètes, Venise apprend à couler de grandes glaces. Un jour, grâce à ce journal, qui sait, quelqu'un vengera ma famille, lui rendra justice.

L'ambassadeur Giustinian a vu juste : Colbert a fait interdire l'importation des miroirs de Venise, il veut maintenant que la France inonde l'Europe de ses glaces coulées. Une troisième manufacture sera bientôt créée, à Saint-Gobain, où le bois est abondant.

J'ai dû jouer des coudes pour être associé aux réunions présidées par Jean-Baptiste Colbert. Pour les dirigeants de la Manufacture je ne suis qu'un maître verrier.

M. m'a indiqué une technique redoutable pour me faire admettre dans les cercles du pouvoir : « *Trova la donna !* Cherche la femme ! » Ce sont les femmes qui ont sur Louis le Grand l'empire le plus grand, ce secret n'est pas si bien gardé, il fait les délices des rapports des ambassadeurs à leurs gouvernements… Le deuxième conseil de M. est de « viser toujours trop haut pour ne pas tomber trop bas, la vie est trop courte pour perdre du temps ». *666* est le signe du diable, dit-on. C'est en 1666 qu'est survenue la grande tragédie qui a emporté ma famille, et c'est au début de l'automne 1666 qu'elle a croisé la route du roi. Elle, c'est Françoise Athénaïs de Rochechouart de Mortemart, marquise de Montespan, fille d'un gentilhomme de la chambre du roi et d'une dame d'honneur de la reine Anne d'Autriche, Diane de Grandseigne. Proche de la duchesse Louise de La Vallière, qui s'est mirée dans la glace que lui tendait le roi lors de sa visite de la Manufacture, elle s'est fait remarquer de Louis le Grand par sa beauté et son tour d'esprit, au point de finir dans son lit au moment où j'entrais dans les livres de l'ambassadeur de Venise comme espion, sous le code « *Z* » pour Zani, autre surnom de Giovanni en vénitien. Je croise la route de la marquise de Montespan l'année suivante, dans le petit pavillon qu'elle occupe à Versailles, construit par Le Vau tout près de celui du roi, qui entend superviser de près les travaux du château. Je sollicite une audience auprès d'elle au prétexte de lui montrer des glaces réalisées selon un procédé nouveau qui pourrait plaire à Sa Majesté. Je glisse aussi, dans le billet que je lui fais remettre en mains propres, que je suis l'orphelin adopté par la France après l'assassinat de sa famille, sur ordre de Venise. Mon histoire a ému bien des femmes, alors j'en use sans vergogne…. Comme je suis loin des principes de mon père – rigueur, droiture, obéissance aux règles de la corporation… J'ai voulu l'aventure, me voilà servi, j'opère sans foi ni loi, j'avance dans le vide, à la manière d'un funambule. Tout au moins n'ai-je pas froid aux yeux, comme la Montespan, on saura donc se comprendre… J'ai pris l'habitude de livrer les glaces moi-même au prétexte de leur fragilité, c'est la meilleure manière de pénétrer l'intimité des grands de ce monde. « Si ces glaces pouvaient parler, elles feraient les meilleurs espions, car elles assistent aux secrets les plus intimes des rois », m'a dit M. un jour.

La marquise de Montespan est disposée à me recevoir. Un serviteur me fait signe d'attendre. Le roi tient son conseil, je n'ai pas choisi cette heure au hasard, il ne faudrait pas que je le croise maintenant, ce serait prématuré. Tout est neuf ici, la pierre, les boiseries… J'ai un serrement de cœur en voyant une petite glace posée sur une commode, avec son biseau délicat, une glace de Murano… La marquise arrive déjà, j'ai peut-être excité sa curiosité. Elle fait des manières de femme pressée et abusée, comme pour se dédouaner de recevoir un malpropre de mon espèce.

– Vous êtes un bien grand dandin, moi qui m'attendais à voir un petit orphelin dans son couffin…

Elle est connue pour ses sarcasmes et me toise déjà de sa supériorité goguenarde, elle a flairé la ruse, on ne l'y prendra pas. M. m'a prévenu, à Venise on commerce de marchandises et d'épices, à Versailles on a commerce d'idées et de bons mots.

– Madame la marquise, à Versailles comme à Paris je serai toujours à l'image de cette petite glace de Murano, seule et exilée au milieu de vos grands meubles et objets précieux. Toutefois je ne suis pas venu me plaindre…

– À la bonne heure, je l'espère bien, ce sont les faibles qui geignent et vous n'avez plus l'âge de jouer les orphelins. Et cependant je veux entendre votre histoire, qui m'a été contée déjà…

– Par la duchesse de La Vallière ?

Voilà comme je me venge de ce titre de « dandin » dont elle m'affuble et dont je devine à peine la signification. La marquise a légèrement rougi, c'est bon signe, j'enfonce le clou :

– J'ai rencontré la duchesse une fois, en compagnie du roi…

– J'en suis fort aise, aussi que faites-vous séant chez moi, ne vous êtes-vous pas trompé d'adresse ?

– Nenni, je viens d'une cité bâtie sur l'eau qui regarde vers le soleil montant depuis l'orient, et non vers celui qui achève sa course à l'occident. « Lorsque la mer fut au monde, Rochechouart portait les ondes[1]. » Venise les reflétait hier dans ses glaces et aujourd'hui c'est Versailles. Je ne me suis pas trompé d'adresse car je sais à la gloire de qui est édifiée la grotte de Thétys…

– Tu es un vieil orphelin mais tu es né courtisan. Que sais-tu de la grotte de Thétys ?

– Je sais qu'elle abrite les amours d'Apollon et sa nymphe…

---

1. Devise de la famille du père de la marquise de Montespan, les Rochechouart. (*Note de l'éditeur.*)

– Est-elle si seule ?

– J'ai fabriqué les glaces pour le premier peintre du roi, M. Le Brun. Les glaces démultiplient les espaces et les êtres, c'est pourquoi on peut y voir une nymphe ou plusieurs, selon la perspective… Pour moi elle est une, toujours, et Apollon n'a d'yeux que pour elle…

Pendant que je parle la marquise me scrute, me jauge, elle semble se demander à quoi je pourrais bien lui être utile.

– Assez parlé, qu'attends-tu de moi ?

– Je voulais véritablement vous montrer ce nouveau type de verre, de grandes dimensions, obtenue par le coulage. Regardez vos croisillons aux fenêtres, bientôt nous pourrons faire des carreaux d'un seul tenant, la lumière n'en sera que plus vive dans toutes les pièces. Tout comme les glaces qui ornent la grotte de Thétys, nous pourrons maintenant couvrir les galeries de grandes glaces !

– Tout cela est bel et bon mais tu dois en parler à Le Brun, Le Vau, Colbert !

– Mes patrons s'y emploient, mais j'ai pensé que vous voudriez les voir la première, Versailles sera aussi construit selon votre bon plaisir…

La marquise se rengorge, je le vois, je l'observe. Une senteur de tubéreuse s'échappe de sa gorge voluptueuse. Autant la duchesse de La Vallière est mince et élancée, autant la marquise est grassouillette, on voit qu'elle aime la vie, la bonne chère, la chair tout court… J'ai exagéré à dessein son rôle dans les choix architecturaux du roi à Versailles ; mais la flatterie doit s'appuyer sur un argument plus puissant.

– … et puis j'ai besoin d'argent. J'aimerais donner des cours d'italien à vos enfants, à votre fille Marie-Christine.

Je ne sais d'où m'est venue cette idée. L'argent. Un Italien orphelin a besoin d'argent.

– Il fallait le dire tout de suite… Mais sais-tu la musique ? Tous les Italiens savent la musique, n'est-ce pas ?

– Surtout les Vénitiens ! J'ai appris la musique avec Domenico Menocchio, le meilleur maître verrier de Venise… avec mon père Eugenio. Ils ont été assassinés à Paris… Menocchio chantait l'opéra comme personne…

– L'opéra ? Je ne connais pas. Notre surintendant de la Musique est pourtant italien, Jean-Baptiste Lully… Je sais que ta vie est une tragédie, Daniel Ponto, mais la Cour est une comédie, il faut t'y faire et noyer ton chagrin dans le rire et l'esprit…

– Lully est florentin, mais j'aimerais le connaître…

– Il est très laid, et puis il aime un peu trop les jeunes pages… À ta place, je me méfierais… Sais-tu qu'il est entré au service de la duchesse de Montpensier au prétexte de lui apprendre l'italien ? Ambitieux, prétentieux et ne reculant devant rien… Sais-tu ce qu'a fait la Grande Mademoiselle ?

La marquise me scrute et me toise à nouveau. Je ne bronche pas, je n'aime pas beaucoup les Florentins, je me délecte de ce qu'elle va dire. Elle pouffe déjà.

– Il était tellement laid, alors elle l'a envoyé en cuisine ! Je crois que ses motets malgré tout sont meilleurs que ses macarons !

Je ris avec elle en imaginant le maître de musique du

roi, qu'on me dit si hautain et si intrigant, en train de porter des sacs de topinambours…

– Viens me voir plus tard, à Paris, hôtel d'Albret, je veux entendre ton histoire, et puis je te présenterai à quelque ami. Maintenant j'ai à faire…

Je me lève et m'incline. Elle me regarde, amusée.

– Et puis faites un effort, jeune ami, renseignez-vous avant de proposer vos services : ma fille vit chez sa grand-mère depuis cinq ans et mon fils a été enlevé par son père, vous les trouverez à Bonnefont, du côté de l'Espagne, la route est longue, je vous préviens…

Elle se pince la lèvre, qui est charnue, appétissante, luisante.

– Moi, en revanche… je veux bien savoir l'italien…

Elle s'éclipse, je crois que j'aime déjà cette femme. Comme je comprends le roi…

En attendant, M. est très content, Z. progresse dans la bonne direction…

8

Hôtel Danieli, Venise

Gabriel Thaumas leva les yeux. Un éclair venait de zébrer le ciel d'encre pour s'abîmer dans la lagune, annonçant l'orage salvateur. Un coup de canon retentit, solitaire et assourdissant. Porté par une bourrasque de vent froid venu des Alpes juliennes, un bataillon de pluie s'abattit sur le carreau de la fenêtre, – comme un essaim de frelons asiatiques. L'inspecteur ouvrit les battants et une rafale fit voler les feuilles de papier. Une pluie d'éclairs, un deuxième coup de tonnerre, puis un troisième, ça y était, l'orage était sur eux.

Angélique se réveilla en sursaut, elle s'était endormie dans un fauteuil damassé.

– *Gabriel ! Faites attention !*

Il referma le battant et ramassa les feuillets éparpillés dans toute la pièce.

– Je fais bien de vous surveiller ! Donnez-moi une couverture, j'ai froid maintenant.

Elle charriait, il faisait encore chaud dans la pièce, pourquoi était-elle si dévêtue ? Il prit une couverture sur le grand lit qui les défiait depuis le début de la nuit et lui couvrit les épaules. Elle retint sa main un instant, puis, telle une petite chatte, se blottit dans la couverture et referma les yeux. Que faisait-il seul avec cette fille du feu si belle, dans une suite de l'hôtel Danieli, à Venise ? Pourquoi était-il si sage alors qu'elle s'offrait quasiment à lui ?

Gabriel Thaumas se remit à table. Les feuillets n'étaient plus dans l'ordre, tant pis pour lui :

… *Le 17 octobre 1672. Je pense souvent à Aurelia, qui m'a ouvert la voie du plaisir quand je voulais mourir.* Elle a été mariée de force à un Bourguignon, pour accoucher d'un fils quelques mois plus tard. J'en ai conçu blessure et culpabilité mais l'ambassadeur a été intraitable : il me fallait user plus intelligemment de cette science des femmes fraîchement acquise, pour le bien de Venise. C'est à Versailles qu'il fallait partir en chasse. Dans le poulailler de la reine, le petit renard de Murano allait faire des ravages, trop peut-être…

… *La Marquise de Montespan m'avait prévenu, elle me demanderait un jour de lui rendre service en échange de tous ses bienfaits*, et je lui avais dit oui par avance. Elle m'avait remercié à sa manière, et c'est de cette manière dont elle entend à présent que je m'acquitte de ma promesse, en la délivrant d'un « poids » qui lui pèse. C'est ainsi qu'elle désigne Mademoiselle Marie-Elisabeth de Ludres. Je m'attendais plutôt à devoir croiser le fer avec quelque importun, quelque mousquetaire du roi, mais « c'est la même chose » à ses yeux, le même « sacrifice », tellement elle fait peu de cas de l'extraordinaire beauté de cette « petite paysanne de Lorraine » qui ne sait même pas parler le françois. Il ne faut pas jouer à fleurets mouchetés avec celle qui est encore chanoinesse et déjà marquise, il s'agit de bien « faire la chose », pour le bien de la Couronne, car elle s'approche trop près du roi, qui a déjà montré une trop grave faiblesse à son endroit. Je m'ouvre de cette demande extraordinaire à M., qui est bien ennuyé. Que lui recommande donc la fameuse *ragione di Stato* ? « Déplaire à la marquise de Montespan serait dangereux pour toi et pour ta mission. Déplaire au roi le serait bien plus encore, ce serait la fin de l'aventure. C'est à toi de prendre la décision en conscience, en mesurant bien les risques attachés à chaque possibilité. » Autrement dit, ni la vertu de la chanoinesse ni la mienne ne comptent, ni la morale chrétienne : nous ne sommes que des jouets entre les doigts lubriques des Grands, qui n'ont de grands que les titres, et tout se résout par des calculs mathématiques…

Je me décide à rencontrer la *Belle de Ludres* car c'est ainsi qu'on la nomme. Comme les femmes, j'ai appris à jouer de mes faiblesses, ma timidité en particulier, dont on dit que, piquée au vif, elle provoque une admirable audace. J'en use avec la Belle, qui est mon aînée de cinq ans. Nous avons en commun certains ennemis : moi c'est le *r* que je prononce en grasseyant, elle ce sont les *j* et les *g* qu'elle prononce en zézayant, nous convenons que c'est ainsi bien plus charmant, et puis le surnom de Giovanni, n'est-il pas… Zani ?

C'est notre premier rire ensemble, notre première jouissance en somme…
La suite vient assez vite. J'ai appris à séduire par l'art du verre et du miroir, qui implique adresse, endurance et dextérité… Je sais fabriquer certains objets coquins en cristal, que s'arrachent les femmes à la Cour et qu'elles commercent entre elles, « sous le manteau », pour en faire différents usages. Isabelle de Ludres me sait très introduit chez la marquise de Montespan et elle a besoin d'espions dans la place pour sentir venir les coups. Sa naïveté est bien touchante, j'ai des scrupules à en abuser. La marquise s'excite du récit de ma progression en ce territoire ennemi qu'elle entend ravager à sa manière. Elle n'en est pas encore à envoyer ses ours démolir un pavillon comme elle le fera avec Mademoiselle de Fontanges, ni à recourir au poison. Non, c'est moi son ours et son poison, que je dois répandre au plus vite. La marquise sait y faire pour exciter un homme, elle me fait emprunter un jour un passage que je sais réservé à Sa Majesté, elle me dit que j'y ai droit pour mon plaisir et mon éducation, mais qu'il ne faudra pas en user avec Mademoiselle de Ludres, que je dois prendre « très chrétiennement ». Mademoiselle de Ludres finit par consentir à se rendre un soir dans mon atelier parisien. Nous sommes seuls et je lui montre comment souffler le verre. Je lui tends la canne, la Belle est bientôt entre mes bras et souffle timidement dans l'orifice, je la taquine et lui montre comment procéder. La boule de verre enfle et gonfle sous nos yeux, la chaleur est intense, elle est tout contre moi, j'en fais rapidement un objet qu'elle

gardera en souvenir : un petit flacon de verre dans lequel je piège une boucle de ses cheveux charmants, à laquelle je joins une boucle de mes cheveux pour qu'ils restent ensemble, « pour l'éternité »… Je lui montre nos miroirs, je la prends contre moi au prétexte de lui faire admirer la perfection de son reflet. Comme le roi avec la duchesse de La Vallières, je lui présente notre reflet à tous les deux, comme un portrait de Cour. Elle est charmée, excitée, ne quitte plus des yeux le reflet de son visage, « J'aimerais figurer tout entière dans ce cadre de glace, comme ces boucles de cheveux, à jamais… » Je m'enhardis à toucher un sein, sous l'étoffe, qui frissonne doucement. Elle se raidit et je souffle à son oreille : « Permettez, Mademoiselle, pour la noble beauté de ce portrait… », et je découvre au jour son sein, délicatement, qu'elle découvre elle-même sur le reflet du miroir, le souffle court, comme hypnotisée. « Nicolas Poussin, Mademoiselle, n'a jamais peint plus beau sein, ni Hersé, ni Aglaure… En vérité nul peintre n'égalera jamais la perfection du miroir ni aucun modèle la perfection de votre personne… » Sa réponse me stupéfie : « Ze ne zuis pas une Amazone », me répond-elle du tac au tac. Et la marquise de Montespan trouve qu'elle n'a pas d'esprit ? Je m'empresse de découvrir son autre sein, qui est aussi gonflé que le premier. Je veux les prendre entre mes mains mais elle s'en délivre joliment : « N'abîmez pas votre tableau, monsieur ! » Elle ajoute dans un souffle : « Seriez-vous un eunuque, pour avoir peur d'exprimer votre beauté antique ? » À mon tour d'être pantois devant son audace. C'est de bonne

guerre et je m'exécute gauchement. Nous voilà nus comme Adam et Ève sur un retable du Quattrocento. Un Adam dans une tension fort peu catholique. « Et maintenant nous allons faire un tableau de Raphaël pour toi, et de Georges de La Tour pour moi. » Elle saisit un drap pour m'en ceindre le torse et masquer mon membre roide, qu'elle caresse furtivement. Je vois avec terreur approcher le moment où elle voudra réaliser *Judith décapitant Holopherne.* Je lui dis, elle éclate de rire. Je l'embrasse enfin, elle résiste, nous luttons un peu, elle fait mine de découvrir la chose mais elle a plus d'expérience qu'elle n'en veut montrer, ce sont des tableaux bien vivants qui s'enchaînent… Au moment de livrer mon poison je me souviens des instructions de la marquise de Montespan, qui était formelle, et après tout c'est une position bien agréable, elle crie bien joliment, et son zézaiement est une curiosité charmante… Bon soldat, je reste longtemps en elle… Si elle me décapitait maintenant, ce serait un châtiment mérité… Il faudra recommencer cependant, jour après jour, investir le plus doux des sanctuaires, auquel je commence à prendre goût…
Ce qui devait arriver arrive et il faut maintenant la convaincre d'accepter ce don de la providence, dont elle voudrait se débarrasser à tout prix. La marquise est comblée, sa vengeance est totale, elle fait bien vite courir le bruit que la dame d'honneur de la reine Marie-Thérèse est enceinte, et d'un petit roturier dont elle cache heureusement l'identité. Je suis quant à moi très dérangé par cette histoire. Qu'aurait dit mon père ? et ma mère ? Ils seraient mortifiés… J'étais

déjà mort, à présent je mérite les enfers et la pire des mutilations, car l'homme sera châtié par où il a péché, je l'ai vu sur une fresque du Jugement dernier… Il est bien sûr impossible d'épouser la marquise de Ludres, même si je suis tombé amoureux d'elle et elle de moi. Notre fils sera élevé par des fermiers lorrains, sur les terres de sa famille. C'est mon deuxième enfant et je ne le verrai pas plus que le premier, pour la raison inverse : je suis chez moi partout et nulle part, je fraie dans un entre-deux qui me prive des paysannes autant que des princesses… C'est le prix à payer pour rester un homme « libre », esclave volontaire acquis à la cause d'une patrie lointaine et d'une vengeance que je perds de vue à chaque jour qui passe… « Vis au plus près de ton ennemi, m'a dit M., et deviens son meilleur ami… » Ce n'est pas sans risque.
J'ai aimé Isabelle de Ludres, qui se vengera plus tard de la marquise de Montespan en lui faisant croire qu'elle est tombée enceinte du roi. Une vengeance qui, hélas, se retournera contre elle. De moi mon fils ne saura rien, ne recevra rien, rien que ce petit cadre de verre contenant les boucles de cheveux entremêlées de ses parents…

L'inspecteur Thaumas reposa le manuscrit et se tourna vers Angélique, qui dormait du sommeil du juste et formait un parfait tableau du Grand Siècle. *L'Innocence endormie*, tel en serait le titre, il y aurait des cerises, des pommes et des abricots répandus sur sa couche, un fraisier s'enroulerait autour des pieds du fauteuil, mais on verrait à l'arrière-plan, dans l'obscurité, les yeux d'un singe ricanant, une perdrix morte accrochée par les pieds, l'ombre d'un chat-huant et un miroir en œil de sorcière. En y regardant de plus près il lui sembla reconnaître le modèle. Angélique. Un tableau du Titien ? Non, autre chose. Un souvenir était attaché à ce visage familier. Un rêve peut-être, de l'autre côté du miroir. Il reprit sa lecture :

> *... Versailles, le 23 octobre 1680. Une grande galerie couverte de glaces, tel est le nouveau rêve du roi, qui ne craint pas les présages attachés à la multiplication des miroirs en un seul endroit.* En son cabinet des glaces, Marie de Médicis avait lu la fin de la dynastie des Valois. Le salon des glaces de Vaux-le-Vicomte n'avait pas plus porté chance aux époux Fouquet, Colbert en parlait encore avec une pointe de jalousie. Qu'importe, le roi veut une grande galerie, monumentale, éclatante, érigée à sa gloire, pour relier ses appartements à ceux de la reine. Pour cela il renonce à sa terrasse somptueuse. La décision a été prise il y a deux ans déjà, c'est devenu notre grand chantier, l'obsession de la Manufacture royale... Le Brun met trop de temps à réaliser ses peintures, le ton monte avec Jules Hardouin-Mansart, premier architecte du roi. Hardouin est un homme du peuple comme moi, un courtisan-né, d'assez mauvaises manières mais fonceur en diable, et magicien : il a toujours sous le bras l'esquisse d'un nouveau projet à présenter au souverain ou à Colbert pour mieux escamoter les difficultés du moment. S'il était italien, Hardouin serait napolitain. Et puis nous sommes passés entre les mêmes mains,

celles de la marquise de Montespan…. Il a tracé les plans de son château de Clagny, elle en fut satisfaite. « Regardez-le faire, il ira loin, et savez-vous pourquoi ? » m'a-t-elle lâché un jour en le voyant donner ses ordres. « Parce que vous l'avez recommandé au roi ! » ai-je répondu. Elle a ri. « Hardouin sait parler aux hommes… et aux femmes – toi aussi d'ailleurs. Vous irez loin tous les deux. »
Hardouin-Mansart ne s'embarrasse d'aucun titre et d'aucune formalité, il me mande à toute heure et à tout propos, pour un carreau en retard, une glace ébréchée. Pour lui je me dépense sans compter.

… Versailles, le 18 mai 1683. La Grande Galerie fait transpirer Le Brun, il risque sa place, sinon sa tête. Pierre Mignard, son grand rival, s'est mis en tête de le doubler. Pour le frère du roi, il a réalisé une grande galerie au château de Saint-Cloud, illustrant le thème d'Apollon, le dieu Soleil… Le Brun en a perdu le sommeil et la santé : comment surpasser le chef-d'œuvre de Saint-Cloud ? Mais par les glaces, pardi ! Qu'elles soient de Mignard ou de Le Brun, les peintures passeront de mode puisqu'elles sont figées dans le temps. Une victoire nouvelle efface l'autre. Nos glaces passeront les siècles car elles ont le pouvoir de réfléchir à jamais la succession des hommes, des modes, des arbres et des temps… Les glaces sont l'éternel reflet de la fugacité universelle. À Versailles, Sa Majesté *elle-même* apparaîtra sur les murs, dans la lumière du soleil *lui-même*. Puis ce sera son fils, son petit-fils, et ainsi jusqu'à la nuit des temps. Rien n'approchera jamais autant la

vérité que son miroir, rien ne l'exaltera autant que la glace. Le Brun le pressent peut-être, il est fasciné par les miroirs, il voudrait les barbouiller de peinture à la manière romaine ! Je m'ouvre de cette difficulté à Colbert, car l'ennemi mortel des glaces de Venise est tombé amoureux des glaces françaises… pour la douceur de leur prix. Et moi je ne parviens plus à haïr Colbert, qui s'épuise à mourir sur un chantier qu'il persiste à juger absurde, inutile et ruineux.

… *Versailles, le 6 septembre 1683. La vengeance des verriers de Murano s'est accomplie* : le chantier de Versailles a tué Colbert. « La mémoire qui restera du roi par ce château sera pitoyable », trouve-t-il encore la force de dire sur son lit de mort. Il nous quitte après une ultime admonestation du roi…

… *Le 15 mai 1685. Le doge de Gênes Francesco Maria Impériale Lercari fait son entrée dans la Grande Galerie, toutes les glaces sont posées.* On masque avec de belles tentures les fresques inachevées, au salon de la paix – tout un symbole, sachant que Louis XIV a fait détruire la moitié de la ville de Gênes qui lui refusait le passage des troupes… Le doge a revêtu la pourpre, il est accompagné de quatre sénateurs habillés de noir. Ils avancent, éblouis par les glaces autant que par le grand mobilier d'argent déployé sur le parcours. Ils s'inclinent devant la France, qui les toise, debout. Je n'ai qu'une peur : qu'une glace mal accrochée se détache et se brise, ce serait un mauvais présage. Mais non, ce n'est qu'une succession de fêtes.

« Nous étions en enfer, nous sortons du paradis », dit le doge à son départ, encore ébloui de son propre reflet dans les grandes glaces…

Gabriel Thaumas leva les yeux du texte et croisa le reflet du visage d'Angélique dans le carreau de la fenêtre éclairée : elle dormait toujours, du même sommeil innocent. Il se retourna vers elle. Voilà ! C'est ça ! Le souvenir s'était reformé derrière son cristallin détraqué, il avait vu le reflet d'Angélique dans une glace, à Paris ! Dans un salon de coiffure, très précisément, rue Madame, où il avait ses habitudes. Son coiffeur était japonais, il s'appelait Yoji. Tandis qu'il lui parlait, Gabriel voyait dans le reflet de la glace une jeune femme à la chevelure rousse, assise derrière lui, qui attendait son tour. Et elle le regardait, fixement. C'était Angélique. Moyennant quoi il s'endormait – il s'endormait toujours quand on le coiffait. Quand Gabriel se réveillait au contact de la brosse qui, l'époussetant, faisait tomber ses derniers cheveux sur le carrelage, elle avait disparu. Il la cherchait vainement des yeux, il interrogeait Yoji qui lui répondait qu'elle avait cherché quelque chose par terre, un bijou tombé dans l'amas des cheveux décapités par les ciseaux virtuoses du samouraï japonais, puis elle était repartie.

Comment expliquer cette coïncidence ? Un frisson lui parcourut l'échine. Il fallait terminer cette histoire au plus vite.

… Le 1er septembre 1686. C'est le retour du chevalier de Chaumont, parti pour le Siam en ambassade extraordinaire auprès du roi Phra Narai, dont les premiers

émissaires avaient été reçus par le roi dans son Cabinet des médailles. La France a l'espoir de convertir ce lointain royaume au christianisme et le marquis de Seignelay, fils du grand Colbert, songe surtout à l'inonder de marchandises françaises.
Dès que j'entends la nouvelle, le démon du voyage me reprend – il ne m'a jamais quitté, c'est le démon des apatrides… L'ambassadeur de Venise n'est plus là pour diriger ma conscience, Marcantonio Giustinian est le nouveau doge de Venise. Il m'a proposé d'entrer à son service pour être son secrétaire particulier, m'occuper des relations avec la France. Ce serait le moyen suprême de rétablir l'honneur de ma famille. Je refuse, pourtant. Impossible de retourner à Venise, j'ai tourné la page, Gianni est mort. Impossible aussi de rester à Versailles. Même agrandi et doté d'une marine vénitienne, le Grand Canal me semble ridicule – et maintenant le roi voudrait qu'on détourne l'Eure et la Loire pour ses jets d'eau ? Tout cela est vain, grotesque… Je veux partir au royaume de Siam ! Je m'en ouvre au marquis de Seignelay. Il est secrétaire d'État à la Marine et je fais maintenant partie du clan Colbert. Une audience est accordée, il me donne sa bénédiction. J'emmènerai avec moi l'intendant aux glaces de Versailles et cinq miroitiers. Le 1er mars 1687, nous mettons les voiles au son du canon, plus de six cents hommes composent l'expédition, sous le commandement de Simon de La Loubère. Nous croisons la pointe espagnole du goulet de Brest à bord du vaisseau *Le Gaillard*, accompagné de *L'Oiseau* et de trois flûtes. Si je savais dans quelle galère j'embarque

mes chers compagnons miroitiers, si je savais quelle fatalité change toujours le rêve en cauchemar...

– Savez-vous ce qui fait la grandeur des *Vêpres* de Monteverdi, de son *Magnificat* en particulier ?

Gabriel sursauta. Le regard d'Angélique était sur lui, elle s'était réveillée, le petit singe avait disparu.

– J'avais quitté la marquise de Ludres et j'étais sur le point de connaître le Siam, ses palais et ses prisons... Vous me ramenez brutalement à la réalité, de quoi parlez-vous ?

– De ça, justement ! La dualité du monde, l'unicité du temps... L'ange annonce l'enfantement de la Vierge Marie et celui d'Elisabeth, vieille et stérile. Monteverdi n'a pas écrit un *Magnificat* mais deux, il organise la fusion du passé et du présent, il convoque le style antique pour le mélanger à la manière nouvelle, la représentation des passions, il bouscule les marchands du Temple, il annonce la Révolution.

Le sommeil l'avait galvanisée, il y avait une drôle de lueur dans son regard.

– Oui, la Révolution ! Car ce sont les noces de la polyphonie de la Renaissance et de l'opéra moderne, l'écriture horizontale et contrapuntique s'unit au chant solitaire de la passion, l'individu sort de la foule, il conteste l'ordre souverain, sa parole devient valable et intelligible ! C'est pourquoi il faut l'écouter ici, dans la basilique de Torcello qui unit les fresques de l'Église carolingienne aux mosaïques de l'Église byzantine et arménienne ! Nous sommes sur un volcan islandais, Gabriel ! Le magma éjacule sous la glace ! Et pour vous c'est pareil ! Vous fusionnez avec Gianni Ponto ! Le temps n'existe pas !

Folle, elle était folle.

– Je ne comprends rien à ce que vous dites. Même si la musique de Monteverdi est aussi troublante que ce texte… En quoi sert-il mon enquête ? Et que faisiez-vous chez mon coiffeur à Paris ? Ayna a beau me dire que…

– Vous le saurez à la fin.

L'inspecteur Thaumas soupesa l'épais manuscrit et soupira.

– Les chapitres sont mélangés… la faute à cette bourrasque de vent. Il est question d'une épopée au Siam… Où voulez-vous en venir avec cette histoire ? L'entreprise Baroso & Tovier a été victime d'un pillage de ses employés et de ses secrets, mais c'était il y a plus de trois siècles… Et puis je n'ai plus votre âge, j'ai besoin de dormir, surtout si on doit rencontrer Mme Baroso ce matin…

– Alors allez à la fin ! Il y a un document que j'ai fait spécialement pour vous. Lisez-le.

Gabriel Thaumas soupira, il tombait de fatigue et il n'aimait pas le ton autoritaire de sa voix. Il tourna les pages l'une après l'autre, cela n'avait aucun sens… Le dernier feuillet était plié en quatre, il l'ouvrit. C'était un grand arbre généalogique, qui couvrait plusieurs siècles. Tout commençait par Giovanni (Daniel) Ponto et Marie-Elisabeth (Isabelle), marquise de Ludres, qui avaient eu un fils, qui s'était marié… et ainsi de suite. Il descendit progressivement les étages de l'arbre, de siècle en siècle, c'était assez fastidieux. Comment pouvait-on se passionner pour la généalogie ? Une intuition le saisit. Il alla tout droit à la dernière ligne, la dernière branche de l'arbre, et s'immobilisa. Un frisson lui parcourut l'échine.

– Ce n'est pas possible !!!

La garce, elle avait attendu qu'il fût quatre heures du matin. Il n'avait l'esprit clair pour rien. Pourtant c'était bien son nom qui s'affichait tout en bas de l'arbre, sous le nom de ses deux parents : Gabriel THAUMAS.

– Vous comprenez maintenant pourquoi vous avez promené tant de tristesse et connu tant d'échecs dans votre existence ?

– Quoi ? Mais vous délirez ! Je n'ai rien à voir avec ce Giovanni Ponto !

– Gabriel Thaumas, vous êtes son descendant en ligne directe. Vous êtes l'arrière-arrière-arrière-arrière-arrière... petit-fils de Daniel Ponto, né Giovanni Ponto à Murano le 3 mars de l'an de grâce 1651, et de Marie-Elisabeth de Ludres. Le manuscrit de Daniel Ponto donne les références précises de la famille d'adoption de son fils. Cet arbre généalogique est le vôtre... Le plus curieux dans l'histoire, c'est votre prénom, Gabriel, qui est l'archange de la prophétie révélée dans le livre de Daniel...

– Pure coïncidence !

– Certes, mais votre patronyme est tout aussi intéressant. En langue araméenne, Thomas signifie le « jumeau », le « double », *didymos* en grec. Thomas *Didyme* ou Thomas le sceptique, parce qu'il ne croyait pas à la résurrection du Christ avant de l'avoir vu de ses yeux vu...

– Quand on croit aux signes, on en voit partout...

– Thaumas est aussi une divinité marine dans la mythologie grecque, père de deux jumelles, Iris en particulier, or la lumière irisée se dédouble au prisme du verre ou du cristallin. Sans compter que le père de Thaumas s'appelle Pontos, comme Gianni, et il enfante les Harpies…

– Ça se gâte, il vaut mieux en rester là…

– Les noms se transmettent comme les savoirs et les traumatismes, de génération en génération, je sais de quoi je parle, le temps n'existe pas. Vous portez les stigmates de Gianni et de Marie-Elisabeth de Ludres morte à Nancy en 1726 sans avoir eu d'autre enfant, l'une des plus anciennes familles de la noblesse lorraine, son ascendance est consignée depuis le XIe siècle. Vous avez attendu patiemment le moment de prendre votre revanche, pour venger cette faute originelle qui vous poursuit de génération en génération, qui vous condamne sans cesse à…

– Holà !! Stop ! Écoutez, Angélique, je ne suis pas en état de réfléchir, mais suffisamment lucide pour savoir que vous délirez…

– Prenez un verre d'eau.

Il n'aimait décidément pas sa manière de lui donner des ordres et de passer sans transition de la volubilité légère à la froideur sèche et lourde, comme un vent de Méditerranée. Une étincelle jaillit de sa cervelle en vrac.

– Mais alors… c'est pour ça que vous m'avez contacté ? C'était lié à vos recherches généalogiques ? J'aurais été pape ou braqueur de banques au lieu d'être détective, vous m'auriez quand même sollicité ?

– Cela aurait même été plus simple, si vous aviez été un bandit de grand chemin… Quand j'ai découvert que vous étiez dans la police… c'était cocasse… Il fallait imaginer autre chose… un autre rôle…

– Je ne comprends pas…

– C'est mieux pour vous de ne pas comprendre. L'ange Gabriel est innocent comme l'enfant qui vient de naître. Votre vie a été si triste, Gabriel…

– Bof, pas plus que…

Gabriel Thaumas s'interrompit, il voyait Angélique se lever et se dédoubler lentement, elle partait vers la droite et vers la gauche. Comment disait-on déjà ? Diplopie binoculaire, c'était dans le rapport d'autopsie du prince Alexandre, un effet de l'atropine présente dans la belladone. Avait-il été drogué, lui aussi ? Ce verre d'eau ? Il n'avait pas rêvé, elle parlait d'un rôle ? Ou alors c'était le syndrome de Marfan ? le début de la cataracte ? la dualité du monde ?

– Quel rôle… mais quel rôle vouliez-vous me faire jouer ?

Elle s'était assise sur ses genoux et il se sentait lourd, lourd de trois cent soixante ans d'histoire, autant d'années que de carreaux de glace dans la Grande Galerie de Versailles, autant d'années vécues par le prophète Hénoch, autant d'années qui le séparaient de Gianni Ponto. Sa tête s'inclina brusquement sur ses épaules.

9

À la Locanda Cipriani, sur l'île de Torcello, Ayna faisait les cent pas. Où était Thaumas ? Elle n'aurait pas dû le laisser seul avec Angélique, cette plante vénéneuse. Les membres du cercle des Hénokiens étaient arrivés, Daphné Baroso s'apprêtait à faire son grand discours d'adieu.

Dans la suite de l'hôtel Danieli, l'inspecteur Thaumas avait retrouvé sa vision binoculaire. Ses yeux se posèrent sur le manuscrit de Giovanni Ponto, son ancêtre. Il se sentait apaisé et solide, plus sûr de lui. Il avait désormais un passé, un parent avec qui s'identifier, il reprenait racine et le présent étincelait sur la lagune baignée par les premiers rayons du soleil. Peut-être avait-il aussi un futur, qui sait ? Il regarda Angélique et une lueur d'inquiétude le traversa : Gianni avait maudit Colbert sur plusieurs générations après le massacre de sa famille. Même s'il lui avait pardonné intérieurement, sur son lit de mort, cela n'annulait pas la vendetta, la fatwa, le ju-ju… Angélique lui avait parlé de vengeance à plusieurs reprises, et elle l'avait drogué, c'était sûr, il avait une barre au milieu du front. En attendant il fallait se rendre à Torcello une deuxième fois, puisque l'Histoire était condamnée à se répéter.

– Nous sommes en retard, Angélique…

– Je sais. Nous allons prendre le *motoscafo.*

– *Motoscafo audere semper !*

Angélique n'avait pas saisi la référence à la maxime de Gabriele D'Annunzio, son visage s'était refermé, elle n'avait pas d'humour, c'était quand même une drôle de fille, trop entière, trop sérieuse pour son âge, elle devait souffrir d'une diffraction identitaire. Elle retrouva sa volubilité en revenant à son sujet favori : le cercle des Hénokiens. Ce dernier se réunissait une fois par an, chaque fois dans un pays différent. Après une escapade à Londres à l'invitation d'un patron de presse héritier d'une compagnie de navigation, c'était Mme Daphné Baroso qui recevait à Venise les membres du cercle pour leur dire adieu : la plus ancienne entreprise européenne allait quitter les Hénokiens… à son corps défendant.

– Comment est-ce possible ? s'était insurgé l'inspecteur Thaumas en interrompant le récit de la jeune Angélique, tandis qu'ils se tenaient sur le toit du *motoscafo* qui les emmenait vers Torcello, copieusement arrosés par les embruns.

– Une vraie tragédie…

L'histoire était shakespearienne, selon Angélique. Tout avait commencé quand les comptes de Baroso & Tovier étaient passés dans le rouge. Pour combattre la fronde orchestrée par son neveu, la vieille dame devait trouver des alliés. C'est alors qu'elle avait croisé le prince

Obkowicz au palais Giustinian, il y donnait une conférence et une réception en marge de la biennale d'architecture. Édifiée par ses titres de noblesse et l'histoire de son entreprise, la vieille dame s'était souvenue de la fameuse histoire des maîtres miroitiers enlevés sur ordre de Colbert pour créer la Manufacture. Elle avait demandé à Angélique de fouiller dans les archives de sa famille et dans celles de la République de Venise. La jeune femme avait fini par trouver le manuscrit de Daniel Ponto, fils d'Eugenio Ponto, maître miroitier, agent double au service de la République de Venise et de la France de Louis XIV, amant de la marquise de Montespan, ambassadeur auprès du roi de Siam. Le parcours du manuscrit était aussi rocambolesque que la vie de son auteur, il avait fini par rejoindre les archives de la Sérénissime après une longue odyssée qui passait par Zanzibar.

Gabriel Thaumas partageait un trait de caractère avec son ancêtre : le goût de l'ailleurs, la curiosité universelle. Gianni avait eu plus de suite dans les idées, il s'était accompli en triomphant des pires adversités. Alors que lui, Gaby…

– Je ne serais pas étonné que Giovanni Ponto ait terminé sa vie comme pêcheur à Lagos, il y a un quartier qui ressemble énormément à l'un des *sestiere* de Venise.

– Vous ne croyez pas si bien dire, Gianni est passé par le royaume du Dahomey sur le chemin du retour…

Tandis qu'ils discouraient, le *motoscafo* contournait l'île-cimetière San Michele, laissait à bâbord Murano et à tribord Sant'Erasmo pour accoster au terminal de Torcello, là où il était arrivé, seul, la veille – cela lui semblait un siècle, et même trois siècles et demi. Ils marchaient bientôt en direction de la basilique et Angélique poursuivait l'édification du vieux détective. Elle avait descendu l'arbre de la victime jusqu'à l'inspecteur Thaumas, et son obsession généalogique l'avait conduit à remonter celui d'Alexandre Obkowicz, qui se réclamait souvent de Colbert dans ses discours. Était-il vraiment parent avec l'illustre bras droit du Roi-Soleil ? Eh bien oui, c'était le plus beau de l'histoire. Par sa mère on remontait par un premier rameau jusqu'au roi Louis IX, et le deuxième conduisait de proche en proche, *via* Madeleine de Bourbon-Musset, au fils aîné puis à Jean-Baptiste Colbert lui-même, né en 1619 et mort en 1683. Alexandre Obkowicz était bien le descendant de Colbert en ligne directe, par les femmes.

Angélique s'était arrêtée au bord du chemin, heureuse et essoufflée d'avoir parcouru aussi rapidement trois cent soixante ans d'Histoire. La basilique était en vue, un cortège s'était déjà formé depuis la Locanda Cipriani. La jeune femme voulut aller au-devant de Daphné Baroso, mais l'inspecteur la retint par le bras.

– Un instant, Angélique, rassurez-moi sur une chose. Je conçois que l'Histoire et la généalogie soient vos passions, cela vous distingue de vos jeunes congénères, qui se noient dans les écrans sans mémoire des réseaux sociaux… Mais je ne peux m'empêcher d'imaginer un scénario terrible… car c'est à la mode de vouloir réparer l'Histoire…

Angélique s'était refermée à nouveau. Bipolaire, elle était bipolaire.

– C'est plus compliqué, et plus simple. Nous poursuivrons cette discussion plus tard, avec Mme Baroso.

Les membres du très distingué cercle des Hénokiens entraient dans la basilique Santa Maria Assunta, au milieu des autochtones et des touristes. Angélique sortit une mantille noire de son sac à main, s'en couvrit et disparut. Ayna le rejoignit enfin, il lui prit le bras.

– Où est-elle ?

– Qui ?

– Vous le savez bien, Daphné Baroso.

– Tiens, vous vous intéressez à elle, subitement ?

– Angélique n'a pas fini de me déniaiser…

– Ah bon ? À votre âge quand même…

– Bon, ça va, dites-moi ce qui se passe.

– Venez dans l'église, ce sera plus simple, et puis vous connaissez déjà la musique…

– Attendez !

Thaumas venait d'avoir une vision.

– Là-bas, sur un fauteuil roulant…

– Oui ?

– C'est elle !

– Oui, c'est Daphné Baroso…

– C'est elle !

– Quoi ?

– La sorcière blanche ! C'est elle !

– Pardon ?

C'était au tour d'Ayna de tomber des nues. De l'inspecteur Thaumas elle s'attendait à tout, y compris à des remarques sexistes ou graveleuses, mais pas à des croyances occultes ! Il n'avait pas réfléchi, c'était comme un court-circuit entre deux neurones très éloignés. Depuis la rencontre du marabout, cette histoire de sorcière blanche ne lui était pas sortie de la tête, et voilà qu'elle apparaissait sous ses yeux, sous la forme la plus inoffensive : une vieille dame dans un fauteuil roulant, portant le nom d'une jeune nymphe effarouchée, Daphné… que la peur et la haine des hommes avaient transformée en laurier. Angélique était son exact opposé, c'était l'ange déchu du livre d'Hénoch, elle forniquait avec les humains pour mettre au monde des géants. Tout cela finirait en bain de sang, en Jugement dernier. Les trompettes de l'appel à Dieu venaient de retentir, c'était le début des *Vêpres* et il ne pouvait détacher son regard de la vieille dame au fauteuil roulant. « *Quia respexit humilitatem ancillae suae…* Parce qu'il a jeté les yeux sur son humble servante. »

Angélique lui avait ouvert l'arbre de sa genèse, Gabriel Thaumas voulait maintenant toucher l'arbre de la connaissance, il voulait savoir si, oui ou non, la vieille avait commandité l'assassinat du président de l'une des principales entreprises françaises, pour la précipiter entre les mains d'une puissance étrangère, fût-elle américaine, chinoise ou russe, qu'importe, pour le seul plaisir de venger ses ouvriers, trois siècles plus tard… Si la réponse était oui, alors il pourrait rentrer auréolé de gloire à Paris. Si la réponse était non, alors tout ce qu'il avait fait depuis Lagos n'avait aucun sens, son enquête s'effondrait comme un château de cartes. Il fallait en avoir le cœur net. Ayna le regardait avec inquiétude : jamais elle n'avait vu l'inspecteur aussi absorbé par son enquête. Il semblait jubiler à l'idée qu'il était désormais mêlé à la grande Histoire de France, la grande Histoire de Venise : la folie d'Angélique était contagieuse...

– Vous vous rendez compte, Ayna, mon ancêtre a grandi ici avant d'être kidnappé pour Paris, il a croisé la route de Jean-Baptiste Colbert, de la marquise de Montespan, de Louis XIV, du doge de Venise, il a participé au chantier de la Grande Galerie des glaces, puis il est parti pour le royaume de Siam, Zanzibar... Il s'appelait Giovanni Ponto. Vous avez lu le manuscrit, n'est-ce pas ? Étonnez-vous après ça que mon père soit français et ma mère italienne ! Étonnez-vous que je rêve nuit après nuit de partir sur un grand voilier...

– Vous voulez acheter une barque pour aller pêcher à Douarnenez, pas pour découvrir le passage du Nord-Ouest ! Et puis, croyez-vous qu'Alexandre Obkowicz soit mort uniquement parce qu'il avait le malheur d'être le descendant direct de celui qui avait enlevé vos ancêtres à Venise ?

L'inspecteur redescendit sur terre. Ayna avait raison. Même si quelque chose en lui commençait à se réjouir de cette réparation faite à l'honneur de son ancêtre, à la souffrance de sa famille, tout cela n'avait pas de sens... et dans ce cas...

– Attendez, Ayna, c'est quand même vous qui m'avez attiré ici pour que je rencontre une jeune folle et une vieille sorcière ! À quoi bon ce cirque, si cette affaire doit se terminer à Sainte-Anne ?

– Ne les sous-estimez pas, Gabriel, elles sont givrées, mais extralucides... Il faut que je vous explique ce qu'Angélique ne vous a pas dit, car la fin de l'histoire est un peu plus triviale, vous allez voir...

Quand Daphné Baroso avait pris l'attache du prince Alexandre, elle lui avait rappelé le passif historique entre son entreprise et la Manufacture, preuves à l'appui : l'enlèvement des ouvriers, le massacre de la famille de Giovanni Ponto et les pertes considérables subies par Baroso après l'interdiction des importations de glaces de Murano par le même Colbert. De façon un peu maladroite, elle avait demandé réparation des torts commis par la Manufacture et par Colbert. Alexandre avait compris où elle voulait en venir : Baroso & Tovier était en difficulté financière, le neveu Carlo était en passe de récupérer tous les pouvoirs pour l'évincer, c'était un appel au secours déguisé, car la présidente de Baroso avait sa fierté ! Il avait répondu à cet appel comme l'aurait fait n'importe quel chef d'entreprise, en montant une *data room* pour analyser l'entreprise… puis il avait accepté d'entrer au capital de Baroso & Tovier à titre personnel, pour devenir actionnaire de référence, fort de son expérience dans l'industrie du verre. Hélas, cela ne réglait pas le problème structurel de l'entreprise, qui se cantonnait à la haute couture du miroir, quand le monde demandait du prêt-à-porter, de la verroterie pour touristes… Après deux ans de pertes, Alexandre avait fini par s'impatienter. Il venait de découvrir le Nigeria et d'engager la Manufacture dans le projet Eko Atlantic City, il se lançait dans l'aventure du verre intelligent, un projet d'hôtel spatial avec la Nasa…

– … et il rencontrait Awa, son amoureuse, il avait besoin d'argent pour transformer le bidonville de Makoko en Venise nouvelle !

– Voilà ! C'est même cela qui a tout déclenché.

Alexandre a proposé à Mme Baroso de sortir de sa société en assumant sa part des pertes. Elle a refusé tout net.

– Je crains le pire…

– Alexandre s'est retourné vers le neveu pour lui proposer un pacte : Carlo prenait le contrôle de Baroso & Tovier et ils restructuraient l'entreprise pour la revendre au plus offrant. Tout cela s'est fait à l'insu de Mme Baroso.

– Donc Baroso & Tovier a été vendu, et c'est ainsi qu'elle s'est retrouvée bannie du cercle des Hénokiens…

– Voilà, c'est la goutte d'eau qui a fait déborder le vase. Les Hénokiens étaient devenus sa famille d'adoption, Daphné Baroso ne pensait pas une seconde qu'elle serait lâchée, rejetée, exclue du cercle des Hénokiens…

– C'était dans les statuts de l'association, la dilution du capital entraînait sa radiation ! Comment pouvait-elle croire…

– C'est une vieille dame de cent quatre ans, Gabriel, elle ne raisonne pas comme vous et moi… Elle était à la tête de la plus vieille entreprise d'Europe, ne l'oublions pas, membre fondatrice du cercle. Baroso & Tovier a été revendu à un groupe chinois, la fabrication s'est délocalisée, il ne reste plus à Murano que la façade de l'antique *fornacce* Baroso & Tovier… Il ne reste plus rien de ces huit cents ans d'Histoire…

– Le pacte faustien, j'ai sauvé la marque mais j'ai volé votre âme… Napoléon avait procédé ainsi avec la République de Venise…

– Oui, sauf que c'est peut-être Mme Baroso, le vrai diable…

– … et le prince n'est pas si diabolique. J'imagine qu'il a réinvesti sa plus-value dans la réhabilitation de Makoko…

– Je ne crois pas que l'argument « j'appauvris la Venise blanche pour le bien de la Venise noire » ait pu ébranler Daphné Baroso…

– Bon, tout cela est intéressant, mais a-t-on la moindre preuve, le moindre indice d'une potentielle implication de la vieille dans l'assassinat du prince ?

– Rien pour l'instant, mais il fallait bien que je vous laisse un morceau de l'énigme… C'est bien pour ça que vous êtes ici, non ?

– Alors, allons interroger la vieille…

L'inspecteur Thaumas et Ayna se dirigèrent vers la grande nef de la basilique. Ces deux femmes qui fricotaient ensemble, cela ressemblait furieusement à *Arsenic et vieilles dentelles*, nonobstant la différence d'âge entre Daphné et Angélique… Voilà longtemps qu'il n'avait pas vu ce film… Une étincelle jaillit :

– Ayna ! Qu'est-ce qu'une très vieille dame utiliserait pour se débarrasser gentiment d'un monsieur très musclé et très sportif, sans dépenser trop d'énergie ? N'a-t-on pas trouvé de l'arsenic dans les urines du prince ?

– C'est vrai…

– Il faut retravailler son agenda des dernières heures avant son départ de Versailles, c'est aussi important que d'interroger la vieille. Appelez le secrétaire d'Alexandre et puis appelez Karolyn. Regardez aussi comment on empoisonnait les gens à Venise et à Versailles au XVIIe siècle, c'est peut-être utile, qui sait…

Tandis qu'Ayna enquêtait, Thaumas retournait dans la

basilique, il fallait parler au plus vite avec la « sorcière blanche », car c'était elle, il en était de plus en plus persuadé. Baroso avait reçu deux coups de poignard dans le dos, à trois cent soixante ans de distance, ça suffisait pour motiver un passage à l'acte et trucider le prince, surtout avec une maniaque férue de généalogie à ses côtés. Quant à lui, Gabriel Thaumas, il était protégé de la sorcière parce qu'il faisait partie de la famille, son ancêtre était miroitier chez Baroso. Ce marabout méritait la Légion d'honneur. Oui, tout s'expliquait en fin de compte.

Ave maris Stella, Dei mater alma… Bona cuncta posce… Les *Vêpres* tiraient vers la fin. L'inspecteur Thaumas regarda le programme. On en était à l'hymne, mais il fallait encore se cogner le *Magnificat*. Angélique lui présentait son dos, elle portait sa mantille en dentelle noire et elle était derrière le fauteuil roulant de Daphné Baroso, une plante vénéneuse parfumée d'arsenic.

La petite porte arrière de la basilique s'ouvrit brutalement. Une bourrasque de vent, la bora, se rappelait à leur bon souvenir. Ayna ne tarda pas à le rejoindre, cheveux mouillés.

– C'est la tempête, ça promet pour le retour…, lui chuchota-t-elle à l'oreille.

– C'est le châtiment divin… le Jugement dernier…

– Espérons que l'Étoile de la mer nous protège…

– Pourquoi dites-vous ça ???

– C'est le thème de l'hymne ! *Ave maris Stella…* Salut, Étoile de la mer…

L'inspecteur était médusé. C'était donc ça… l'Étoile de la mer dont lui avait parlé le marabout.

– Gabriel ?

– Oui, pardon, je repensais à Lagos… dites-moi tout !

– Karolyn Obkowicz se souvient de l'investissement de son mari dans Baroso & Tovier, mais rien de plus, elle connaissait à peine le nom de Daphné Baroso. Ah, l'ancien secrétaire particulier du prince me rappelle, croisons les doigts…

Ayna ressortit de la basilique, l'oreille collée à son téléphone. Brave petit soldat ! pensa-t-il avec tendresse. Ne rien faire, tout faire faire, c'était la maxime de l'administration, la seule qu'il appliquait ici à la lettre. L'inspecteur Thaumas s'avança dans la travée latérale, attiré par la grande mosaïque. Il voulait aussi observer le visage de la sorcière blanche, et pour cela gagner l'un des grands piliers corinthiens soutenant la voûte. Cheminant les yeux baissés, il découvrait un sol de marbre constellé de murrines, parsemé de signes et de symboles… Les patriarches les toisaient, Daniel, Hénoch… sans oublier l'ange Gabriel. Et au milieu de tout cela, Daphné Baroso se tenait bien droite, impavide, des rides profondes sillonnaient son front et encadraient ses yeux vitreux, descendaient le long de ses joues, creusaient son menton et conduisaient vers ses mains décharnées, agrippées au pommeau de sa canne comme les serres d'un rapace. L'inspecteur Thaumas sentait l'atmosphère se déprimer sous son crâne, à l'unisson du ciel de Venise et du *Magnificat* de Monteverdi, qui avait dû charmer les oreilles de son ancêtre trois siècles plus tôt… À quoi Giovanni devait-il ressembler, physiquement ? Il avait omis de se décrire lui-même, dans son journal… Son téléphone se mit à vibrer. C'était un message du général

Cossart qui le ramenait sur terre, il fallait le rappeler au plus vite, de l'ADN venait d'être découvert sur la scène du crime, l'assassin serait bientôt confondu. « Absurde » est le mot qui lui vint immédiatement à l'esprit, comme s'il était incongru de mêler la police scientifique à une affaire de généalogie.

Le seul criminel, dans cette histoire, c'était l'Histoire. Son ADN était dispersé dans les livres, les arbres et les chronologies.

Les dernières notes de Monteverdi venaient de retentir, la basilique se vidait en silence. L'inspecteur se ressaisit. Dehors c'était la Bérézina, l'averse, le bal des parapluies, et l'ordre de repli donné par des chemises blanches trempées qui couraient vers le *pontile* situé derrière la basilique. Des *motoscafi* attendaient en file indienne. Le plus important était d'embarquer avec Angélique et la vieille, il ne fallait pas les rater. Mais comment les repérer dans ce bazar ? Ayna apparut soudain.

– Ce n'est pas trop tôt, je vous cherchais ! Daphné et Angélique sont sorties avant la fin du concert, Gabriel, vous aviez encore l'esprit ailleurs !

– Quoi ? Mais il faut la rattraper !

Avec un fauteuil roulant, elle ne pouvait pas aller bien vite. Ils remontèrent la file d'attente des bateaux-taxis jusqu'au ponton, peine perdue : oui, Angélique et Daphné Baroso avaient quitté Torcello juste avant la fin du concert, et elles avaient annulé leur participation au déjeuner, la vieille dame était fatiguée.

– Les garces ! Maintenant qu'elles ont fait leurs adieux aux Hénokiens, elles vont essayer de s'échapper !

L'inspecteur et Ayna promenaient leurs incertitudes

sur les eaux démontées de la lagune, en direction du Palazzo Corner Spinelli, sur le Grand Canal, où une visite des archives de la société Rubelli attendait les membres du cercle : y feraient-elles une apparition ? C'est en contemplant les eaux troubles du Grand Canal que l'inspecteur Thaumas ressentit dans sa chair la nécessité de la mort du prince Obkowicz et du dépeçage de la Manufacture, en réparation des crimes commis. Alexandre Obkowicz devait payer pour la vente de Baroso & Tosier à un groupe étranger au mépris d'une tradition vieille de huit siècles, et la Manufacture devait payer pour s'être construite sur le sang des ouvriers de la même entreprise, trois cent soixante ans plus tôt, c'est-à-dire hier… Pourquoi avait-il choisi d'être flic ? Qui sait si cette soif de justice n'était pas tapie dans un recoin de son âme qui réclamait réparation, qui attendait le moment propice, comme un agent dormant ? C'est cette même haine cuite et recuite dans le four du temps qui avait versé le poison. Il était juste que Daphné triomphât d'Apollon, ce bellâtre inconséquent…

– Gabriel !

Ayna venait de raccrocher son téléphone, il suffisait qu'elle laisse son chef cinq minutes tout seul pour que son esprit se mette à dériver comme un filet avec une longue, très longue traîne.

– Vous avez vraiment un problème avec les étendues d'eau, ça vous hypnotise. Bon, je viens d'avoir l'assistant particulier du prince Alexandre, il n'y avait rien à son agenda officiel ce soir-là, mis à part le dîner de gala des mécènes de la Galerie des glaces. En revanche, il a fini par retrouver une petite note sur son agenda personnel : « Voir la marquise des Anges et la Vieille », sans préciser l'heure, mais c'était bien le jour du dîner, sans aucun doute.

– Voilà qui signe la présence des criminelles ! C'est à peine codé…

– Il y a autre chose.

– Quoi donc ?

– Alexandre a fait empaqueter un cadeau par son secrétaire avant de partir pour le dîner, une gravure de la *Piazza San Marco*.

– C'était donc un cadeau d'adieu pour la vieille… Tout cela se tient, il manque juste l'essentiel…

– Quoi, l'arme du crime ?

– Il manque le sang du criminel sur l'arme du crime… sauf que… nous l'avons peut-être. Vous allez tout de suite appeler le médecin légiste de ma part. Cossart m'a envoyé un message, l'ADN des assassins aurait été trouvé à proximité du corps du prince. Moi je dois retrouver Angélique et la vieille, avant qu'elles nous filent entre les pattes…

Il était écrit que l'inspecteur Thaumas ne contrôlerait rien de sa dernière enquête, qu'il n'en maîtriserait ni les tenants ni les aboutissants, qu'il ne chercherait aucun indice, aucun suspect, et que les choses viendraient s'assembler naturellement sous ses yeux, du plus profond des temps jusque dans les travées de la basilique Santa Maria

Assunta de Torcello. Comme si l'Histoire elle-même, au terme de sa brève existence laborieuse, venait apporter une juste compensation à ses efforts acharnés pour résoudre quantité d'affaires ; comme si, plus profondément encore, il recevait ce dont sa famille avait été privée, de génération en génération : la justice, et le secours d'un père, nommé Giovanni Ponto, âgé de trois cent soixante ans, l'âge d'Hénoch. L'inspecteur Thaumas reçut l'appel téléphonique d'Angélique avant de réfléchir à la manière de la joindre. Celle-ci l'invitait à venir prendre une coupe de champagne chez Mme Daphné Baroso, qui avait beaucoup de choses à lui dire…

Il accepta l'invitation sans broncher et, sachant que ses pas finiraient par le porter vers l'endroit fatidique, se perdit dans les venelles et les canaux, poursuivant les fantômes de ses ancêtres, songeant à la vénéneuse Angélique, à la veuve infertile, à l'Étoile de la mer, à sa mère italienne, Chiara, Chiaretta… Son cerveau en roue libre continuait à assembler les pièces du puzzle. Daphné Baroso avait un mobile solide mais Angélique avait tout manigancé. On voyait bien qu'elle vrillait sans arrêt, sa passion pour l'Histoire était morbide… *Généalogie d'un crime…* Pouvait-on tuer au nom de l'Histoire ? Il suffisait de lire la chronique des guerres et des attentats, un simple vernis idéologique permettait de convertir au crime une jeunesse perdue, déboussolée. Angélique avait avoué avoir changé le « rôle » qui lui était destiné. Mais quel rôle ? Selon la loi immémoriale de la vendetta, c'était à Gabriel Thaumas qu'il revenait d'accomplir le *crime réparateur* sur le survivancier de Colbert, mais il était issu de la police… alors elles l'avaient convoqué comme témoin, pour qu'il constate que l'honneur de sa famille avait été rétabli, lavé dans le sang…

Son téléphone sonna. Ayna avait du nouveau. Il lui donna rendez-vous en haut des marches du Rialto, sans penser aux hordes de touristes qui tenaient à nouveau le pont depuis le recul de la dernière épidémie.

– Drôle d'endroit pour une rencontre…

– C'est un retour aux sources. C'est ici que vivaient les verriers, avant d'être parqués à Murano au prétexte qu'ils incendiaient régulièrement le quartier. Alors, dites-moi ce que vous avez trouvé.

– J'ai fait ce que vous m'avez demandé, j'ai questionné le médecin légiste. Vous vous souvenez qu'il avait trouvé des traces d'arsenic dans l'estomac du prince Alexandre, mais aussi de la poudre de verre et des toxines aux noms bizarres, notamment de l'atropine.

– Oui, je me souviens, et alors ?

– L'atropine vient du grec *Atropa*, c'est une divinité nommée « Inflexible » qui coupait le fil de la vie, l'une des trois Parques dans le vocabulaire romain… Elle était utilisée comme poison par les sorcières du Moyen Âge, qui l'extrayaient de la belladone, une plante assez commune : l'atropine rehausse la beauté mais c'est un poison mortel à haute dose. Entre les deux, elle procure des hallucinations, dédouble la vision…

– … et *belladonna* signifie « belle femme » en italien, c'est intéressant…

– J'ai mieux. Le XVIIe est le siècle des poisons, rappelez-vous Madame de Brinvilliers, la marquise empoisonneuse, « la Voisin »… La marquise de Montespan est accusée d'avoir fait empoisonner Marie-Angélique de Fontanges, Colbert mène l'enquête...

– L'affaire est connue, mais quel rapport ?

– Le plus intéressant se déroule ici à la même époque, c'est presque un phénomène de mode : les Italiennes se débarrassent des maris importuns par un poison spécial qui combine la belladone, l'arsenic et d'autres ingrédients. La solution mortelle est commercialisée sous des noms qui feraient rêver nos grands parfumeurs : *acqua Toffana*, *acquetta Perugina*, ou encore *Manna di San Nicola di Bari*...

– Charmant...

– Le summum de la délicatesse, c'est le packaging : l'*acquetta* est vendue dans un petit flacon en verre sur lequel est collée une image de saint Nicolas. Les femmes portent cette fiole autour du cou et administrent la potion au moment opportun, dans du vin ou un plat. La composition du poison le rend invisible et inodore...

– Le crime parfait...

– Oui, sauf que plus de six cents maris sont empoisonnés par ce procédé... Les autorités finissent par avoir la puce à l'oreille et l'apothicaire Toffana est brûlée vive comme une sorcière sur le Campo de Fiori, à Rome...

– J'imagine que le tribunal était masculin... Aujourd'hui on lui accorderait les circonstances atténuantes...

– Vous voulez rire ! Elle serait acquittée et deviendrait une héroïne de la cause féministe... J'en reviens à la « fleur d'arsenic » qui donne sa force au poison, savez-vous qu'elle est introduite dans la composition du verre par un certain... Angelo Baroso ? C'est le secret du cristal de Murano, car l'arsenic a aussi le pouvoir de décolorer le verre… ou les cheveux, c'est le secret du blond vénitien. Et j'ai gardé le meilleur pour la fin : vous souvenez-vous qu'on a trouvé sur le prince Alexandre des traces d'un hétéroside nommé daphnoside ?

– Vaguement… vous voulez dire que…

– La belladone désigne Angélique, mais la daphnoside, c'est Daphné Baroso ! On retrouve cette toxine dans les trois variétés du daphné, le bois-gentil, la lauréole et le garou… C'est la plante qui venge Daphné du désir dévorant d'Apollon et des hommes en général. Il y a de la mythologie dans la chimie. Vous voyez, j'ai bien travaillé…

L'inspecteur Thaumas était impressionné. L'élève avait dépassé le maître – si peu maître de lui qu'il avait bien failli coucher avec l'assassin… ou son assistante, ce qui revenait au même, il ne fallait pas chercher à les départager, elles s'étaient unies dans le poison et le crime. Angélique se parfumait-elle à l'arsenic ? C'était peut-être le secret de sa chevelure ou de sa peau si blanche… Et elle avait mis un peu de belladone dans son verre la nuit dernière, pour le plaisir de le voir halluciner… Le mystère se dissipait enfin…

– Ce n'est pas fini, Gabriel…

– C'est largement suffisant !

– Non, il y a quelque chose de plus intéressant encore. Il y a une troisième personne…

– Quoi ?

– Le meurtrier…

– On a déjà deux meurtrières !

– Non, c'est un homme, le tueur a signé son crime, le légiste est formel, son ADN a été retrouvé dans l'avion d'Alexandre Obkowicz, sur une des mèches de cheveux enfermées dans un petit flacon en verre, comme une amulette ou un grigri. C'est ce qui m'a fait penser au Nigeria : un crime rituel doit porter la signature du tueur et de sa tribu pour être pleinement efficace…

L'inspecteur fronça les sourcils, soudain très attentif.

– Des mèches de cheveux ?

– Oui, trois pour être exact, avec trois ADN différents, et c'est le même flacon qui contenait le poison administré au prince Alexandre une heure plus tôt : les cheveux ont été décolorés par l'arsenic.

– Attendez voir… Dans son journal, Gianni Ponto raconte qu'il scelle son amour avec la marquise de Ludres en plaçant deux boucles de cheveux dans un petit flacon de verre…

– Ça se tient : deux boucles correspondent à des cheveux très anciens. Mais il y en a une troisième, qui est récente. Les experts ont pu identifier l'ADN et remonter jusqu'au meurtrier, il venait de faire des analyses de sang à Paris, c'est une vraie chance. J'ai demandé son nom mais le légiste n'a rien voulu me dire. Quand j'ai dit que je travaillais pour vous, il a semblé très surpris. Il m'a demandé de ne plus rien faire, de ne plus bouger, de ne plus rien vous dire. Vous ne trouvez pas ça bizarre ?

– Si… ou plutôt non… non… c'est limpide, au contraire…

Gabriel Thaumas esquissa un sourire. Les morceaux du puzzle continuaient à s'agencer d'eux-mêmes, comme un mécanisme bien huilé, comme une horloge du Grand Siècle qui persistait à marquer le cliquetis du temps sur une cheminée et sous une grande glace coulée, au milieu d'un salon du château de Versailles, indifférent au passage des siècles et aux turpitudes des hommes, mais attentif à la balance des crimes et des châtiments. L'inspecteur lui sourit comme elle ne l'avait jamais vu sourire, c'était une illumination.

– Je crois que je n'ai même plus besoin de voir Daphné Baroso... Même si je vais le faire, pour le plaisir...

– C'est une plaisanterie, j'espère.

– Non, elle m'a invité à boire une coupe de champagne chez elle, dans son *palazzetto*.

– N'y allez pas ! Elle est dangereuse et vénéneuse, vous l'avez bien vu, c'est un piège.

– Le piège s'est déjà refermé, Ayna... C'est étrange quand même, je finissais par me dire que c'était un rêve, cette première rencontre avec Angélique, dans le reflet d'une glace...

– Un cauchemar oui ! Elles sont diaboliques toutes les deux...

– Vous savez, j'ai l'impression de retrouver de plus en plus de souvenirs, mes racines italiennes refont surface, je comprends pourquoi j'ai toujours voulu vivre au bord de l'eau, pourquoi je suis passé à côté de ma carrière... Rien de tout cela ne serait arrivé si ce salopard de Colbert n'avait pas déporté ma famille, et je n'en saurais toujours rien sans la mort du prince...

– Vous dites n'importe quoi !

– Angélique porte bien son nom, c'est un ange authentique. Vous savez, je l'ai croisée bien avant la mort d'Alexandre...

– Quoi ? Mais où ?

– Je viens de vous le dire ! Derrière un miroir, dans un salon de coiffure…

– Vous aussi, vous devenez barge… N'allez pas la voir en tout cas, ni elle ni la vieille, ce sont des tueuses, nous le savons à présent.

– Toute ma vie de flic j'ai rêvé de tomber sur une telle affaire, c'est comme un cadeau du ciel. Et quelle signature ! Non, vous ne pourrez pas priver un détective du meilleur moment de l'enquête : la confrontation et la révélation finale, autour d'une dégustation de… Comment l'appelez-vous déjà ? L'*acqua Toffana*… le cocktail de l'année…

– C'est pas drôle. Je n'aurais pas dû vous dire de me rejoindre à Venise, vous ne savez même pas mener une enquête…

L'inspecteur Thaumas éclata d'un rire féroce et joyeux. Il venait de vivre ses *Vingt-quatre heures dans la vie d'un homme*, il avait eu son épiphanie. À Venise. Avec Monteverdi. Avec deux jeunes femmes. Et une vieille sorcière blanche. Et puis il était relié à ses vrais parents désormais, ses parents hénokiens, Giovanni Ponto et la marquise de Ludres, à tout jamais… Il était bien.

– Vous avez vu les deux carabinieri qui viennent vers nous ?

L'inspecteur se retourna.

– Vous avez remarqué comme ils marchent toujours par deux ? Parfois ils sont noirs, parfois ils sont blancs. On croit toujours qu'on va leur échapper. En tout cas je suis content de vous avoir connue. Vous avez un prénom aussi beau que Foumilayo, *celle qui apporte le bonheur*… Vous, vous êtes *le miroir qui réfléchit*…

– Vous parlez arabe maintenant ? En fait, je crois que vous avez été un très bon maître de stage. Très atypique… ça c'est sûr. Mais vous m'avez appris à me fier à mes intuitions… et… c'est justement pour ça que je vous dis de ne pas vous rendre à ce rendez-vous…

– Ne vous en faites pas, Ayna, si je vois saint Nicolas et ses deux corbeaux, je ferai demi-tour. Et puis vous penserez à Aragon, « Rien n'est précaire comme vivre. Rien comme être n'est passager. C'est long d'être un homme une chose. C'est long de renoncer à tout ».

L'inspecteur Thaumas tourna les talons et redescendit les marches de l'escalier du Rialto, ce pont que le prince Alexandre rêvait de construire à Lagos, dans la Venise noire épousée sur le tard. Il s'évanouit rapidement, digéré par la foule. Murmurants et complices, des poèmes volaient autour de lui. *J'arrive où je suis étranger.* Ayna savait qu'elle ne le reverrait pas.

Épilogue

Il est des jours où les planètes s'alignent. Le prince Alexandre Obkowicz n'était pas mécontent de la séquence qui se concluait en un feu d'artifice digne des *Grands Divertissements* du Roi-Soleil. Ce qui l'excitait le plus, c'était ce communiqué de presse conjoint avec SpaceX : la Manufacture fournirait les glaces du premier hôtel de l'espace, c'était officiel, StoneGlass était coiffé sur le poteau grâce à ses relations amicales avec Elon Musk et Philippe Starck, grâce à l'excellence de sa R&D. Huit couchettes avec vue sur la Terre à 360 degrés, du verre intelligent et incassable, il avait déjà réservé sa suite. Jamais la devise du blason familial ne serait autant honorée : « *Altius, ad astra* », Toujours plus haut, vers les étoiles.

Avec le ministre de la Culture il avait inauguré la Galerie des glaces restaurée avec le mécénat de compétence de la Manufacture. Le président de la République était venu présider le dîner de gala, ils avaient parlé de la conquête de l'espace. La Manufacture était armée pour relever tous les défis, y compris militaires grâce au projet Icare. C'était le coup du siècle, ce mécénat. Et dire que son directeur financier s'était évanoui à l'énoncé du chèque. C'était le meilleur investissement en communication jamais fait par une entreprise en France. L'endettement du groupe commençait à poser question, c'était surtout un problème pour ses banquiers…

Que pouvait-il rêver de plus ? Le soir même il serait dans les bras d'Awa et reverrait son fils à Lekki. Avec ce qu'il venait de récupérer de la vente de Baroso, il rénoverait un nouveau quartier de Makoko. Puis il emmènerait le roi de Lagos et ses féodaux à Venise. Quand on peut faire le bonheur des gens tout en gagnant de l'argent, pourquoi se priver ? Oui, il avait eu des semaines plus difficiles… En y réfléchissant, il avait plus de pouvoir que Colbert et Louis XIV… Les jets d'eau et les glaces, c'est amusant un moment. Avoir sa suite dans la Voie lactée et voir la planète Terre défiler sous ses pieds, c'était autre chose… Et puis il y avait cette petite Angélique à la crinière de feu, mi-ange mi-démon, qui s'était offerte à lui en fin d'après midi, une heure volée à son agenda sur le chemin du château de Versailles. Elle lui avait donné rendez-vous au Grand Trianon, soi-disant pour intercéder en faveur de Daphné Baroso, mais il n'était pas dupe, il avait vu son regard de braise lors de leur première entrevue à Venise. « Angélique, marquise des Anges », c'est ainsi qu'il l'avait appelée et elle avait répondu par une grimace étrange. Il lui avait lu un poème de Gabriele D'Annunzio, puis elle s'était donnée à lui… Cela faisait longtemps qu'il n'avait pas fait l'amour de manière aussi crue, bestiale… Elle avait fini par lui arracher un entretien et un verre de champagne avec Daphné Baroso au château de Versailles, avant qu'il ne s'abîme entre ses cuisses, pour y boire une source de jouvence autrement plus capiteuse…

Le prince mit son casque et saisit la liste des vérifications. Il aimait tout faire et tout contrôler, ses frères étaient morts jeunes, on n'était jamais trop prudent. Peut-être qu'il n'aurait pas dû boire ce champagne par exemple, qui lui donnait des brûlures d'estomac, c'était pourtant un grand cru millésimé. Rien ne pouvait gâcher son plus grand plaisir dans la vie : le vol de nuit. Il s'en régalait d'avance, décoller de la piste empruntée par les premiers explorateurs du ciel, Louis Blériot et Roland Garros, puis côtoyer les étoiles, la Grande Ourse, *vaghe stelle nell'Orsa…* Il fouilla ses poches pour saisir les clés du magnéto. Un petit flacon de verre à l'effigie de San Nicola s'en échappa. Il le ramassa, au prix d'une crampe violente. Il aurait dû manger plus, il aimait dîner léger, surtout avant un vol de nuit. Par son anneau brisé il accrocha le petit saint Nicolas à sa paire de clés. Un cadeau de la mère Baroso, « un porte-bonheur » avec des mèches de cheveux à l'intérieur, « une relique du présent et du passé ». C'était une brave dame après tout, un peu givrée. Leurs histoires avaient fini par s'arranger, elle avait pris son chèque, ils avaient trinqué ensemble à la renaissance de la Grande Galerie du roi Louis XIV, bâtie grâce à la science des verriers de Venise – enfin ça, c'était la légende, les Français les avaient rapidement surpassés, il fallait bien dire la vérité. Ils s'étaient vus dans la chambre du roi, que la présidente du château de Versailles avait bien voulu ouvrir pour lui, il était grand mécène. Angélique était là, elle poussait le fauteuil roulant, elle portait une mantille noire sur ses épaules mais elle sentait encore le sexe. « Louis XIV est mort dans ce lit, mais il y a fait des choses plus intéressantes… », lui avait-il murmuré à l'oreille en tapotant le velours cramoisi brodé d'or du couvre-lit. Elle n'avait pas bronché mais son souffle s'était accéléré.

Il avait offert à la vieille dame la magnifique gravure d'Henri III visitant l'Arsenal de Venise et les fabriques de Murano. Elle lui avait offert en retour le petit flacon de verre à l'anneau brisé, il avait eu pitié d'elle. Ils avaient bu une coupe de champagne pour sceller leur amitié retrouvée, puis une deuxième, elle insistait. À la réflexion il aurait dû s'abstenir, ce champagne lui déchirait l'estomac, il avait une odeur d'ail et de sang dans la bouche. Les petits-fours étaient-ils avariés ? Au prix qu'ils étaient facturés ?

– Fox-delta-bravo-victor-zoulou, alignez-vous piste 02, autorisé au décollage, le vent est du 030 pour 5 nœuds, rappelez au point Écho 1 000 pieds, 1 030.

À part ça, tout était nominal. Alors il prit le micro en réprimant une convulsion violente – de toute façon il ne reculait jamais, devant rien ni personne, et ce n'étaient pas ces vers grouillant subitement sur le tableau de bord qui allaient l'impressionner. Il était l'égal de Romain Gary, Gabriele D'Annunzio, Saint-Exupéry, il était le Petit Prince et le Grand Alexandre, il était Mermoz et Mozart, dont le *Confutatis* résonnait soudain dans l'habitacle…

– Autorisé… décollage piste 02… on rappelle passant… Écho 1 000 pieds, Qnh 1 030… fox-victor-zoulou.

Il ajouta dans un spasme :

– *Memento audere… semper.*

Alors il mit les gaz sur la piste illuminée, qui se dédoublait soudain en une multitude d'yeux blancs et rouges qui lui perçaient le ventre, et il tira sur le manche pour s'extraire des flammes ardentes. *Toujours plus haut, vers la lumière…*

REMERCIEMENTS

Ce roman est dédié aux verriers et miroitiers de Murano enlevés sur ordre de Jean-Baptiste Colbert pour contribuer à la grandeur de la France : Antonio Cimegotto, dit della Rivetta, Giovanni Givrano, Domenico Morasse, Zuane Civran di Polo, dit Bombarda, Hieronimo Barbini... ainsi qu'à leurs familles et descendants, où qu'ils soient...

L'auteur tient à remercier le cercle des Hénokiens, et tout particulièrement son secrétaire général, Gérard Lipovitch, pour avoir accepté de lever le voile sur une organisation aussi prestigieuse que discrète, ainsi que Florence Vidal pour son enquête passionnante et lumineuse consacrée à *L'Affaire des miroirs de Venise* (éditions Serge Safran, 2018).

Si certains personnages et événements relatés sont authentiques, cette histoire relève de la pure fiction...

DU MÊME AUTEUR

Aux Éditions Albin Michel

TAPIS ROUGE, roman, 2019.

Composition : Nord Compo
Impression : CPI Bussière en mai 2021
Éditions Albin Michel
22, rue Huyghens, 75014 Paris
www.albin-michel.fr
ISBN : 978-2-226-46421-7
N° d'édition : 24548/01 – N° d'impression : 2057177
Dépôt légal : août 2021
Imprimé en France